Zum Buch:

Die Bevölkerung von Rapperswil-Jona ist beunruhigt: In der beschaulichen Klein-
stadt am Zürichsee grassiert eine merkwürdige Krankheit. Mit steifen Gliedern, das
Gehirn zerrüttet, brechen Menschen zusammen. Drei Morde geschehen.
Der brummige Kriminalpolizist Lutz steht unter Druck, seine Beziehung auf der
Kippe. Und als wäre das nicht genug, hat er auch noch Schmidt an der Backe, seinen
übereifrigen jungen Kollegen, der einmal mehr kein Fettnäpfchen auslässt.

Zur Autorin:

Rahel Urech, geboren 1977, studierte Biologie und Journalismus. Sie arbeitete zwölf
Jahre lang als Redakteurin bei verschiedenen Tageszeitungen und gründete dann ein
eigenes Kommunikationsbüro. Heute textet sie im Auftrag von Agenturen und der
Eventbranche und ist freischaffende Autorin.

Rahel Urech

Macht, Mord und Gartenzwerge

Kriminalroman

HarperCollins

1. Auflage 2024
Originalausgabe
© 2024 HarperCollins in der
Verlagsgruppe HarperCollins Deutschland GmbH, Hamburg
Umschlaggestaltung von Hauptmann & Kompanie, Zürich
Umschlagabbildung von Thammanoon Khamchalee / Shutterstock,
robertharding / Alamy Stock Foto
Gesetzt aus der Adobe Garamond
Von GGP Media GmbH, Pößneck
Druck und Bindung von CPI books GmbH, Leck
Printed in Germany
ISBN 978-3-365-00769-3
www.harpercollins.de

Für meinen Mann und meine Söhne

PERSONEN

Kriminalpolizei Sankt Gallen:
Andy Lutz, Ermittler
Ruben Schmidt, Ermittler
Aiva Semjonova, Ermittlerin
Christine Imhof, Leiterin Kriminalpolizei

Staatsanwaltschaft Kanton Sankt Gallen:
Magnus Obrecht, Staatsanwalt

Kantonspolizei Sankt Gallen – Station Rapperswil:
Carlo Bannwart, Leiter der Polizeistation
Malin Frischknecht, Kantonspolizistin
Barbara Schlumpf, Kantonspolizistin
Sebastian Hirt, Kantonspolizist
Salomon Dubois, Stadtpolizist

Übrige:
Fiona Bär, Stadtplanerin
Theo Szalai, Ehemann von Fiona Bär
Leon Bär, Neffe von Fiona Bär / arbeitslos
Bianca von Arx, Nichte von Fiona Bär / Apothekerin
Dario Hauenstein, Kaminfeger
Emily Hauenstein, Ehefrau von Dario Hauenstein
Max Vogt, Nachbar von Fiona Bär / Transportunternehmer

Elias Zuppiger, Stadtrat
Jael Ammann, Direktorin Rapperswil Zürichsee Tourismus
Janine Widmer, pensionierte Lehrerin
Sofia Keller, Wirtin im Al Porto
Tanja Rüegg, Kellnerin im Al Porto
Cédric, Sohn von Tanja Rüegg
Charlotte Helbling, ehemalige Besitzerin Hotel Schwanen
Thomas Haab, Arzt im Spital Linth
Francesco Zaugg, Coiffeur
Renzo Marty, Gartenbauer
Anastazja Michalski, polnische Botschafterin
Luca Kappeler, Junkie
Hanna, Lutz' Partnerin
Alice, Hannas Freundin
Georgios, der nichtsnutzige Freund von Alice
Horst, Gartenzwerg

1

LEON BÄR

Dienstag, 2. August

Es war schon eine Weile hell und heiß draußen, als Leon Bär vom Sofa rutschte, mit dem Kopf auf den Glastisch knallte und in einer Lache undefinierbarer Flüssigkeit zusammensackte. Der Aufschlag hallte dröhnend in seinem Kopf wider, Schmerz wummerte durch seine Nervenbahnen, und ihm wurde übel. Die Augen zusammengekniffen, die Mundwinkel verzerrt richtete Leon sich auf, fasste an seine Schläfe und fühlte Nässe. Ohne wahrzunehmen, was er tat, wischte er das Blut an seiner Jeans ab, lehnte sich gegen die Sitzfläche des Sofas und atmete schwer aus. Sein Gesichtsfeld war ein bierdeckelgroßes Loch, das wankte, sich verzerrte, als säße er in einem Schiff auf schwerer See. Trüb hob er den Blick – und fuhr erschrocken zusammen. Sein linkes Knie prallte gegen die Kante des Glastischs, Blitze von Schmerz und Schock zuckten durch das Rückenmark, schossen ins Gehirn und ließen sein Blut gefrieren.

Der kleine Mann war wieder da. Er saß auf der Bank des Küchenfensters und starrte ihn an. Mit der roten Zipfelmütze, dem weißen Bart und der altmodischen Weste über der beleibten Mitte wirkte er behäbig und harmlos, doch der Eindruck täuschte. Seine blauen Knopfaugen fixierten Leon, brannten sich hypnotisch in die seinen und übermittelten ihm stumm eine Botschaft.

»Du gehörst mir«, sagte der Zwerg. »Du existierst, um mir zu gehorchen.«

Ein kalter Schauer lief Leon den Rücken hinunter, sein Herz schlug hart gegen die Rippen, und er begann zu zittern. Wie lange stand der Zwerg schon da? Hatte er ihn beobachtet, wie er auf dem Sofa schlief, in den Kleidern von gestern, umgeben von Pizzakartons, Chipstüten und leeren Dosen? Hatte er mitbekommen, wie seine Beine im Schlaf unruhig zuckten, bis er von einem quälenden Albtraum geweckt von der Couch rollte und in die nicht weniger albtraumhafte Realität zurückfiel?

Leon spürte, wie Schweißtropfen von seiner Stirn perlten, sich mit dem Blut seiner Kopfwunde vermischten und den Hals hinunter in sein T-Shirt rannen, das fleckig war von Fett und lose um seinen dürren Körper schlotterte. Plötzlich schämte er sich. Schämte sich vor dem Zwerg, der wusste, dass nicht nur sein T-Shirt, sondern auch das Leben einige Nummern zu groß war für ihn und er ihn deshalb brauchte.

Es war Bianca, die ihn in die Arme des Zwergs getrieben hatte. Sie trug die Schuld daran, dass er auf den fatalen Handel eingestiegen war und die Apotheke preisgegeben hatte – das Vermächtnis der Familie. Beim Gedanken daran zog Leon die Schultern zusammen und begann unkontrolliert zu schlottern.

Seine große Schwester war wie der Krake, den er als Junge im SeaLife in Konstanz beobachtet hatte. Das Tier war ohne Arme so groß wie ein Fußball, bis es sich zusammenzog, lang und schmal wurde und es schaffte, sich durch eine winzige Öffnung in eine Flasche zu quetschen. Die Anpassungsfähigkeit des Kraken hatte Leon verblüfft und erschreckt, wie es auch seine Schwester immer aufs Neue tat. Ihr wandelbarer Charakter und das dehnbare Gewissen erlaubten es ihr, in jede Rolle zu schlüpfen, die angesagt war, und sich ihrer Umgebung perfekt anzupassen. Mit mehr Armen, als es möglich schien, streckte sie sich

nach allem aus, was sie zu fassen kriegte, um es mit ihren Saug-
näpfen an sich zu binden und aufzufressen. Weil sie es für selbstverständlich hielt, dass ihr zustand, was sie sich nahm, taten es
auch alle anderen. Sie beanspruchte das große Kinderzimmer
mit dem Balkon für sich, von dem Leon und der Nachbarsbub
sich per Seilbahn hatten Botschaften schicken wollen – und sie
bekam es. Sie kaperte die Aufmerksamkeit seiner Sandkasten-
liebe, der blonden Sina, und dies allein deshalb, weil sie ihn
ärgern wollte. Sie stahl ihm die Achtung seiner Tante Fiona und
die Zuneigung ihrer Eltern. Und schließlich verleibte sie sich
die Apotheke am Rapperswiler Hauptplatz ein. Sie kriegte, was
sie wollte. Immer. Und die Apotheke gehörte jetzt ihr. Er hatte
alle Ansprüche darauf aufgeben müssen. Ein Gefühl, das bitter
und sauer zugleich war, stieg in Leon auf, und würgende Schuld-
gefühle mischten sich in das Bedauern, die einzig fassbare Erinnerung an die Familie verloren zu haben.

Wie der Handel zustande gekommen war, dessen konnte er
sich nur noch vage entsinnen. Der Moment, in dem er seine
Unterschrift unter die Übertragungsurkunde setzte, hatte sich
in Nebel aufgelöst und war so unwiederbringlich verloren wie
die Apotheke selbst. Sicher war nur, dass Bianca bei der Unter-
zeichnung nicht anwesend war und dass dies mit seiner Scham
dem Zwerg gegenüber zu tun hatte. Er hätte es nicht ertragen.
Deshalb wusste seine Schwester auch nichts von der Vereinbarung, die er eingegangen war. Zumindest gab sie das vor. Sich
abzuwenden und die Augen zu schließen, damit hatte sie kein
Problem. Wer kein Gewissen hat, kann es nicht wiederfinden.

Als die Apotheke an Bianca überging, trat der Zwerg in Leons
Leben. Seither stand er jede Woche auf seiner Fensterbank,
schwang drohend die Axt und forderte Einlass.

Leon schlug die Hände vors Gesicht. Eine eiserne Faust
bohrte sich in seinen Magen, Grauen ätzte sich seine Kehle

hoch wie Säure und schnürte ihm die Luft ab. Der Zwerg würde ihn langsam, aber sicher in den Wahnsinn treiben. Zwischen den Fingern hindurch sah er, wie die kalten blauen Augen in seinem feisten Gesicht triumphierend funkelten, wie der Mund zuckte und sich seine Miene zu einem hämischen Grinsen verzog. Der Zwerg wusste, dass es ihm gelingen würde. Als Leon die Hände vom Gesicht löste, sah er ihn mit der Axt wippen. Spurte Leon nicht, spaltete er ihm damit den Schädel.

Er hatte den Verführungskünsten des Zwergs nichts entgegenzusetzen. Der letzte Funke Widerstand, der in ihm glühte und den Lebenswillen am Brennen hielt, war erloschen, als kurz nach seinem Vater auch seine Mutter gestorben war und Bianca keinen Grund mehr hatte, sich weiterhin mit ihm abzugeben. Sein Inneres war leer – wozu also kämpfen?

»Glück und Verderben«, flüsterte er zu sich selbst. »Glück und Verderben.«

Über eine umgekippte Bierflasche stolpernd, wankte er Richtung Küchenfenster, zielte nach dem Griff, bekam ihn im zweiten Anlauf zu fassen und riss das Fenster auf. Er war hungrig, durstig, besessen. Die Gier hatte die Angst und die Scham vor dem Zwerg verdrängt und dieses Ziehen hinterlassen, das ihm sagte, dass alles gut würde, bekäme er nur, was er brauchte. Als er nach dem Zwerg griff, sah er, dass dessen Augen nicht länger starrten, der Mund nicht länger zuckte und das Grinsen erloschen war. Zurückgeblieben war eine rot bemützte Scheußlichkeit aus Ton. Mit fahrigen Händen drehte Leon die Figur um und öffnete den Korken an der unbemalten Unterseite.

»Scheiß auf Verderben«, murmelte er und fischte mit dem Zeigefinger nach dem Inhalt.

2

DARIO HAUENSTEIN

Dienstag, 2. August

Die Stirn grimmig gefurcht, pflückte Dario Hauenstein Stangenbohnen von den verschlungen in die Höhe wachsenden Ranken und warf sie in die Schüssel zu seinen Füßen. Das helle Plopp, mit dem sie auftrafen, klang in der mittäglichen Stille des ausgestorbenen Familiengartens unnatürlich laut. Fahrig wischte sich Dario Hauenstein die Haare aus der Stirn, die nass waren vor Schweiß und schwarz wie die Kohle, die er aus den örtlichen Kaminen holte. Die Stadt Rapperswil ächzte unter ungewohnt heißen Augusttemperaturen, und selbst vom See her kam kaum Kühlung.

Er saß in der Klemme und dies aus eigenem Verschulden. Er hatte darauf vertraut, dass seine Kunden einem amtlich gewählten Kaminfeger glaubten. Dass sie sich einschüchtern ließen. Und es hatte ja auch funktioniert. Bis Fiona Bär kam.

»Verfluchte Hexe«, murmelte Dario Hauenstein, knipste, Zeigefinger und Daumen zusammenkneifend, weitere Stangenbohnen ab und warf sie ins Gefäß.

Das war der Anfang von dieser ganzen verdammten Abhängigkeit gewesen, in der er sich jetzt befand und nicht mehr rauskam, weil seine Gegner waren, wer sie waren – überall und immer präsent. Aber nun, da bald sein Sohn zur Welt kam, musste sich das ändern. Unbedingt. Er brauchte das Geld, um die

Treppe und den Balkon seines Hauses instand zu setzen – nicht auszudenken, wenn der Kleine hinunterstürzen würde. Auch der Boden musste gemacht werden, das Holz warf schon Splitter, nicht zu vergessen die Schulden, die er bei Raffi noch hatte. Unwirsch schnaubend stellte sich Dario Hauenstein auf die Fußballen und riss eine Ranke herunter, um an das Büschel der dahinter versteckten Stangenbohnen zu gelangen. Blätter regneten auf ihn herab und blieben an seinem Gesicht und den dunkel behaarten Armen kleben.

Auf dem Parkplatz des Familiengartens Holzwies-Ost lehnte zur gleichen Zeit ein von der Sonne verbrannter Mann an seinem Wagen und beobachtete scheinbar beiläufig die Umgebung. Nach einer Weile verzog er zufrieden den Mund, löste sich vom Auto und marschierte zum Heck. Er hatte gesehen, was er sehen wollte. Dario Hauenstein und er waren die Einzigen, die sich an diesem Dienstagnachmittag im Familiengarten Holzwies-Ost aufhielten. Auch in Holzwies-West auf der gegenüberliegenden Straßenseite war niemand am Werkeln. Bei der Hitze machten selbst die Portugiesen und Spanier ihre Siesta lieber zu Hause. Der Mann klappte den Kofferraumdeckel auf und griff nach der Kettensäge, die dort verstaut lag. So mühelos, als handelte es sich um eine Trimmschere, hob er die sechs Komma sechs Kilogramm schwere Husqvarna 572 XP an, schwang sie sich über die Schulter und betrat den Kiesweg, der an den Familiengärten von Holzwies-Ost entlangführte.

Die Husqvarna war ein wahres Prachtstück, handlich, intelligent und so zuverlässig wie an dem Tag vor drei Jahren, als er sie sich angeschafft hatte. Er liebte das knatternde Geräusch, den Geruch nach frisch verbranntem Diesel und die Befriedigung, die schwere Maschine spielend kontrollieren zu können. Mit ihren vier Komma drei Kilowatt Leistung fräste die Husqvarna durch Baumstämme wie durch Butter, und dank der niedrigen Vibrationswerte konnte er stundenlang sägen, ohne müde zu werden.

Beim Spezialauftrag heute würde sie ihr kraftvolles Potenzial allerdings nicht entfalten müssen. Die Husqvarna diente lediglich der Einschüchterung – dazu, dem Kaminfeger den Ernst der Lage zu verdeutlichen.

Zügig schritt der Mann bis zu den Parzellen im hinteren Teil von Holzwies-Ost, bog beim Schild mit der Aufschrift »Biergarten« ab und stoppte vor dem kunstvoll renovierten Gartenhäuschen von Dario Hauenstein. Die Blumen aus Holz, die sich am Dach entlangrankten, hatte der Hauenstein selbst geschnitzt. Vom Wald her hatte der Mann beobachtet, wie der Kaminfeger mit einem Messer stundenlang winzige Ornamente in die Balken kerbte. Die Rosen und Enziane sahen aus, als wären sie echt.

Vor dem Gartenhaus stand eine Sitzbank, über der ein altes Wagenrad befestigt war, an der Wand daneben lehnten Trimmer, Harke und Schaufel, und um die Ecke, neben dem Regenfass, hing ordentlich aufgerollt ein Gartenschlauch. Abgesehen vom Keramiktrog mit dem wasserspeienden Frosch und einer unverhältnismäßig hohen Zahl roter Solarlampen aus Kunststoff bestand der Garten aus schnurgeraden gepflegten Beeten. Kopfsalate, Mangold und Rucola standen aufgereiht wie eine Kompanie gut gedrillter Soldaten, bereit, von ihrem Befehlshaber in den Tod geschickt zu werden, wann immer er dies forderte. Die Salate wie auch die Himbeeren, Erdbeeren, die Kürbisse und Zucchetti, die Sträucher mit Rosmarin, Thymian, Lavendel und Zitronenmelisse sahen aus, als stammten sie aus dem Katalog.

Dario Hauenstein besaß zweifelsohne einen grünen Daumen, dachte der Mann nicht ohne Anerkennung. Dann warf er die Kettensäge an. Die Armmuskeln angespannt, ließ er die Husqvarna mit voller Leistung aufheulen. Hundertachtzehn

Dezibel – ein Vielfaches mehr als der Lärmgrenzwert eines Hundertfünfundsiebzig-Kubikzentimeter-Motorrads – kreischten durch die vor Hitze flirrende Luft.

Zu Tode erschrocken ließ Dario Hauenstein die Stangenbohnen fallen und warf sich herum. Als er den Mann mit der Kettensäge auf sich zukommen sah, ballte er die Fäuste und begann zu brüllen, doch was er schrie, ging im Knattern der Säge unter.

Der Mann mit der Husqvarna schritt an Dario Hauenstein vorbei, als würde er nicht existieren, ließ die Kettensäge laut aufkreischen und begann dann, eine rote Solarlampe nach der anderen niederzumähen. Vor dem fetten Frosch blieb er stehen, fräste von der goldenen Krone auf dem Haupt quer durch den massigen grünen Körper und spaltete den Keramiktrog gleich mit. Anschließend marschierte er zurück Richtung Gartenhaus, zerteilte den Gartenschlauch in kleine Stücke, sägte ein Loch in die blaue Regentonne, die sofort zu lecken begann, fuhr durch die Stiele von Schaufel, Harke und Trimmer und machte sich mit offensichtlicher Genugtuung daran, das Wagenrad zu zerstückeln.

»Aufhören!«, rief Dario Hauenstein mit sich überschlagender Stimme, packte den um einiges größeren Mann am Kragen seines T-Shirts und versuchte, ihn trotz ratternder Kettensäge von der Gartensitzbank wegzuzerren, vor welcher dieser sich jetzt aufbaute. Doch der Mann ließ sich nicht beirren. Breit grinsend fuhr er durch die Holzbeine der Sitzbank, hin und zurück, hin und zurück, bis sie selbst für ein Kind zu niedrig zum Sitzen war.

Als die Kettensäge endlich verstummte, glühte Dario Hauensteins Gesicht vor Zorn. »Was soll das?«, krächzte er heiser.

Der Mann stützte die Hände auf das Schwert der Kettensäge, als wollte er einen gutnachbarlichen Plausch abhalten, und bleckte die Zähne zu einem freudlosen Lächeln. »Du bist im

Rückstand mit den Zahlungen«, sagte er. »Und dies nicht zum ersten Mal.«

»Das gibt dir nicht das Recht, mein Garteninventar zu zerstören!«, brüllte Dario Hauenstein, und die Ader an seiner Schläfe begann wütend zu pochen.

»Oh, beim Mobiliar muss es nicht bleiben«, entgegnete der Mann und ließ seinen Blick vielsagend über die Salatbeete gleiten.

»Vier Jahre lang kriegt ihr jetzt schon Geld von mir! Irgendwann muss Schluss sein! Ich brauch das Geld jetzt selbst, du weißt genau, dass Emily schwanger ist!«

Der Mann beobachtete interessiert, wie Dario Hauensteins Ader in schneller Folge an- und abschwoll, dann sah er den Kaminfeger aus zusammengekniffenen Augen abschätzend an. »Deine privaten Geldsorgen kümmern uns einen Dreck. Was uns Kummer bereitet, ist, dass deine Dankbarkeit nachlässt. Dies ist unsere letzte Warnung: Wir werden keine weitere Verspätung mehr dulden.«

»Ich könnte euch auffliegen lassen!«

Der Mann zog die Augenbrauen hoch und lachte spöttisch. »Könntest du. Wirst du aber nicht.« Er packte seine Husqvarna am Griff, brachte sie in Stellung, und diesmal waren die Schnitzereien am Dach von Dario Hauensteins Gartenhaus an der Reihe.

Ohnmächtig vor Hilflosigkeit und Zorn musste der Kaminfeger zusehen, wie die sorgfältig ins Lärchenholz gekerbten Blätter und Zweige, Alpenrosen, Enziane und Edelweiße, kleine Käfer, Bienen und hübschen Schneckenhäuser vor ihm zu Boden fielen. Von seiner Stirn lief der Schweiß in dicken Bahnen halsabwärts, Tränen der Wut rannen aus seinen Augen.

»Ich werde bezahlen«, presste er zwischen zusammengebissenen Zähnen hervor und wandte sich ab.

3

FIONA BÄR

Dienstag, 2. August

Es ging wieder los, das Gefiedel. Wolfgang Amadeus in Ehren, aber Fiona Bär hatte die *Kleine Nachtmusik* gründlich satt. Wie jeden Abend hatte ihr Nachbar Max Vogt seine stinkende Karre in die Garage gefahren, mit klapperndem Schlüsselbund die Tür zu seinem Einfamilienhaus geöffnet, das Wohnzimmerfenster aufgerissen und zur Geige gegriffen.

Bereits das Allegro deprimierte sie. Mehr stotternd als streichend brachte Max Vogt die Mannheimer Rakete hinter sich, quälte sich bis zu Takt fünfundsiebzig, nur um die Reprise mit einem krächzenden Ausrutscher zu vergeigen.

Bei den Divertimenti hundertsechsunddreißig bis hundertachtunddreißig, die unweigerlich auf die *Kleine Nachtmusik* folgten, schloss Fiona Bär üblicherweise genervt die Fenster.

Seit knapp zwei Wochen jedoch kam Max Vogt nicht weiter als bis zum dritten Thema der Romanze. Dann war Schluss mit der *Kleinen Nachtmusik*. Kaum wechselte er ins schicksalshaft-traurige c-Moll im zweiten Satz, reckten Finn, Björn und Lars im Zwinger draußen ihre Schnauzen gen Himmel und brachen in ein langes, auf- und abschwellendes Heulen aus. Die drei jungen Huskys waren vorletzten Samstag bei Fiona Bär und ihrem Mann Theo eingezogen. Wenn sie schon keine Kinder haben konnten, die im Garten draußen herumtobten, dann wenigstens Hunde.

Das Bellen von Finn, Björn und Lars stieß auf großes Echo: Sämtliche Hunde der Nachbarschaft – der Beagle unten an der Paradiesstraße, der Dalmatiner von den Meierhofers in ihrem komischen Betonbunker, der Dackel des Ehepaars Zumsteg und der Golden Retriever im Lenggisrain –, alle stimmten sie ins Konzert ein, so laut es ihre Stimmorgane zuließen.

Derart in ihrem Tun bestärkt, ließen Finn, Lars und Björn ihre Rufe seither regelmäßig im Quartier hören. Oft gegen Mittag, manchmal am späten Nachmittag, sicher dann, wenn Max Vogt c-Moll geigte und immer häufiger auch in der Nacht. Fiona Bär, die einen gesunden Schlaf hatte, freute sich, dass die Hunde sich gut einlebten, und ihren Mann Theo kümmerte es nicht: Er nahm ohnehin jeden Abend eine Schlaftablette.

Den Vogt jedoch schien das Gejaule rasend zu machen, egal, ob es nun Nacht war oder Tag.

»Gopfertammi, haltet den Latz«, brüllte er jeweils in Richtung des Zwingers und knallte das Fenster zu, mit dem Effekt, dass Finn, Lars und Björn dem Ruf der Natur umso energischer folgten.

Auf ihrer Gassirunde heute Mittag hatte Fiona Bär von Hedi Stoll vernommen, dass der Vogt beim Kassierer vom Volg Lenggis über ihre Hunde schimpfte. Sauviecher seien das, untragbar in einem Quartier, und überhaupt gehörten Wölfe wie diese Huskys in die Wildnis, nicht in die Zivilisation, hatte Hedi Stoll die Tirade vom Vogt genüsslich wiedergegeben.

Fiona Bär hatte sich keine Reaktion entlocken lassen. Hedi Stoll, die alte Klatschtante, bauschte die Äußerung vom Vogt sonst noch mehr auf, als sie es ohnehin schon tat. Innerlich aber ärgerte sie sich. An allem hatte ihr fürchterlicher Nachbar etwas auszusetzen, überall mischte er sich ein. Er war einer, der die

Wahrheit für sich gepachtet und immer recht hatte. Ein Ekel. Aber das war nichts Neues.

Es war an einem Junitag vor etwa dreizehn Jahren gewesen, als Fiona Bär und Max Vogt sich das erste Mal über den Weg gelaufen waren. An diesem Tag bezogen sie und Theo das alte Holzhaus ihrer verstorbenen Tante Klara, das sich an der Paradiesstraße im Lenggis-Quartier, gleich neben dem protzigen weißen Palast von Max Vogt, befand.

Der Umzugswagen stand noch in der Auffahrt, da marschierte der Vogt bereits seine mit Buchsbäumchen gesäumte Auffahrt hinunter. Die Länge und Energie seiner Schritte hatten etwas Herausforderndes, doch sein Gesicht zeigte keinerlei Mimik, als wappnete er sich für eine Konfrontation mit vorhersehbarem Ausgang.

Nach einem angewiderten Blick auf den verwilderten Garten baute Max Vogt sich vor Fiona und Theo auf. Ein massiger Mann mit grauem Haar und rosa Teint. Fiona hätte sich ihn als Bauer auf einem Thurgauer Hof vorstellen können, wären da nicht das fein karierte Hemd und die dunkelgrüne Cordhose gewesen – charakteristische Kleidung eines älteren Bewohners der Zürcher Goldküste. Er nannte seinen Namen, ließ sich jedoch nicht dazu herab, sich nach jenen seiner neuen Nachbarn zu erkundigen.

Die große Weide an der Grenze müsse gestutzt werden, denn sie verdecke ihm bei der Ausfahrt aus der Garage die Sicht, verlangte er in dröhnendem Bass. Außerdem wolle er hier und jetzt klären, wer sich in welchen Abständen um den gepflasterten Vorplatz kümmere.

»Was meinen Sie mit kümmern?«, erkundigte sich Fiona irritiert und blickte auf den Platz zwischen den beiden Grundstücken, der mit quadratischen Luserna-Steinen besetzt war. Steine waren ein Naturprodukt, die brauchten keine Pflege.

Ihr neuer Nachbar legte herablassend den Kopf schief, verzog den Mund und blickte sie strafend an. »Kümmern heißt, dass der Platz alle zwei Monate mit dem Hochdruckreiniger sauber gemacht werden muss, gute Frau.«

Der Nachsatz »gute Frau«, der mitleidige Tonfall und der verächtliche Blick sagten Fiona Bär mehr als genug: Vor ihr stand die Spezies unbelehrbarer Patriarch, die sie in ihrem Optimismus immer wieder für ausgestorben hielt, um dann voller Enttäuschung doch noch ein Exemplar zu entdecken.

Es war dieser Moment, in dem Fiona Bär beschloss, den wild wuchernden Büschen und Bäumen im Garten ihren natürlichen Lauf zu lassen, die Brombeerhecke am Zaun nicht zu stutzen, den Rasen in eine Naturwiese zu verwandeln, den Trimmer zu entsorgen und vor allem niemals, niemals einen Hochdruckreiniger in die Hand zu nehmen, sondern die Steine mit Moos zuwachsen zu lassen.

Heute zeichneten sich die nachbarschaftlichen Differenzen als scharfe Linie auf dem Vorplatz ab: Die Pflastersteine, die zum weiß getünchten Haus mit den verspielten Erkern gehörten, wiesen Grautöne verschiedener Schattierungen, dazwischen Rottöne auf. Jene, die sich vor dem Holzhaus mit dem verwunschenen, um nicht zu sagen verwilderten Garten erstreckten, waren mit einer grünen Schicht überzogen.

Die in den Jahren darauf folgenden Auseinandersetzungen um die Wartung von Grundstücken im Allgemeinen und den Vorplatz im Besonderen erhielten durch politische Differenzen zusätzlich Zündstoff. Doch irgendwann mündeten sie in eine Art aggressiven Waffenstillstand. Bis Max Vogt das lange vernachlässigte Geigenspiel wieder aufnahm. Und Fiona Bär sich drei junge Huskys zulegte.

Fiona Bär betrat den Zwinger, in dem ihre Huskys gegen die *Kleine Nachtmusik* ansangen. In einem Internetforum über die Gesundheit von Hunden hatte sie gelesen, dass das Chorheulen der Huskys unter anderem dazu diente, mit dem Rudel zu kommunizieren und ein Zusammengehörigkeitsgefühl zu schaffen. »Hundehaltern wird empfohlen, auch mal in das Heulen der Hunde einzustimmen. Dies kann die Bindung stärken«, hatte der Autor geschrieben.

Deshalb reckte Fiona Bär jetzt ihrem Rudel gleich das Kinn gegen den Himmel, spitzte den Mund und ließ ihre Stimme eins werden mit dem urtümlichen Rufen ihrer hündischen Gefährten.

4

Dienstag, 2. August

Eine angenehme Kühle wälzte sich vom See her über den Hügel in Richtung Schlatt. Der Ortsteil von Hombrechtikon befand sich ein gutes Stück unterhalb des eigentlichen Dorfes und bestand aus einer kleinen Siedlung und Bauernhäusern, die lose in der Landschaft verteilt waren. Das Niemandsland zwischen Hombrechtikon und Rapperswil-Jona war nur insofern von Bedeutung, als dass es die Kantonsgrenze zwischen Zürich und Sankt Gallen markierte. Kurz nach dem Restaurant Sageli machten das Reinigungsfahrzeug und der Güselwagen der Einheitsgemeinde kehrt und überließen die Pflege der Verbindungsstraße den Zürchern.

Um diese nachtschlafende Zeit erhellten nur wenige Laternen die schmale, vielfach geflickte Straße. Das Schwarz der Felder und des Nachthimmels gingen beinahe nahtlos ineinander über, die Landschaft schluckte das Licht aus der Umgebung und hinterließ eine dunkle Masse mit unbekannter Konsistenz. Raum und Zeit verwischten.

Der Autofahrer, der jetzt von Hombrechtikon hinunterkommend nach Schlatt einbog und seinen Tacho schon vor der Tafel über die achtzig erlaubten Kilometer pro Stunde hochjagte, hatte keine Augen für die Umgebung. Aufgewühlt von den furchtbaren Geschehnissen des Tages fuhr er sinnlos in der Gegend herum, hoffend, die Katastrophe, die ihn zugrunde richten, seine ganze Existenz zerstören konnte, irgendwie zu verarbeiten. Er hatte so vieles aufgegeben dafür, auf so vieles verzichtet. Was würde ihm bleiben?

Unterhalb des Restaurants Sageli drückte er das Pedal durch, raste um die enge Kurve den Hügel hoch und war kurz davor, die Tennisplätze zu passieren, als vom Höcklistein her plötzlich dunkle Umrisse auftauchten – Schemen, die auf die Fahrbahn huschten. Keine Sekunde zu früh trat der Fahrer auf die Bremse und brachte den Wagen schlingernd und mit quietschenden Reifen zum Stehen. Zischend stieß er die Luft aus, als sich eine Gestalt aus dem Dunkel schälte und auf ihn zukam. Eine Frau. Ihr langes graues Haar fiel zu einem losen Knoten gebunden über ihre Schultern. Um ihre schlanke Figur schlackerte die Art Rock aus mehreren Tuchschichten, die für ihn Merkmal einer ganz bestimmten Sorte aufsässiger und rechthaberischer Frauen war. Und in diesem spezifischen Fall wusste er, dass er damit richtiglag.

Prüfend spähte die Frau ins Wageninnere, um herauszufinden, wer der Raser war, der sie und ihre Hunde beinahe überfahren hatte. Als sie ihre Vermutung bestätigt sah, wanderten ihre Mundwinkel abwärts und verzogen sich zu einem spöttischen Lachen. Provozierend klopfte sie mit den Knöcheln auf die Kühlerhaube des Autos, während die Hunde in ihrem Rücken zu bellen begannen.

Diese Person kannte tausend und eine Methode, ihm ihre Verachtung zu zeigen. Mit jeder Geste, jedem Blick, mit Kopfschütteln, Seufzen und befremdetem Schulterzucken brachte sie es fertig, dass er sich selbst infrage stellte. Er hatte sich nie aus der Ruhe bringen lassen, sich immer zurückgehalten, Würde und Haltung bewahrt, die so wichtig waren für sein Ansehen. Ein Ansehen, das er heute verloren hatte.

Der Frust und die Verzweiflung, die in seinem Inneren tobten, wurden überflutet von einem unbändigen Zorn, der in ihm aufstieg wie Säure in einer heißen Schwefelquelle. Die Wut packte ihn, schüttelte ihn, ließ ihn rasen. Er brüllte die Frau durch die geschlossenen Autofenster hindurch an und schlug mit der Faust gegen die Windschutzscheibe, bis die Knöchel aufrissen. Dieses Weib, das schon so lange in seinen Wunden bohrte, ihn bis aufs Blut reizte und quälte, war eine der Ersten, die sich an seinem Unglück weiden und ihm sein Versagen öffentlich vorwerfen würden. Sie war bösartig, eine Hexe, behandelte ihn wie Dreck und fügte ihm Stiche zu wie ein menschgewordenes Folterinstrument. Und jetzt stand sie vor ihm auf der Straße. Wich nicht von der Stelle. Verhöhnte ihn. Und das an diesem katastrophalen Tag, an dem es ihn fast zerriss, weil alles, sein ganzes Dasein plötzlich infrage gestellt war!

Da tat er es. Er trat aufs Gas. Um ihr das abschätzige Grinsen aus dem Gesicht zu wischen, das herausfordernde Funkeln in ihren Augen zu löschen, sie für immer zum Schweigen zu bringen. Der Motor heulte auf, das Auto schoss vorwärts. Erfasste ihren Körper, der nach vorne geschleudert wurde und mit einem dumpfen Laut unter dem Auto verschwand. Durch den Wagen ging ein Ruck, etwas knallte, schabte am Chassis. Es folgten mehrere Aufschläge und ein knirschendes Geräusch, das ihn sein Leben lang nicht mehr loslassen sollte. Es rumpelte, die Räder bockten, katapultierten ihn in seinem Sitz in die Höhe, sodass sein Fuß von der Kupplung rutschte. Der Motor stotterte, erstarb, und der Wagen stand still.

Die plötzliche Ruhe war entsetzlich laut. Sie ließ sein Herz vibrieren und den Kopf dröhnen. Eisige Schauer jagten über seinen Rücken, Schweißperlen traten ihm auf die Stirn. Zitternd löste er den Sicherheitsgurt und wankte, sich mit einem Arm abstützend, rund um den Wagen. Da lag sie. Wie hypnotisiert starrte er auf das Blut, das langsam aus ihrem Mund sickerte. Ein leiser, eigentümlich sanfter Atemzug entrang sich ihrer Brust, und während er sie keuchend und mit vor Schreck geweiteten Augen ansah, wich das Leben aus ihr.

Jemand stöhnte. Er nahm nicht wahr, dass das Geräusch aus seiner eigenen Kehle kam. Was hatte er getan? Weich in den Knien sank er neben der Frau nieder, streckte die Hand aus und tastete nach ihrem Hals. Doch da war kein Puls mehr fühlbar. Kein Leben. Sie war tot.

Bleiern drückte die Schwerkraft seinen Körper auf den Asphalt. Bewegungslos und mit taubem Schädel kauerte er neben der Leiche. Die Hunde der Frau waren verschwunden, kein Autoscheinwerfer erhellte die dunkle Straße, die Häuser oberhalb der Tennisplätze blieben stumm. Die Welt, wie er sie kannte, war zum Stillstand gekommen.

Er hatte keine Ahnung, wie viel Zeit verstrichen war, als er sich schließlich zum Aufstehen zwang. Die Folgen. Er musste an die Folgen denken. Er durfte nicht zulassen, dass das Ende dieser Frau auch das Seinige wurde.

Zögernd, als würde eine fremde Macht seine Bewegungen verlangsamen, tastete er nach seiner Hosentasche, griff nach dem Handy, zog es hervor. Seine Finger stolperten über die Tasten, wählten eine Nummer. Eine Ewigkeit lang verhallte der Rufton ungehört, bis endlich jemand abnahm. Mit einer Stimme, die in seinen eigenen Ohren fremd klang, presste er sein Anliegen hervor.

»Du bist dir im Klaren darüber, was das bedeutet«, erwiderte die Stimme am anderen Ende emotionslos.

»Das bin ich.«

Exakt siebzehn Minuten nach dem Anruf waren keinerlei Spuren mehr vorhanden, die davon zeugten, was geschehen war. Selbst die Blutflecken waren von der Straße verschwunden. Ausradiert, gelöscht. Doch was geschehen war, blieb nicht unbemerkt. Denn nun lösten sich aus dem Dunkel des Spielplatzes beim Äfenrain zwei Schatten, einer groß, einer klein. Das Licht der Laternen meidend strebten sie hangabwärts, um in den labyrinthartigen Quartierstraßen von Jona unterzutauchen.

5

Donnerstag, 11. August

Andy Lutz war bereits wach, als um acht Uhr sein Wecker klingelte. Behänder als sonst an einem Wochentag setzte er sich in seinem Bett auf und drückte den Ausschaltknopf. Um elf Uhr fünfzehn ging sein Flug nach Zypern, wo er nach einer Flugdauer von drei Stunden und fünfunddreißig Minuten landen sollte. Hanna würde ihn am Flughafen abholen. So hatten sie es gestern am Telefon vereinbart.

Leise ächzend stellte Lutz sich auf die Beine und begann mit den morgendlichen Übungen, die seine Physiotherapeutin ihm verordnet hatte. Arme auf Schulterhöhe ausstrecken, langsam heben und senken, heben und senken. Nach einer halben Minute spürte er ein Ziehen in den Oberarmen und biss die Zähne zusammen, während er überlegte, ob er Hanna etwas mitbringen sollte. Die Cassis-Pastillen, die sie so mochte? Die runden Schokolade-Kugeln vom Zürichsee? Widerstreitende Gefühle tobten in seinem Innern, wenn er an ihr Wiedersehen dachte. Er freute sich auf sie, denn in der gemeinsamen neuen Wohnung allein zu sein, frustrierte ihn. Gleichzeitig war er beunruhigt, besorgt und ja – auch etwas verärgert.

Das Ziehen in seinen Oberarmmuskeln ging in Schmerz über, und Lutz ließ die Arme sinken. Gedankenverloren starrte er auf das abstrakte Bild einer italienischen Stadt mit engen Häuserzeilen und langen Treppen, das über dem Schreibtisch hing. Hanna hatte es gemalt. Es gefiel ihm, denn es war kraftvoll, bunt und verströmte die Lebendigkeit, für die er sie liebte.

Lutz seufzte, beugte sich vornüber und versuchte, mit den Fingerspitzen seine Zehen zu berühren – ein hoffnungsloses Unterfangen.

Er war vor allem deshalb verärgert, weil er sich gekränkt fühlte, gestand er sich ein. Hanna und er hatten die Altstadtwohnung in Rapperswil keine zwei Wochen bewohnt, da war sie auch schon wieder abgereist. Nach Zypern, um ihrer Freundin beizustehen, die in einer Beziehungskrise steckte – wieder einmal. Das war jetzt vierzehn Tage her.

Georgios, der Zypriote, dem Astrid verfallen war, hatte bis vor wenigen Monaten in Zürich ein griechisches Restaurant geführt, war dann aber – Lutz vermutete Geldprobleme – zurück auf seine Insel gezogen, und Astrid war ihm gefolgt. Kurz danach fingen die Schwierigkeiten an; Georgios verbrachte die meisten Nächte auswärts, ließ sich auch tagsüber kaum blicken, und Astrid war verzweifelt.

Dabei ist der Mann keine Träne wert, dachte Lutz, während er leicht in die Knie ging, um seine Finger wenigstens in die Nähe seiner Zehenspitzen zu bringen.

Vor seinem geistigen Auge tauchten Georgios' weiße Lackschuhe auf, die Socken mit dem Burberry-Muster und der vor Öl glänzende, bis zu den Ohren gezwirbelte Schnurrbart. Zu so viel Eitelkeit fehlten ihm die Worte.

Ist ein so selbstbezogener Mensch überhaupt fähig, eine wechselseitig zufriedenstellende und dauerhafte Beziehung zu führen?, überlegte Lutz und richtete sich schwer atmend auf.

Er hätte nicht gedacht, dass Astrids hormoninduzierte Verblendung so lange anhalten würde. Inzwischen musste ihr – und Hanna sowieso – doch klar sein, dass eine Beziehung mit Georgios zum Scheitern verurteilt war.

Weshalb, zum Teufel, war Hanna dann noch dort?

Das unausgesprochene Fragezeichen und sein stiller Vorwurf lasteten auf ihren Telefongesprächen, die etwas Gezwungenes bekamen, und Lutz fragte sich beunruhigt, ob Hanna wirklich nur die gemeinsame Wohnung verlassen hatte.

Prompt tauchten unangenehme Erinnerungen an Brigitte auf, und er hatte das dringende Gefühl, etwas unternehmen zu müssen. Er wollte es nicht vergeigen. Diesmal nicht.

Vor einigen Tagen hatte er deshalb einen Flug nach Zypern gebucht. Wenn wir am Flughafen aufeinandertreffen, werde ich wissen, wie es um unsere Beziehung steht, hoffte Lutz. Sein alter Lederkoffer stand bereits gepackt bereit.

Er ließ sich auf die Knie nieder, um Liegestütze zu machen, die letzte seiner Übungen. Gerade stemmte er sich keuchend von Nummer fünf in die Höhe, da vibrierte das Handy auf dem Nachttisch. Hanna vermutlich, die wissen wollte, ob er rechtzeitig aufgestanden war. Erleichtert über die Unterbrechung – die sechste Liegestütze war immer ein Kampf – griff er nach dem Mobiltelefon. Stirnrunzelnd starrte er die Nachricht an. Sie stammte nicht von Hanna, sondern von Ruben Schmidt. Sein Arbeitskollege schickte ihm einen blutüberströmten Smiley, in dessen Schädel ein Messer steckte. Bing. Eine weitere Nachricht. Diesmal ein Kackhaufen mit betrübtem Gesicht.

Lutz blickte konsterniert auf das Display. Was zum Teufel wollte der Junge ihm damit sagen? Dass er es scheiße fand, dass er in Urlaub fuhr? Und was bedeutete der Schädel mit dem Messer; war das die moderne Version davon, jemandem Hals- und Beinbruch zu wünschen?

»Sitten hat der Junge«, schnaubte Lutz, legte das Mobiltele-fon zur Seite und marschierte ins Badezimmer. Mit Emojis zu kommunizieren war wirklich der Gipfel an Faulheit. Gereizt drehte er an den altmodischen Wasserhähnen, bei denen er höllisch aufpassen musste, dass er sich nicht verbrühte. Man stelle sich vor, er hätte Schmidts Nachricht falsch verstanden. Dann müsste er wohl annehmen, dass dieser ihm eben eine Morddrohung geschickt hatte.

Eingehüllt in Wasser und Dampf verpasste Lutz, dass sein Telefon klingelte und die nächste Viertelstunde nicht damit aufhörte.

Als er, gefolgt von einer Dampfwolke, im Bademantel aus dem Badezimmer trat, da läutete es erneut – diesmal jedoch an der Haustür. Mit dem Handtuch die Haare trocknend ging Lutz zum Eingang, öffnete – und hätte die Tür am liebsten wieder zugeschlagen. Was, zum Henker, suchte Schmidt hier, vor seiner Wohnung? Er hatte Urlaub! Typisch für ihn, dass er immer dann störte, wenn man ihn am wenigsten brauchen konnte.

»Was willst du?«, knurrte Lutz.

Statt einer Antwort hielt ihm der Junge sein Mobiltelefon mit dem erstochenen Emoji unter die Nase und blickte ihn vorwurfsvoll an. »Hast du nicht gesehen, was ich dir geschickt habe?«

»Ich interessiere mich nicht für den Kinderkram, den du in der Gegend rumschickst«, entgegnete Lutz unwirsch, machte kehrt und ging in die Küche, um Kaffee aufzusetzen.

Schmidt ließ die Tür hinter sich ins Schloss fallen und folgte ihm. »Für mich auch gerne«, sagte er und setzte sich unaufgefordert auf einen der Barhocker. »Milch und Zucker, bitte.«

Lutz brummte etwas Unverständliches. Kaum zu glauben, dass er diese Nervensäge wieder an der Backe hatte. Vor etwa einem Jahr, als sie beide noch bei der Kantonspolizei Zürich angestellt gewesen waren, hatten sie zusammen einen Fall bearbeitet. Zwei Frauen waren vermisst worden und eine ganze Kette von Eiscafés war in Flammen aufgegangen. Am Ende war

Schmidt überzeugt gewesen, dass sie den Fall gelöst und den Schuldigen gefunden hatten. Lutz hatte keinen Grund gesehen, Schmidt diesen Glauben zu nehmen, und ihn die Lorbeeren einheimsen lassen. Die wahren Brandstifter waren mit seinem stillschweigenden Segen davongekommen und hatten dankbar ihre zweite Chance ergriffen. Insofern konnte man also sagen, dass die Zusammenarbeit zwischen Schmidt und ihm ganz gut funktioniert hatte.

Doch der Junge hatte Lutz, der ohnehin zweifelte, ob immer gerecht war, was Recht war, vor Augen geführt, wie wenig objektiv die Entscheide der Obrigkeit und ihm selbst oft ausfielen, und dass er nicht immer das beste Vorbild war. Deshalb war Lutz froh gewesen, sich vorzeitig in die Pension verabschieden zu können und – als schönen Nebeneffekt – Schmidt, seinen Übereifer und seine totale Absenz von Menschenkenntnis hinter sich zu lassen.

Aus verschiedenen Gründen hatte sich die Frühpension dann allerdings als Fehlentscheid herausgestellt. Einer davon war, dass Lutz weder das Talent noch die Geduld zum Angeln besaß, ein anderer, dass die alten Säcke auf dem Lindenhof ihm beim Schach andauernd auf die Kappe gaben. Und so kehrte Lutz nach drei Monaten wieder in den Polizeidienst zurück. Zunächst arbeitete er wieder in Zürich, dann, als sich abzeichnete, dass er mit Hanna nach Rapperswil ziehen würde, meldete er sich bei der Kriminalpolizei in Sankt Gallen, die ihn augenblicklich einstellte. Personalmangel auf allen Ebenen. Die Kantonspolizei hatte Mitte Juli sogar vier ihrer Polizeistationen vorübergehend schließen müssen, so verzweifelt war die Lage.

Am ersten August, dem Nationalfeiertag, hatte Lutz seine neue Stelle in Sankt Gallen angetreten, und über wen stolperte er im

Klosterhof zwölf auf dem Weg zu seinem Antrittsgespräch? Ruben Schmidt, groß, blond, schlaksig und blauäugig in jedem Sinn des Wortes. Lutz schüttelte im Stillen den Kopf, als der Junge ihn im Flur zackig und in astreinem Hochdeutsch begrüßte. Hatte er diese lästige Marotte noch immer nicht abgelegt? Obwohl an Schmidt nur sein Name (und die Großmutter) deutsch war, wechselte er ins Hochdeutsche, wann immer er etwas als wichtig einstufte, mit der Folge, dass das Schweizerdeutsch öfter auf der Strecke blieb. Lutz war noch nicht dahintergekommen, was er mit dem Sprachenwechsel bezweckte. Vermutlich wollte er seriöser oder glaubwürdiger erscheinen – in jedem Fall verlorene Liebesmüh, fand er.

Wenig später saß Lutz für sein Antrittsgespräch im Büro von Christine Imhof, der Leiterin der Kriminalpolizei und seine neue Vorgesetzte. »Meine Zürcher Kollegin Moser hat mich gewarnt«, sagte sie am Ende des Gesprächs. »Deine Stärke sei es, kreativ zu denken, deine Schwäche, manchmal allzu kreativ zu ermitteln.« Sie bedachte ihn mit einem eindringlichen Blick. »Ich stelle dir deshalb unseren jungen, neu eingestellten Kriminalpolizisten Ruben Schmidt zur Seite, der mir als überaus korrekt beschrieben wurde. Wie du ja weißt, stammt er ebenfalls aus Rapperswil. Er wird dich an die Vorschriften erinnern, während du ihn erneut unter die Fittiche nimmst. Sorg dafür, dass er keine Dummheiten macht und ein ordentlicher Polizist aus ihm wird.«

Lutz stöhnte innerlich auf. Er hatte nicht die geringste Lust, für Schmidt die Vogelmutter zu machen. Dennoch willigte er ein. Er konnte seiner sympathischen Chefin nicht schon am ersten Tag einen Wunsch abschlagen.

Der junge Polizist grinste breit, als die Imhof ihn ins Büro holte, um das Arrangement zu besiegeln. »Ich freue mich, dass wir wieder zusammenarbeiten!«, sagte er begeistert und hörte nicht auf, Lutz' Hand zu schütteln.

Das hat mir gerade noch gefehlt, dachte Lutz und seufzte verdrossen. »Tammisiech, Schmidt, hätte ich das geahnt …«

Und jetzt hockte der Junge in seiner Küche und erwartete wie selbstverständlich, dass Lutz ihm einen Kaffee servierte.

»Das ist meine erste richtige Mordermittlung«, sagte Schmidt ehrfürchtig und rührte gleich drei Löffel Zucker in die Tasse, die Lutz ihm hinstellte. »Und dann ist die Frau auch noch so komisch gestorben. Einbetoniert, stell dir das mal vor.«

»Das Einzige, was ich mir vorstelle, ist, dass du so bald wie möglich abdampfst«, gab Lutz zurück. »In zwanzig Minuten steige ich ins Taxi und fahre zum Flughafen, also sieh zu, dass du mir nicht im Weg rumstehst.«

Schmidt riss die Augen auf. »Ja, aber deswegen habe ich dir doch dieses Emoji geschickt. Den Kackhaufen«, ergänzte er, als Lutz die Stirn runzelte. »Die Imhof sagt, dass du deinen Kurzurlaub verschieben musst.«

»Und weshalb sollte ich das tun?«, fragte Lutz verärgert.

»Na, wegen der Toten, die wir gefunden haben.«

»Eine Tote.«

»Ja, sie liegt in den Familiengärten an der Holzwiesstraße. Und da unsere Abteilung unterbesetzt ist und die Kollegen aus Rapperswil mit einem Drogentoten beschäftigt sind, brauchen wir jeden Ermittler, ob in Urlaub oder nicht, sagt die Imhof, vor allem, wenn einer so viel Erfahrung hat wie du und auch noch vor Ort wohnt. Kurz und gut: Wir beide sollen uns um die Tote kümmern.«

Deshalb also das Emoji mit dem Messer im Kopf, ging Lutz auf. »Und weshalb kommunizierst du den Mord nicht auf eine Weise, die jeder versteht?«, sagte er mürrisch. »Mit Worten zum Beispiel?«

Schmidt machte große Augen. »Hast du die Nachricht etwa nicht gecheckt?«

Der Junge ging ihm jetzt schon auf den Wecker.

Seine Gedanken wanderten zu Hanna, die wahrscheinlich gerade aufstand und sich bereit machte, um ihn am Flughafen in Larnaka abzuholen, und mit einem Mal war aller Ärger über ihr langes Wegbleiben, aller Frust über die unbefriedigenden Telefongespräche verflogen und machte einem Gefühl der Enttäuschung Platz. Ihm ging auf, wie sehr er sich gefreut hatte, Hanna in den Arm zu nehmen, bei Sonnenuntergang am Strand ein Glas Rotwein zu trinken und sich endlich wieder ausführlich mit ihr zu unterhalten. Stattdessen winkte Drecksarbeit im Schrebergarten. Mit Schmidt. Und eine Tote, die im Beton steckte. Verdammt.

Ein kurzes Telefonat mit Taxichauffeur und Fluggesellschaft und ein entmutigend knappes Gespräch mit Hanna später brachen Lutz und Schmidt zu den Familiengärten auf.

6

Donnerstag, 11. August

Das rote Heft, 1992

S hat mit dem Fußball eine Scheibe eingeworfen. Die Lehrerin hat gefragt, wer es war. Ich habe ihn nicht verpetzt. Dafür trägt er jetzt eine Woche lang meine Schulsachen.

Am Rand von Jona, dort, wo das Dorf eigentlich aufhörte und der Fluss vor dem See die letzte große Schleife zog, breitete sich zwischen den Waldstücken eine größere Ebene aus. Eine Straße zerteilte sie in der Mitte, links und rechts davon befanden sich Kiesparkplätze, Schuppen, Zäune, Gehwege, Regenfässer, ein Klo. An diesem Ort suchten die Menschen aus Jona und Rapperswil – seit 2007 waren die beiden Ortschaften eine Einheitsgemeinde – die Natur auf, um sich von ihrem Alltag zu erholen. In den Familiengärten Holzwies-Ost und Holzwies-West atmeten sie Waldluft ein, hörten die Jona plätschern und lebten ihre grüne Ader aus, indem sie Radieschen pflanzten, Salate zogen und Erdbeeren pflückten.

Eine Stadt in Miniaturform, ging Lutz durch den Kopf.

Die Gärten von Holzwies-West waren von einem hohen Zaun umgeben, den nur Eingeweihte, die überdies einen Schlüssel brauchten, betreten durften. Über den hölzernen Gartenschuppen wehten verblichene Fahnen diverser Länder;

portugiesische, spanische, italienische und ein paar schweizerische.

Der Schrebergarten Holzwies-Ost auf der gegenüberliegenden Straßenseite hingegen war frei betretbar, einen Zaun gab es nur zur Wiese hin – um Tiere abzuhalten, schätzte Lutz. Statt der Jona rauschten auf dem erhöhten Bahntrassee nebenan die S-Bahnen von und nach Rüti vorüber, und über den Pflanzgärten verlief eine Hochspannungsleitung.

»Bitte keine Gartenabfälle über den Gartenzaun werfen«, las Lutz, als er und Schmidt die rot-weißen Absperrbänder des Kriminaltechnischen Dienstes anhoben und auf den Parkplatz traten. Seltsame Angewohnheiten haben die Gärtner hier, amüsierte sich Lutz.

Auf dem Sammelplatz parkten diverse Autos. Polizisten von der Kantonspolizei Rapperswil und vom Pikett-Dienst der Kriminalpolizei schwirrten umher. Auf der Ladefläche eines Lieferwagens saßen zwei Männer, die ihrer leuchtgelben Kleidung zufolge dem Werkdienst Rapperswil-Jona angehörten. Die Imhof sprach gerade mit ihnen, doch was sie sagte, schien nicht recht bei ihnen anzukommen. In sich zusammengesunken hockten sie da, hoben kaum die Köpfe und nickten bloß zögerlich, wenn sie ihnen eine Frage stellte. Sie schienen schwer erschüttert.

Als die Imhof Schmidt und Lutz kommen sah, schüttelte sie den beiden Werksarbeitern die Hand, bedeutete ihnen, vorerst noch zu bleiben, und wandte sich ab, um ihre beiden Kollegen zu begrüßen. Wie viele groß gewachsene Menschen neigte sie ihren Oberkörper leicht nach vorne, um den Größenunterschied abzumildern – eine Haltung, die sie freundlich und entgegenkommend erscheinen ließ, ihr in einigen Jahren aber einen Buckel bescheren würde.

Lutz mochte die Imhof – als Mensch und als Vorgesetzte: Sie

war eine strenge, aber intelligente und charakterstarke Frau, die eine natürliche Autorität ausstrahlte.

»Tut mir leid um deinen Urlaub, Lutz«, sagte sie knapp. »Ging nicht anders.«

Lutz seufzte. Ihm tat es auch leid.

»Leiche, vermutlich weiblich, einbetoniert in den Boden, vor wenigen Stunden gefunden, in diesem Schuppen da«, fuhr sie fort und deutete auf das schwarze, stark verwitterte Gartenhaus mit dem roten Wagenrad. »Gehörte Fritz Steinbach, betagter Herr, ehemals Bauunternehmer, vor zwei Wochen an Lungenkrebs verstorben, hat seinen Garten im letzten Jahr kaum mehr aufgesucht, war zu schwach dafür. Die Spurensicherung ist schon bei der Arbeit.«

Wenn sie unter Druck stand, dann kommunizierte die Imhof in Stichworten, das war Lutz in den knapp zwei Wochen, die er jetzt für die Kriminalpolizei Sankt Gallen arbeitete, bereits aufgefallen. Effizient, musste er zugeben. Er selbst hielt es – aus Höflichkeit und um Missverständnisse zu vermeiden – mehr mit der ausführlichen und verbindlichen Kommunikation. Am Ende landete man sonst bei den Emojis – wie Schmidt.

Während sie darauf warteten, dass der Tatortfotograf und die Forensiker ihre Arbeit beendeten, sah Lutz sich um. Die Schrebergärtner schienen der Natur nicht gerade viel Platz zu gönnen. Die meisten der Gärten waren vollgestellt mit Gartenwerkzeugen, Hochbeeten, Tomatenhäuschen, Brunnen, Statuen, Sitzbänken, Kinderspielzeug, Regentonnen, Schildern, Grillkaminen, nicht zu vergessen die überdimensionierten Schuppen, die fast schon kleine Häuser waren. Für Beete, Rasen und Sträucher blieb auf vielen Parzellen kaum Platz. Gemüse anzupflanzen, war mehr Alibi als Antrieb, ein Grundstück zu pachten, mutmaßte Lutz. Die Pächter schienen lieber Grillpartys zu feiern und die Kinder herumtoben zu lassen, als Kartoffeln anzubauen.

Der Tatortfotograf unterbrach seine Beobachtungen. Mit einer matten Handbewegung winkte er Lutz und Schmidt zu und signalisierte, dass er und die Spurensicherung ihre Arbeit beendet hatten. Was er in Fritz Steinbachs Schuppen angetroffen hatte, schien ihn sprachlos gemacht zu haben.

Lutz und Schmidt hüllten sich in weiße Schutzanzüge, zogen Plastiküberschuhe an und schritten den mit Betonplatten ausgelegten Weg zwischen den Pflanzparzellen entlang. »Schluckweg«, las Lutz auf einem Aluminiumschild. Sie bogen in eine schmale Gasse ein und näherten sich einem schwarz angestrichenen Schuppen, an dem ein großes rotes Wagenrad prangte.

Schmidt, der Lutz vorangegangen war, zeigte alle Zeichen von Ungeduld, federte auf den Fußballen, und in seiner Miene zeichnete sich gespannte Erwartung ab.

Es gibt wohl nicht viele Polizisten, die derart versessen darauf sind, einen Tatort zu besichtigen, dachte Lutz kopfschüttelnd und streifte sich die Handschuhe über. Vor allem, wenn ihnen jedes Mal schlecht wird.

Kühles Dunkel umfing die beiden Kriminalpolizisten, als sie den Schuppen betraten. Die Luft roch modrig und abgestanden. Schmidt, der seine Gesichtsmaske noch nicht aufhatte, musste niesen und riss erschrocken die Augen auf. Lutz grinste. Wenn der Junge gerade seine DNA über den Tatort versprüht hatte, dann blühte ihm ein zünftiges Donnerwetter.

Lutz wartete, bis seine Augen sich ans Halbdunkel gewöhnt hatten, dann sah er sich um. Er stand auf einem Fußboden aus grob gezimmerten Holzlatten. Seitlich davon befand sich eine massive Schicht Beton, die von einem Scheinwerfer kreisförmig beleuchtet wurde. Wie es aussah, hatte sich jemand mit einem spitzen Werkzeug am Boden zu schaffen gemacht und den Beton an mehreren Stellen aufgebrochen – die Werksarbeiter vermutlich. Mitten aus den grauen Trümmerbrocken ragte eine nackte Schulter, die der Zartheit zufolge einer Frau zu gehören schien. Sie wirkte im Scheinwerferlicht unnatürlich rosa und erinnerte Lutz ganz unpassend an selbst gemachtes Erdbeereis. Oberhalb der Schulter sah Lutz eine dicke Strähne grauen Haars, die sich zwischen den Bruchstücken im Betonboden verlor, wo sich vermutlich der Kopf befand.

Schmidt sog scharf die Luft ein. Lutz konnte ihm sein Entsetzen nicht verdenken: In einem Schrebergarten in einen Fußboden einbetoniert zu werden, das war ein Tod, den man seinem ärgsten Feind nicht wünschte – egal, ob er während des ungewöhnlichen Begräbnisses nun lebendig oder bereits tot gewesen war.

Gedrillt in unzähligen Jahren Polizeiarbeit begann Lutz' Gehirn, Befunde zu sammeln und sie zu analysieren. Er registrierte, dass sich das Betonfundament über eine schmale Bahn auf der linken Schuppenseite erstreckte. Es war gute zwei Handbreit hoch, wies unregelmäßige Schlieren auf und franste entlang den Schuppenwänden und einem improvisierten Schalungsbrett unregelmäßig aus. Bevor die Werksarbeiter den Boden aufbrachen, hatte der Beton die Leiche bis über den Brustkasten bedeckt. Jedoch nicht vollständig: Als Lutz die Stelle, an der sich der Kopf befinden musste, genauer unter die Lupe nahm, bemerkte er einen leicht dunkleren Fleck. Die Nasenspitze des Opfers lag frei.

»Da scheint jemand beim Eingießen geschlampt zu haben«, kommentierte Schmidt das makabre Detail und beugte sich mit einer Mischung aus Ekel und Interesse über die Leiche.

Lutz begann inzwischen, den Rest des Schuppens zu untersuchen. Auf dem Holzboden im rückwärtigen Teil stand ein klappriger Tisch, der mit undefinierbaren Metallstücken belegt war. Teile eines Motors vermutlich. Auf der rechten Seite befanden sich mit Staub und Spinnennetzen bedeckte Gartenwerkzeuge, ein Zementsack und in der Ecke eine blaue Regentonne, die im Gegensatz zu allem anderen ziemlich sauber aussah.

Lutz ließ sich neben dem Zementsack in die Hocke nieder und betrachtete prüfend den Boden, bevor er sich mit einem japsenden Geräusch wieder erhob. Verflixte Knie. Fühlten sich trotz der Kniebeugen heute Morgen an wie schlecht geschmiert.

Kurze Zeit später traten Lutz und Schmidt blinzelnd und mit zusammengekniffenen Augen aus dem dunklen Schuppen ans Tageslicht und gingen dem Trampelpfad entlang zurück zum Sammelplatz. Die Werksarbeiter hatten sich nicht vom Fleck gerührt und saßen noch immer ziemlich weggetreten auf der Ladefläche ihres Wagens. Lutz gesellte sich zu ihnen.

»Es war so schrecklich. Wir waren gar nicht vorbereitet. Dann sahen wir plötzlich diese rosa Haut«, stammelte der jüngere der beiden Arbeiter, als habe Lutz' Anwesenheit eine Schleuse geöffnet. Dem spärlichen Wuchs seines flaumigen roten Barts nach konnte er nicht mehr als zwanzig Jahre alt sein.

Wie sich herausstellte, hatte die Stadt nach dem Tod von Fritz Steinbach dessen Gartenparzelle räumen wollen und war dabei auf das Betonfundament gestoßen.

»Flächen zu betonieren, ist in den Familiengärten nicht erlaubt«, erklärte der Rotbärtige. Die Stadt habe ihn und seinen Kollegen deshalb beauftragt, den Beton wieder abzutragen — wenn möglich mit der Spitzhacke. Falls das nicht klappte, waren sie angewiesen, bei einem der örtlichen Bauunternehmer einen Bohrhammer zu organisieren. Auf Lutz' Frage hin versicherten beide, dass sie Fritz Steinbach nicht gekannt hatten. Sie waren sichtlich erleichtert, als er ihnen erlaubte, den Tatort zu verlassen.

Etwas später als geplant traf nun auch der Staatsanwalt ein: ein großer stämmiger Mann mit einem rot gefleckten Hals und einer überlauten Stimme. Lutz hatte von ihm gehört, war ihm aber noch nicht persönlich begegnet.

»Magnus Obrecht«, stellte er sich vor und schüttelte Lutz und Schmidt gut gelaunt die Hand. »Wie ich von Christine Imhof höre, werden Sie beide an dem Fall arbeiten. Als alter Kriminaler wissen Sie ja, wie der Hase läuft, Herr Lutz. Verrückte Sache, was? Wie unsere Gerichtsmediziner mir sagen, müssen wir den ganzen Betonblock in die Rechtsmedizin schaffen, anders kriegen wir die Tote da nicht raus.« Er wedelte mit der Hand. »Dann lasse ich Sie einmal die ersten Hypothesen durchspielen. Melden Sie sich, wenn Sie etwas Kreatives vorzuweisen haben.«

Lutz nickte dem Staatsanwalt freundlich zu und fragte sich, wie viel der Mann erst intus hatte, wenn es gegen Abend ging.

Eine Stunde später verabschiedeten sich Lutz und Schmidt vom Obrecht und der Imhof. Es war vereinbart, dass die beiden Ermittler in einer ersten Phase von der Polizeistation an der Neuen Jonastraße in Rapperswil aus arbeiten würden. Lutz war das ganz recht, dann brauchte er nicht jeden Morgen nach Sankt Gallen zu fahren. Die Imhof würde gelegentlich nach Rapperswil kommen, um bei den Teamsitzungen anwesend zu sein.

Bevor sie zu ihrem neuen Arbeitsort aufbrachen, machten Lutz und Schmidt einen Rundgang durch die Familiengärten, um mit den Pächtern zu sprechen und festzustellen, ob jemandem etwas Verdächtiges aufgefallen war, doch die Gärten waren verwaist. Die Pächter kamen wohl eher am Abend, um zu sehen, ob ihre Pflanzen die Hitze des Tages überlebt hatten, und um zu gießen. Sie würden zum Telefon greifen müssen, um sie zu befragen.

Lutz entschloss sich, zu Fuß zur Polizeistation zu laufen, und machte sich auf den Weg, während Schmidt mit dem Fahrrad neben ihm herfuhr. Bis zum Kreisel beim Stadthaus in Jona versuchte der Junge, sich Lutz' gemächlichem Bummeltempo anzupassen, dann verlor er die Balance und stieg ab.

»Willst du meine Hypothese zum Tötungsdelikt hören?«, fragte er, den Drahtesel neben sich herschiebend.

Lutz wusste, dass er sich die Antwort sparen konnte. Schmidt würde ihm seine Ideen auftischen, ob er nun wollte oder nicht. Es wunderte ihn mehr, dass der Junge nicht schon in Anwesenheit des Staatsanwalts damit herausgeplatzt war.

»Fritz Steinbach und seine Frau hatten Streit«, erklärte Schmidt ernst. »Dann brachte er sie um, und weil er nicht wusste, wohin mit ihr, schleppte er sie in den Familiengarten und mauerte sie ein.«

Ja, das sah Schmidt ähnlich. Schlau wie Haferbrei, kreativ wie ein leckender Müllsack. Wie, zum Teufel, sollte ein Krebskranker im Endstadium seine Frau töten, sie in die Familiengärten transportieren, mehrere schwere Zementsäcke anheben und die Dame in flüssigen Beton eingießen?

»Was hältst du von dieser Theorie?«, wollte Schmidt wissen, als sie sich dem kupferfarbenen vierstöckigen Gebäude näherten, in dem die Kantonspolizei Rapperswil-Jona ihren Stützpunkt hatte.

»In vielerlei Hinsicht kaum zu übertreffen«, gab Lutz pampig zurück und marschierte an Schmidt vorbei durch die gläserne Eingangstür.

Zu Lutz' Überraschung empfingen die Kolleginnen und Kollegen von der Kantonspolizei in Rapperswil sie äußerst zuvorkommend. Schmidt und er bekamen ein kleines Zweierbüro zugewiesen.

Zufrieden mit der neuen Umgebung und der Tatsache, dass die Polizei im Erdgeschoss daheim war, ließ sich Lutz in seinen

Bürostuhl fallen – einen Drehsessel mit Armlehnen, Lordosen-stütze und einstellbarer Sitzneigung mit vierfacher Arretierung. Er drehte eine Proberunde. Eine klare Verbesserung gegenüber den harten Stühlen, auf denen er früher bei der Kantonspolizei Zürich gesessen hatte.

Ein Wermutstropfen allerdings bleibt, fand Lutz, zog die rechte Braue hoch und blickte hinüber zu Schmidt. Der stellte gerade sein rotes Mountainbike in eine Ecke des Büros und entfernte mit dem Ärmel sorgsam einen Dreckspritzer. Das Gefährt war ihm heilig. Es war ein eklatanter Fortschritt, dass er es nur mit ins Büro nahm und nicht, wie in Zürich, zusätzlich auch noch ankettete. Lutz war es ein Rätsel, wie ein sonst so gutgläubiger Mensch bloß annehmen konnte, dass alle Welt – die Arbeitskollegen von der Polizei inklusive – sein Fahrrad mopsen wollte.

Mit einer leichten Drehung, bei der er sich sehr elegant vorkam, wandte sich Lutz seinem Computer zu. »Als Erstes gehen wir die Vermisstenanzeigen durch, besorgen uns die Liste der Schrebergartenpächter und erkundigen uns bei der Imhof, bei welchem Sachbearbeiter in Sankt Gallen die Fäden unseres Falls zusammenlaufen«, sagte er.

»Familiengärten«, korrigierte Schmidt.

Lutz warf ihm einen verständnislosen Blick zu.

»Die offizielle Bezeichnung für die Rapperswiler Pflanzgärten lautet nicht Schrebergärten, sondern Familiengärten.«

»Die offizielle Bezeichnung kann mich mal«, knurrte Lutz. »Schrebergärten. Pächterliste, verstanden?«

»Jawoll, Boss. Aber wenn du dir anschaust, wer der Herr Schreber war, dann überlegst du es dir vielleicht nochmals.«

Was Hanna wohl gerade macht?, fragte sich Lutz. Nahm sie es ihm noch übel, dass er sie versetzt hatte? Es wäre eine Erleichterung, von Angesicht zu Angesicht mit ihr sprechen zu können. Er seufzte, dann nahm er sich die Vermisstenanzeigen vor.

Am späten Nachmittag trugen Schmidt und er die Ergebnisse zusammen. Der Junge hatte von der Stadt nicht nur eine Liste der Pächter der Familiengärten erhalten, sondern auch erste Erkundigungen über sie eingezogen und diese fein säuberlich neben die Namen notiert.

»Das war ausnahmsweise gar nicht so übel«, brummte Lutz und nahm aus den Augenwinkeln wahr, wie Schmidts Gesicht sich zu einem Grinsen verzog.

Man konnte meinen, die Passagierliste eines innereuropäischen Flugs vor sich zu haben, staunte Lutz, als er sich durch die schweizerischen, portugiesischen, kroatischen, spanischen und türkischen Namen der Pächter arbeitete. Ebenso vielfältig wie die Namen waren ihre Berufe. Da gab es eine Pflegefachfrau, einen Stadtrat, einen Logistiker, eine Putzfrau, eine Vertreterin des Rapperswiler Gewerbevereins, einen Kaminfeger, einen Bahnarbeiter, den Besitzer einer Schreinerei, eine Hotelfachfrau, eine Sportartikelverkäuferin, einen Coiffeur und die Direktorin des örtlichen Tourismusvereins.

So ein Familiengarten war viel mehr als ein bloßer Tummelplatz für Hobbygärtnerinnen und Grilleure. Es war eine völkerverbindende Einrichtung, effektiver wohl als manches Integrationsprojekt.

»Und dann habe ich noch Kontakt aufgenommen zu Aiva Semjonova, ebenfalls Kriminalpolizistin und unsere Ansprechperson in Sankt Gallen«, unterbrach Schmidt Lutz' Studium. Seine Augen glänzten.

»Und?«, fragte Lutz ungeduldig.

»Sie hat eine unglaublich tolle Stimme, tief, aber nicht zu tief, weich und melodisch, mit diesem charmanten Bündner Akzent, was man bei ihrem Namen natürlich nicht vermuten würde. Ich bin sicher, dass sie ausgezeichnet singen kann, vielleicht tut sie das ja auch. Ich werde sie einmal fragen.«

Lutz sah auf. »Mich interessiert einzig und allein, ob sie die ersten Einschätzungen der Gerichtsmedizin und der Spurensicherung schon erhalten hat.«

»Ah, ja. Die Gerichtsmediziner sind noch daran, die Leiche aus dem Beton zu befreien. Sie haben bis jetzt erst herausgekriegt, dass es sich um eine mittelalte Frau mit langem grauem Haar handelt.«

Passt, befand Lutz und suchte nach dem Dokument, das er in der Vermisstenkartei gefunden und ausgedruckt hatte. Ein Mann namens Theo Szalai, wohnhaft in Jona, hatte vergangene Woche gemeldet, dass seine Frau verschwunden war. Das Foto, das er der Polizei mitgebracht hatte, zeigte eine vierundfünfzig Jahre alte schlanke Frau mit einer hohen Stirn und Lachfältchen um die Augen. Ihr langes graues Haar war zu einem losen Knoten geschlungen.

»Fiona Bär«, lautete die Überschrift auf der Akte.

7

Freitag, 12. August

Der Obduktionsbericht und der Bericht der Kriminaltechniker trafen um drei nach zehn Uhr morgens im Posteingang der Kantonspolizei Rapperswil ein – genau eine Minute, nachdem Aiva Semjonova ihn erhalten hatte. Die ungewöhnlich speditive Weiterleitung war zweifelsohne Schmidt zu verdanken, der am Morgen um acht Uhr gleich als Erstes zum Telefonhörer gegriffen und die junge Kriminalpolizistin angerufen hatte. Als er nach einer halben Stunde wieder auflegte, hatte er zwar keine Neuigkeiten erfahren, die Beziehung zu Aiva Semjonova aber so weit vertieft, dass er jetzt wusste, dass sie eine getigerte Katze besaß, allergisch auf Nelken war und Jazz mochte.

Lutz hatte während des Anrufs mit den Händen über den Ohren dagesessen und versucht, sich mental nach Zypern zu beamen, musste aber einräumen, dass das Telefonat immerhin etwas bewirkt hatte.

Der vorläufige Obduktionsbericht bestätigte, was Lutz befürchtete: Bei der Leiche im Beton handelte es sich um Fiona Bär.

Laut der Untersuchung des Instituts für Rechtsmedizin am Kantonsspital Sankt Gallen und der Forensischen Abteilung der Kantonspolizei, kurz Kapo, war Fiona Bär innerhalb der letzten sechs bis zehn Tage gestorben. Die zerrissenen Organe, die Blutungen und die Brüche der Knochen im ganzen Körper deuteten auf stumpfe Gewalteinwirkung hin, und die Hämatome auf ihrem Bauch waren deutlich ausgeprägt und so charakteristisch gemustert, dass für die Gerichtsmediziner kein Zweifel bestand: Fiona Bär war von einem Fahrzeug mit hoher Stoßstange überrollt worden – einem Geländewagen oder Pick-up –, der breite Ganzjahresreifen hatte und von vorne auf sie zugefahren war. Das bestätigten auch der in Längsrichtung verlaufende Abrieb an beiden Schuhsohlen und die speziellen dreieckförmigen Bruchsplitter an den Oberschenkeln. Fiona Bär hatte, bevor sie unter den Wagen geriet, ihrem Mörder in die Augen geblickt.

Lutz atmete geräuschvoll aus. Die Frau war also bereits tot gewesen, als sie in den Boden einzementiert wurde. Nicht, dass es ihn erstaunt hätte, wenn der oder die Täter sie lebendig mit Zement übergossen und erstickt hätten; in seiner mehr als dreißigjährigen Laufbahn bei der Kriminalpolizei hatte er so manches gesehen. Aber er war doch erleichtert, dass sein inneres Auge während der Aufklärung dieses Falls vom Bild einer qualvoll erstickenden Frau verschont blieb.

Wie die Gerichtsmediziner weiter festhielten, wies die Leiche von Fiona Bär keinerlei Totenflecken auf. Die Stadtplanerin war einbetoniert worden, als die Flecken noch nicht fixiert waren und der Druck des Betons sie aus den Hautkapillaren hatte verdrängen können. Der Täter, folgerten die Gerichtsmediziner, musste Fiona Bär innerhalb von sechs Stunden nach ihrem Tod transportiert und vergraben haben. Gestorben war sie an inneren Blutungen. Im Gegensatz zum Bericht der Gerichtsmedizin war jener der Spurensicherung enttäuschend kurz. Die Kriminaltechniker hatten trotz der Staubschicht im Schuppen keinerlei brauchbare Finger- oder Fußabdrücke entdeckt, die einen Hinweis auf die Täterschaft gaben. Das Einzige, was sie gefunden hatten, war eine mickrige graue Faser, die am Türrahmen des Gartenschuppens haftete. Woher sie stammte, ob von einem Kleidungsstück, einem Tuch, einem Möbelstück oder Teppich, hatten die Kriminaltechniker bislang nicht ermitteln können.

»Wir wissen jetzt zwar, wer die Tote ist und wie sie gestorben ist, ansonsten aber haben wir keinerlei Anhaltspunkte«, kommentierte Schmidt, der mit einer Cola aus der Küche der Polizeistation zurückkehrte und Lutz unaufgefordert ein Glas Wasser hinstellte.

»Nicht viele«, musste Lutz zugeben. »Aber sie reichen aus, um ein wenig zu spekulieren.«

»Tatsächlich?«, fragte Schmidt verblüfft. »Ich wüsste nicht, wie.«

»Ich denke, dass wir es mit einem Täter zu tun haben, der sich hier auskennt«, sagte Lutz, lehnte sich in seinem Drehsessel zurück und wippte leicht mit der Rückenlehne. In Anbetracht dessen, dass Männer in der Schweiz achtmal mehr Tötungsdelikte verübten als Frauen, war es wohl nicht komplett verkehrt, vorerst die männliche Form zu verwenden.

Schmidt stützte die verschränkten Arme auf dem Tisch ab und beugte sich vor. »Wie kommst du darauf, dass der Täter die Gegend kennt?«

»Beobachtungen am Fundort«, gab Lutz zurück.

Schmidts Ratlosigkeit war fast mit Händen zu greifen.

»Es gibt einen Grund, weshalb der Täter gerade diesen Schuppen ausgesucht hat, um Fiona Bärs Leiche zu entsorgen«, erklärte Lutz. »Er kannte sowohl die örtlichen Verhältnisse wie auch den alten Steinbach. Er muss gewusst haben, dass der Mann momentan zu krank war, um seinen Garten aufzusuchen. Deshalb beschloss er, Fiona Bär vorübergehend dort unterzubringen.«

»Dann stammt der Täter also aus Rapperswil oder Jona?«

Pfiffig ohne Ende, der Junge.

»Die Frage ist natürlich, weshalb er Fiona Bär so nah an seinem Wohnort begraben hat«, fuhr Lutz fort. »Man könnte vermuten, dass Fiona Bärs Tod nicht geplant war. Gut möglich, dass ihr Mörder spontan entschied, sie umzubringen. Oder es handelte sich um ein Unglück oder Missgeschick.«

Schmidt stellte seine Cola ab und blickte Lutz entgeistert an. »Wie kommst du darauf?«

»Treffen wir ein paar Annahmen«, sagte Lutz und faltete die Hände über dem Bauch. »Versetz dich in die Lage einer Person, die vorsätzlich einen Mord begeht, ihr Verbrechen also plant. Wo würdest du die Leiche entsorgen?«

Der junge Polizist kniff die Augen zusammen und überlegte. »Ich würde die Leiche wegbringen. So weit weg wie möglich, damit die Polizei keine Rückschlüsse auf meine Identität ziehen kann.«

»Richtig.« Lutz nickte. »Also müssen wir uns fragen, weshalb der Täter Fiona Bär in der Nähe seines Wohnorts ablädt und verscharrt, obwohl ihn das kompromittieren könnte. Diese Frage lässt sich beantworten, indem wir das Szenario umkehren: Was tust du, wenn du keinen Mord geplant hast und plötzlich mit einer Leiche dastehst?«

»Ich breche in Panik aus?«

Lutz blickte Schmidt strafend an. »Du gehst zur Polizei. Zumindest, wenn du ein reines Gewissen hast. Hast du etwas zu verbergen oder möchtest der Polizei aus dem Weg gehen, dann wirst du versuchen, die Leiche zwischenzulagern, um dir in aller Ruhe einen Plan zurechtzulegen, wie du sie loswerden kannst. Du bringst sie also an einem Ort unter, von dem du glaubst, dass sie vorerst sicher ist: in einem Familiengartenschuppen zum Beispiel.«

Amüsiert beobachtete Lutz, wie es in Schmidts Schädel arbeitete. »Dass der Täter Fiona Bär nah an seinem Wohnort begraben hat, bedeutet also, dass er sie nicht vorsätzlich getötet hat?«

»Es ist nur eine Hypothese, aber meines Erachtens trifft sie zu.«

»Wenn der Täter Fiona Bär nur zwischenlagern wollte; weshalb hat er sie dann einbetoniert?«

»Das ist die Frage, nicht?«, entgegnete Lutz. Er rief sich den Tatort in Erinnerung und die Abdrücke im Staub an der Schuppenwand, die davon zeugten, dass sich hier vor Kurzem noch weitere Zementsäcke befunden hatten. Der Täter hatte den Zement demnach nicht mitgebracht, sondern sich an Fritz Steinbachs Material bedient. Die Leiche einzubetonieren, war ein spontaner, impulsiv gefasster Entschluss gewesen, davon war Lutz überzeugt. Kein sehr weiser, wenn man es genau nahm. Lutz starrte aus dem Fenster auf die großen, in der Sonne silbrig glänzenden Bäume neben den Bahngleisen und die Fußgänger, die den Tüchelweiher-Parkplatz überquerten, um ins Stadtzentrum zu gelangen. »Es scheint«, fuhr er nach einer Weile fort, »als ob wir nach einem Menschen suchen, der Gelegenheiten nutzt, wenn sie sich ihm bieten. Vermutlich ist er kräftig, übt weder ein Handwerk aus, das Präzision verlangt, noch hat er eine höhere Bildung. Außerdem kommt er ungern mit der Polizei in Berührung.«

»Woher weißt du das?« Schmidt schlürfte geräuschvoll die letzten Tropfen Cola aus seinem Glas.

Lutz betrachtete das Glas Wasser, das Schmidt ihm gebracht hatte. Zu viele Eiswürfel. Er schob es zur Seite.

»Wie du dich vielleicht erinnerst, befanden sich auf der Oberfläche des Betonfundaments grobe Schlieren«, erklärte er. »Der Betonboden franste an den Schuppenwänden aus, und Fiona Bärs Körper war nur knapp mit Zement bedeckt.«

»Die Nase wurde vergessen«, warf Schmidt grinsend ein.

»Kein Handwerker, der etwas auf sich hält, würde so schluderig arbeiten«, bestätigte Lutz, der sich an die pingelige Sorgfalt des Malers erinnerte, der seine und Hannas Wohnung gestrichen hatte. »Der Täter ist demnach ein Mensch, der minimalistisch veranlagt ist und wenig Wert auf Sorgfalt legt – Eigenschaften, die darauf hindeuten, dass er weder ein anspruchsvolles Handwerk ausübt noch eine höhere Bildung hat. Das wäre ihm schlicht zu anstrengend. Da der Täter Fiona Bär nach ihrem Tod aufgehoben und in den Schuppen getragen hat, muss er außerdem kräftig sein, oder er hatte Hilfe.«

»Und wie finden wir das heraus?«

»Zusammentragen, filtern, kombinieren«, sagte Lutz, in Gedanken schon bei der unangenehmen Aufgabe, die ihm bevorstand. Die Einsatzgruppe der Psychologischen Ersten Hilfe Sankt Gallen PEH hatte ausgerechnet heute keinen Mitarbeiter übrig, um Theo Szalai zu helfen, den Schock zu verkraften, den er gleich erleiden würde. Dass Schmidt die Aufgabe übernahm, kam nicht in Frage – es wäre, als würde man den Jungen mit dem Presslufthammer in die Glasi Hergiswil stellen. Es blieb an Lutz hängen, die Todesnachricht zu überbringen.

8

Freitag, 12. August

Das rote Heft, 1993

H hat mich angespuckt. Sie sagt, ich soll dahin verschwinden, wo ich herkomme. Ich habe M drei Panini gegeben, damit er ihr aufs Maul haut. Sie lief weinend nach Hause.

Das Heulen war schon von Weitem zu hören. Theo Szalai, Fiona Bärs Mann, stand in der Auffahrt zu einem unscheinbaren Einfamilienhaus mit grünen Fensterläden und hielt den Blick konzentriert auf den Boden gerichtet. Zu seinen Füßen dröhnte ein Hochdruckreiniger, und aus der Pistole in seiner Hand schoss ein scharfer Wasserstrahl auf den gepflasterten Boden. Gut die Hälfte des dick bemoosten Vorplatzes war bereits so reinlich gefegt wie das deutlich hellere und sauberere nachbarliche Gegenstück.

Theo Szalai war ein dünner Mann mit schütterem grauem Haar und einer blassen, fast durchscheinenden Haut. Er wirkte eigenartig erschöpft. Wenn Lutz und Schmidt erwartet hatten, dass er den Hochdruckreiniger abstellte, weil die Polizei ihn aufsuchte, so hatten sie sich getäuscht. Schmidt trat zwar vor ihn hin und winkte, um auf sich aufmerksam zu machen, doch Theo Szalai schaltete das Gerät erst aus, als er den letzten Pflasterstein in der Reihe zu Ende gereinigt hatte.

Nicht gerade das, was man sich unter einem Ehemann vorstellt, der besorgt auf Nachrichten über seine verschollene Frau wartet, ging Lutz durch den Kopf.

Mit einer resigniert wirkenden Geste bat Theo Szalai sie in den Garten und bedeutete ihnen, an einem Holztisch Platz zu nehmen, der auf der Wiese stand. Die Tischplatte war vom Alter gebleicht und splitterte beunruhigend, sodass Lutz achtgab, sich gerade hinzusetzen und nicht herumzurutschen.

In dem blühenden Meer aus Beifuß, Wiesen-Flockenblumen und Schafgarben, das sie umgab, zirpten haufenweise Grillen. Unter anderen Umständen hätte Lutz sich inmitten dieser Naturwiese sehr wohlgefühlt. Heute nicht.

Es schien ihm, als wäre dem Mann, der ihnen gegenübersaß, bereits klar, worauf ihr Besuch hinauslief. Als Lutz ihm mitteilte, dass er seine Frau nicht wiedersehen würde, nickte Theo Szalai bloß, die Miene beherrscht. Nur am Zucken seiner Mundwinkel war erkennbar, dass die Todesnachricht eine Emotion hervorrief. Welcher Art diese war, konnte Lutz jedoch nicht ausmachen.

»Wir möchten Sie informieren, dass Sie im Fall Fiona Bär polizeiliche Auskunftsperson sind«, schaltete sich da Schmidt ins Gespräch ein. Er blickte Theo Szalai durchdringend an. »Sie sind nicht verpflichtet auszusagen, doch wenn Sie es tun, dann müssen Sie die Wahrheit sagen, denn wenn Sie mit Ihrer Aussage einen Nichtschuldigen vorsätzlich einer Straftat beschuldigen, fälschlicherweise eine Straftat anzeigen oder jemanden der Strafverfolgung entziehen, machen Sie sich strafbar.«

Tammisiech, dieser Schmidt. Hier saßen sie im Garten eines Mannes, der gerade erfahren hatte, dass seine Frau gestorben war, und der Junge hatte nichts Besseres zu tun, als mit wichtiger Miene eine Rechtsbelehrung vom Stapel zu lassen, die zudem völlig unverständlich formuliert war. Lutz war noch dabei, in Theo Szalais Gesicht zu lesen, wie der Wittwer diese Pietät-losigkeit aufnahm, da fuhr Schmidt bereits fort: »Können Sie sich vorstellen, dass jemand Ihrer Frau übelwollte?«

Theo Szalai fuhr sich mit der Hand über die Augen und lachte freudlos auf. Wie auf Kommando begannen in der Nähe Hunde zu jaulen, und Lutz drehte den Kopf. Am Gitter eines Zwingers, der sich halb versteckt hinter den Fliederbüschen befand, standen drei flauschige Huskys und blickten zu ihnen herüber. Sie konnten nicht älter sein als ein Jahr.

»Fiona hatte zu vielen Themen eine starke Meinung und verteidigte sie auch«, sagte Theo Szalai, ohne auf die Hunde zu achten. »Sie genoss es geradezu anzuecken und scherte sich nicht darum, ob sie sich Feinde machte.«

Ein Verhalten, das ihm offensichtlich nicht gefällt, stellte Lutz fest und fragte sich, wie sich Fiona Bärs Widerspruchsgeist auf ihre Ehe ausgewirkt hatte.

Schmidt wackelte unruhig mit seinen Beinen, sodass der alte Holztisch zitterte. »Irgendwelche Namen, die uns weiterhelfen?«

»Haben Sie ein dickes Notizbuch dabei?«, erwiderte Theo Szalai bitter. Eine ganze Weile starrte er auf die Tischplatte und schien völlig woanders zu sein. Schmidt holte Anlauf, um den Mann mit einer wohlüberlegten Frage aus der Trance zu wecken, doch Lutz gebot ihm mit einer Handbewegung Einhalt.

Theo Szalai erinnerte ihn an Sulzer, mit dem er vor ein paar Jahren zu tun gehabt hatte. Sulzer war ein zutiefst unglücklicher Mensch gewesen, den es plagte, dass er beruflich wie privat immer hintenanstehen musste. Um der Verachtung zuvorzukommen, die er von anderen befürchtete, legte er sich eine harte Schale zu, war unhöflich und abweisend. Die Genugtuung, andere zu brüskieren, half ihm, sich selbst einzureden, dass er sich die Rolle als Zweitbesetzung selbst ausgesucht hatte. Irgendwann aber brachen die Emotionen aus ihm heraus, so heftig, als hätten sie Jahre unter der Oberfläche geschwelt. Gut möglich, dass Theo Szalais regloses, verhärmtes Gesicht ähnlich widerstreitende Gefühle verbarg.

Nachdem er eine Weile nachgedacht hatte, hob Fiona Bärs Ehemann den Blick und richtete ihn auf einen undefinierbaren Punkt in der Ferne. Die Huskys im Zwinger verstummten und legten sich auf den Boden, die Schnauze zwischen den Pfoten. In schlichten, nüchternen Worten erzählte Szalai von seiner Frau. Wie sie sich bei einer Versammlung der Sozialdemokraten das erste Mal getroffen hatten, wie er angetan gewesen war von ihrer Eloquenz und wie er ihr Durchsetzungsvermögen und ihr unerschütterliches Selbstbewusstsein bewundert hatte.

»Als wir entdeckten, dass wir nicht nur die politischen Ansichten und die Lebensauffassung teilten, sondern beide eine Familie gründen wollten, fanden wir schnell zusammen. Dass unser Kinderwunsch nicht in Erfüllung ging, war ein harter Schlag für uns. Fiona hat ihn nie ganz verkraftet.«

Sie habe sich deshalb mit ihrer ganzen Leidenschaft in ihre Arbeit als Stadtplanerin gestürzt, erzählte Theo Szalai. Sie arbeitete am umstrittenen Rapperswiler Tunnelprojekt mit und zog mit ihren pointierten Äußerungen viel Aufmerksamkeit auf sich.

»Tunnelprojekt?«, hakte Lutz nach.

»Die Rapperswiler diskutieren schon seit 1961 über einen Tunnel, der vom Seedamm her unter Rapperswil durchführt und die Innenstadt vom Durchgangsverkehr entlastet«, erklärte Schmidt. »Es gab etliche Anläufe und viele Pläne, die aber noch nicht zu einem umsetzungsreifen Projekt geführt haben.«

Lutz fragte sich, warum. Selbst ihm als Neuzuzüger fiel auf, dass sich die Autos allmorgendlich und -abendlich stauten – in der Innenstadt wie auf dem Seedamm, der ein Kilometer langen Verbindung zwischen Rapperswil am rechten und Pfäffikon am linken Zürichseeufer.

»Die Gegner behaupten, dass der Tunnel allein die Verkehrs-probleme nicht löse, weitere bauliche Maßnahmen nötig mache und dass ein großer Teil des Verkehrs im Übrigen hausgemacht sei«, beantwortete Schmidt Lutz' unausgesprochene Frage. »Sie wollen die Innenstadt nicht über Jahre blockieren und haben damit überzeugt: Bei einer Urnenabstimmung 2011 haben die Rapperswiler eine Untertunnelung zwischen dem Seedamm und Kempraten bachab geschickt. Danach dauerte es ganze sieben Jahre, bis sich die Stadt auf eine neue Tunnelvariante festlegte.«

Wider Willen war Lutz beeindruckt von Schmidts Wissen. Dass so viel von der Tunnelstory bei ihm hängen geblieben war, ließ darauf schließen, dass man sie den Rapperswiler Kindern geradezu eintrichterte.

»Der heutige Stand ist, dass der Tunnel vom Ende des See-damms bis zum Portal im Gebiet Hüllistein an der A53 führen soll«, ergänzte Theo Szalai. »Fiona ist … war bei der Planung dieses Projekts mit dem Namen ›Tunnel Mitte‹ dabei.«

»Und hat sich Feinde gemacht«, stellte Schmidt fest und trommelte mit den Fingerkuppen auf den Tisch. Eine nerv-tötende Angewohnheit.

»Sie lag sich mit Parteimitgliedern von links und rechts in den Haaren, insbesondere aber mit Elias Zuppiger, mit dem sie an den Sitzungen der Arbeitsgruppe oft lautstark stritt«, sagte Theo Szalai. »Zuppiger ist Stadtrat der hiesigen Schweizer Volks-partei«, fügte er auf Lutz' fragenden Blick hinzu. »Sowohl er wie Fiona argumentierten nicht gemäß Parteilinie.«

Schmidts Augen wurden groß, und er begann zu grinsen.

Ein Korn. Das blinde Huhn scheint ein Korn gefunden zu haben, dachte Lutz.

»Auch mit unserem Nachbarn Max Vogt hat sie sich über-worfen«, fuhr Theo Szalai fort und deutete mit dem Daumen auf das palastähnliche weiße Haus hinter ihm.

»Aus welchem Grund?«

Theo Szalai zuckte mit den Schultern. »Sie ärgerte sich über sein Geigenspiel, seinen Chauvinismus und seine politischen Ansichten. Umgekehrt regte er sich darüber auf, dass ihre Huskys bellen und dass sie keinen Wert darauf legt, das Grundstück zu pflegen. Ein typischer Nachbarschaftsstreit.«

Lutz neigte fragend das Haupt. »*Ihre* Huskys?«

»Ich bin mehr der Katzenmensch.«

»Also, rück raus mit deiner Entdeckung«, forderte Lutz Schmidt auf, als sie sich von Theo Szalai verabschiedet hatten. Hinter ihnen sprang dröhnend der Hochdruckreiniger an, und der frischgebackene Wittwer setzte seine Arbeit fort. Irgendwann diese Woche würden sie ihn nochmals eingehend befragen müssen.

Seine Physiotherapeutin im Ohr und die Anzeige der Waage vor Augen, hatte Lutz darauf bestanden, zu Fuß in die Stadt zurückzukehren, bereute es aber bereits; es war weiter, als er gedacht hatte, und Schmidt, der lange Spargel, schien nicht vorzuhaben, seine Schrittlänge zu reduzieren.

»Elias Zuppiger«, sagte Schmidt triumphierend, »wir müssen ihn auf die Liste unserer Verdächtigen setzen, weil er mit Fiona Bär verfeindet war. Aber nicht nur deswegen.«

»Na, sag schon«, seufzte Lutz ungeduldig.

»Zuppiger steht dem Ressort Bau und Liegenschaften vor und ist somit der Zuständige für die Familiengärten.«

Interessant, fand Lutz. Elias Zuppiger kannte also die Verhältnisse in den Familiengärten. Möglich, dass er wusste, wie es um die Gesundheit von Fritz Steinbach gestanden hatte, und dass er die gepachtete Gartenparzelle nie mehr aufsuchen würde. Es wäre nicht das erste Mal in Lutz' Laufbahn, dass er mitansehen musste, wie politische Differenzen in einem Mord mündeten. Auch Nachbarschaftsstreitigkeiten wie jene von Fiona Bär und Max Vogt kamen als Mordmotiv infrage oder eine Ehe, in der einer die Opferrolle einnahm. Immerhin fanden vierzig Prozent aller Tötungsdelikte in der Schweiz innerhalb der Partnerschaft statt.

Sulzer zum Beispiel, an den Theo Szalai ihn erinnerte, war seine Opferrolle irgendwann leid geworden. Scheinbar aus dem Nichts heraus war er explodiert und hatte seine Frau umgebracht.

9

Samstag, 13. August

Fiona Bär war tot. Nicht, dass es schade um sie war, fand der heimliche Beobachter – der Schatten, der alles mitangesehen hatte. Sie hatte die Misere verursacht, in der er jetzt steckte und für immer gefangen schien. Er war noch immer wütend.

Aber Mord? Um diese Grenze zu überschreiten, musste ein Mensch schon sehr skrupellos sein. Und ihn zu vertuschen, war ein Verbrechen, das ebenso schwer wog wie der Mord selbst. Er hätte nicht gedacht, dass sie bereit waren, so weit zu gehen, aber – er musste es sich wohl eingestehen – überraschen tat es ihn nicht.

Was der Schatten vergangenen Dienstag bei seinem nächtlichen Spaziergang gesehen hatte, verfolgte ihn bis in die Träume, und weder der zeitliche Abstand noch der Grappa vor dem Einschlafen konnten verhindern, dass er sich jede Nacht am Tatort wiederfand. Er hörte das dumpfe Geräusch, als der Wagen gegen die Frau prallte und sie darunter verschwand, wartete auf Schreie oder Verletzungslaute, die nicht kamen, und sah mit an, wie die Frau klanglos, sanglos aus dieser Welt verschwand. Mit klammem Herzen beobachtete der Schatten wieder und wieder, wie die tote Frau und ihre letzten Spuren schnell und routiniert beseitigt wurden. Und wenn er schweißgebadet aufwachte, fragte er sich, ob es tatsächlich so einfach war, einen Menschen auszulöschen. Ob es so einfach sein durfte.

Es war aber weder das Bedürfnis nach Gerechtigkeit noch sein moralischer Kompass oder die vage Idee, die Albträume würden verschwinden, die den Schatten schließlich dazu brachten, sich an den Computer zu setzen und eine Botschaft zu verfassen. Er war ein pragmatischer Mensch, der das Talent besaß, Möglichkeiten zu ergreifen, wenn sie sich ihm boten. Sein Wissen verschaffte ihm einen Vorteil – und wer war er, diesen nicht zu nutzen?

Ich habe gesehen, was du getan hast. Doch ich bin weder Richter noch Henker. Ich bin nur ein Schatten im Dunkeln, der vergessen will. Deshalb hier mein Angebot.

10

Samstag, 13. August

Das rote Heft, 1994

N ist in G verliebt. Sie hat ein Herz in ihr Heft gemalt mit seinem Namen. Ich erzähle es nicht weiter, dafür macht sie im nächsten halben Jahr jeden Dienstag meine Mathe-Hausaufgaben.

Hanna klang anders als sonst, distanzierter, als lägen nicht bloß Kilometer zwischen ihnen, grübelte Lutz beunruhigt. Sie hatte ihn gestern nicht angerufen, und als wäre es eine stille Übereinkunft, hatte auch er auf einen Anruf verzichtet. Während er ihr jetzt vom Mord in den Familiengärten erzählte, den Schwierigkeiten, die Zahl der Verdächtigen zu überblicken, und dem erfreulichen Umstand, dass er in den nächsten Wochen von Rapperswil aus arbeiten würde, lauschte sie ihm nur halbherzig, das hörte er an ihren kurzen Erwiderungen. Und plötzlich kam er sich ausgesprochen dumm vor – so, als rechtfertige er sich mit halb garen Ausreden dafür, dass er nicht nach Zypern geflogen war.

Wie ein langsam wirkendes Gift schlich sich Brigitte in seine Gedanken. Die Gerichtsmedizinerin und er hatten sechs Jahre lang zusammengelebt, einen großen Freundeskreis gepflegt, Reisepläne geschmiedet und von einer Zukunft geträumt, die auch Kinder mit einschloss. Bis Brigitte eines Tages nicht nach

Hause kam. Lutz rief Freundinnen und Arbeitskollegen an, telefonierte die Krankenhäuser ab, fuhr mit seinem Rad ihren Joggingweg entlang, ohne auf eine Spur zu stoßen. Dann, endlich, erbarmte sich eine Freundin und verriet ihm, dass Brigitte zu ihrem Ex zurückgekehrt war und keinen Kontakt mehr wünsche. Zu dem Ex-Freund, der mit mehr als einem Fuß in halbseidenen Wettgeschäften steckte und sie mehrfach betrogen hatte. Lutz konnte es nicht fassen. Sein Bild von der perfekten Beziehung, die Illusion, dass wenigstens dieser Teil seines Lebens heil und intakt war, sackte so plötzlich in sich zusammen wie ein leerer Kartoffelsack. Brigitte selbst verblasste nach einiger Zeit zu einer unliebsamen Erinnerung. Was blieb, war die unbeantwortete Frage nach dem Warum ihres plötzlichen Rückzugs. Und obwohl seine Freunde es als absurd abtaten, empfand Lutz unterschwellig Schuld und Reue, nicht um die Beziehung gekämpft zu haben. Nicht unbedingt, weil er sie hätte retten können, sondern, damit er sich nicht feige vorkam. Hätte er sich mit ganzer Kraft bemüht, wäre es nicht leichter gewesen zu versagen, aber er wäre besser darüber hinweggekommen, erkannte Lutz, als es bereits zu spät war.

Brigitte war wohl der Grund, weshalb es ihm jetzt so sehr zusetzte, nichts als telefonieren zu können. Er war so zuversichtlich gewesen, dass es mit Hanna und ihm klappen könnte; gerade, weil sie nicht mehr die Jüngsten waren und wussten, worauf sie sich einließen. Er fühlte sich lebendig in ihrer Gegenwart, war glücklich gewesen, als sie einwilligte, eine gemeinsame Wohnung zu beziehen, und erfüllt, solange sie da war.

Eine eigenartige Mattheit überfiel ihn, als er das Telefonat mit Hanna beendete. Er fühlte sich unlustig und kraftlos. Nicht nur die üblichen Muskelpartien am Rücken – einfach alles tat ihm weh.

Eine Ablenkung wäre gut, dachte er, während er zusah, wie Dampf aus dem Rohr des Espressokochers zischte und die schwarze Brühe sprudelnd in die Kanne rann. Der Deckel fehlte, weil Lutz es mochte zuzusehen, wie der Kaffeespiegel langsam anstieg. Hanna hatte über dieses Morgenritual immer gelacht. Vielleicht würde ein starker Kaffee seine Lebensgeister wieder wecken.

Kurz nachdem Schmidt und er unglückseligerweise wieder zu Arbeitskollegen geworden waren und er ihm erklärt hatte, weshalb die Sache mit der Frühpensionierung gescheitert war, hatte dieser ihm einen Zettel mit Namen und Telefonnummer einer Frau in Rapperswil zugesteckt. Jetzt schien der Zeitpunkt gekommen, sie zu kontaktieren. Wo hatte er die Notiz bloß hingelegt? Sie klemmte unter der Obstschale. Auch die war leer, seit Hanna weg war. Er musste daran denken, Äpfel zu besorgen.

Janine Widmer hieß die Frau. Er wählte die Festnetznummer mit Rapperswiler Vorwahl und verabredete sich für den Nachmittag. »Vierzehn Uhr, im Restaurant Al Porto, da gibt es einen ausgezeichneten Portwein«, sagte die Frau am Telefon. Sie war Lutz sofort sympathisch.

Das Al Porto befand sich in einem der Altstadthäuser, die sich am Rapperswiler Hafenbecken wie herausgeputzte Musterschüler aneinanderdrängten. Es war der Teil der Stadt, der Lutz am besten gefiel, und er war nicht der Einzige: An sonnigen Tagen flanierten Touristen aus aller Welt am Seeufer entlang, tranken Kaffee und aßen Kuchen mit Blick auf das Wasser, im Rücken das achthundert Jahre alte Schloss mit Gügeler-, Zeit- und Pulver-Turm. Das prächtigste Haus in der Zeile war das Hotel Schwanen ganz links außen, das eine Stiftung des polnischen Staats kürzlich erworben hatte und das seit einiger Zeit leer stand. Gleich daneben, etwas kleiner als das ehrwürdige Seerestaurant Steinbock zur rechten Seite, blinzelte das Al Porto hervor, das Lutz mit seiner weißen Fassade und den blauen Fensterläden an die Häuser auf Santorini erinnerte.

Lutz musste Janine Widmer nicht lange suchen. Sie saß an einem der Gartentische ganz hinten, beschattet von einem riesigen gelben Sonnenschirm, vor sich ein Glas Portwein. Sie war, wie Schmidt treffend beschrieben hatte, eine alte Dame, wie man sie aus Bilderbüchern kennt: mit weißem Haar, das zu einem Dutt hochgesteckt war, einer geblümten Bluse und, soweit Lutz das sehen konnte, akkurat gebügelten Bundfaltenhosen. Eine elegante Erscheinung.

Ihre klugen hellblauen Augen funkelten verschmitzt, als sie Lutz an ihren Tisch herantreten sah. »Janine«, stellte sie sich vor. Ihr Händedruck war unerwartet fest für eine Frau ihres Alters, und Lutz war sofort überzeugt, dass sie sich während ihrer langen Laufbahn als Lehrerin von keinem ihrer Schüler je auf der Nase hatte herumtanzen lassen. Er setzte sich ihr gegenüber, und sie tippten, wie man das so tat, um sich zu kennenzulernen, verschiedene Themen an: die Schule und wie sie sich im Lauf der Jahre verändert hatte, seine Arbeit bei der Kriminalpolizei und das Leben in Rapperswil.

»Und wie macht sich mein ehemaliger Schüler Ruben als Polizist?«, fragte Janine irgendwann.

Lutz trocknete sich mit einem Taschentuch die feuchte Stirn. »Ruben Schmidt?«, erwiderte er, um Zeit zu gewinnen. »Er gibt sich Mühe. Das wird schon noch, denke ich …« Er ließ den Satz unvollendet.

Janine schmunzelte. Dann faltete sie ihre schlanken Hände auf dem Tisch und beugte sich vor, um Lutz ernst in die Augen zu sehen. »Bei all den Problemen, die Ruben dir zweifellos bereitet, solltest du eines niemals vergessen: Der Junge hat ein gutes Herz. Und das ist heutzutage unbezahlbar.«

Bevor Lutz etwas darauf erwidern konnte, tauchte die Bedienung auf, und er bestellte ein großes Weizenbier.

»Auch eine ehemalige Schülerin von mir«, bemerkte Janine und deutete auf die Frau, die Lutz' Bestellung notierte. »Darf ich vorstellen: Sofia Keller, die Wirtin des Al Porto. Du solltest irgendwann ihr hausgemachtes Tiramisu probieren. Ich bin zwar überzeugt, dass sie deutlich mehr Likör beimischt, als den meisten Gästen guttut, aber es ist dennoch das beste Dessert der ganzen Stadt.«

Die Angesprochene – eine ungefähr vierzigjährige, etwas rundliche Frau mit braunem Haar – lächelte höflich und bedankte sich für das Kompliment. Lutz blickte auf. Sofia Kellers Stimme hatte ein kehliges Timbre, das ihrer unscheinbaren Person eine gewisse Attraktivität verlieh. Schon erstaunlich, wie sehr die Stimme beeinflusst, wie man einen Menschen wahrnimmt, dachte Lutz.

»Hast du das Schachbrett dabei?«, erkundigte sich Janine, als die Wirtin verschwunden war, und Lutz bückte sich nach seiner Ledermappe, um es hervorzuziehen. Brett und Figuren bestanden aus Marmor und Onyx. Hanna hatte seine Ankündigung ernst genommen, dass er nach der Frühpensionierung Schach spielen lernen wollte, und ihm das Set geschenkt. Eine gute Wahl. Es machte Spaß, auf einem so sorgfältig gearbeiteten Schachbrett zu spielen – auch wenn Lutz jedes Turnier verlor. Aber das würde sich jetzt ändern. Schmidt zufolge war Janine nicht nur eine hervorragende Schachspielerin, sondern auch eine gute und geduldige Lehrerin.

Und der Junge behielt recht: Lutz erfuhr an diesem Nachmittag so viel über Schach, wie er während seiner ganzen, immerhin neun Monate dauernden Frühpension nicht gelernt hatte. Janine brachte ihm bei, wie er mit den Bauern vorrücken und das Zentrum besetzen konnte, um seine Läufer und Springer so zu positionieren, dass sie möglichst viele Zugmöglichkeiten hatten. Und sie lehrte ihn diverse Eröffnungsvarianten – die italienische und die spanische Eröffnung, die sizilianische und die französische Verteidigung, verschiedene Gambits. Lutz schwirrte der Kopf.

»Beim Gambit stellst du deinem Gegner eine Falle«, erklärte Janine geduldig und ließ seinen schwarzen Bauern einen ihrer weißen umbringen, der sich mit einem Kameraden zusammen mutig an vorderste Front gestellt hatte. Einen Zug lang konnte Lutz' schwarzer Bauer sich auf seinen Lorbeeren ausruhen, dann wurde er von einem ihrer Läufer, der aus dem Hinterhalt hervorschoss, gekillt.

»Indem ich dieses Bauernopfer bringe, besetze ich das Zentrum und verschaffe mir einen strategischen Vorteil«, fuhr Janine mit ihren Erläuterungen fort.

Lutz lehnte sich zurück und starrte kopfschüttelnd auf das Brett. »Wie skrupellos«, bemerkte er, »zum Glück ist dies nur Schach.«

Ab und zu winkten Leute Janine von der Seepromenade her zu oder traten an den Tisch, um ein paar Worte mit ihr zu wechseln. Sie schien als Lehrerin sehr beliebt gewesen zu sein, stellte Lutz respektvoll fest. Eine groß gewachsene Frau mit schulterlangem blondem Haar bestätigte ihm, dass er mit seiner Einschätzung richtiglag. Sie hatte in der vordersten Tischreihe im Al Porto gesessen und kam jetzt nach hinten, um seine Schachpartnerin zu begrüßen.

»Die Frau Widmer?«, beantwortete sie Lutz' Frage. »Die war natürlich sehr, sehr streng, aber immer fair. Und im Gegensatz zu vielen anderen Lehrern konnte sie auch mal einen Scherz machen.«

»Bianca von Arx, Apothekerin«, stellte Janine die Frau vor. »Die kleine Bianca hatte für alle Probleme stets eine Lösung bereit, nur nicht für das eine: Sie konnte bis in die vierte Klasse keine Schnürsenkel binden.«

Die Blicke von Lutz, Janine und Bianca von Arx glitten automatisch zu den Füßen der Apothekerin, die verschmitzt lächelte. »Inzwischen habe ich diese komplizierte Fertigkeit zwar erlernt, aber ich gebe zu, dass ich es noch immer vermeide, Schnürsenkel zu binden. Meine Kinder und ich besitzen ausschließlich Schuhe, die ohne sie auskommen.« Gespielt kokett wendete sie ihre schnürlosen Converse hin und her. Lutz und Janine schmunzelten amüsiert.

»Gibt es in dieser Stadt eigentlich auch jemanden, den du nicht kennst?«, erkundigte sich Lutz, als die Apothekerin zu ihrem Tisch zurückging. Ein Mann und zwei blonde Zwillingsmädchen erhoben sich, und sie brachen auf.

»Es gibt Menschen, die ich lieber nicht kennen würde«, gab Janine zurück, ohne näher auf diese Äußerung einzugehen, und setzte seinen König mit ihrer Dame schachmatt. Vier Züge hatte sie dafür nur gebraucht, und Lutz kam sich ziemlich dumm vor. »Das sogenannte Schäfermatt. Dein Fehler war, dass du dich auf die klassische Eröffnung konzentriert hast, statt meine Drohung mit der Dame ernst zu nehmen. In festgefahrenen Mustern zu verharren, kann tödlich sein.«

Als Lutz nach etlichen verlorenen Partien, zwei Bier und einem Tiramisu, das die perfekte Mischung aus starkem Kaffee und Likör enthielt, in seine Wohnung zurückkehrte, stellte er fest, dass er schon lange keinen so unterhaltsamen Nachmittag mehr erlebt hatte. Er hatte es tatsächlich geschafft, ein paar Stunden lang nicht an Hanna zu denken. Beinahe zumindest.

11

Montag, 15. August

Das Sitzungszimmer roch nach Kaffee, Knoblauch, abgestandenem Rauch und den verschwitzten Körpern von neun Kantonspolizisten, die in einem Raum nicht viel größer als der Sitzungstisch seit einer Stunde vor sich hin brüteten. Die Hitzewelle hielt die Stadt zwischen ihren Zähnen gefangen wie ein Bullterrier sein unschuldiges Opfer, und ein Ende war nicht abzusehen.

Barbara Schlumpf stand auf und öffnete das Fenster. Mit ihrem kantigen Kinn erinnerte sie Lutz an die amerikanische Schauspielerin Sigourney Weaver.

»Bei dieser Hitze? Bist du wahnsinnig?«, protestierte Malin Frischknecht matt und fächelte sich mit einer Akte Luft zu.

»Nach einer Woche in den Pinienwäldern der Toskana ist der Geruch hier nur schwer auszuhalten«, brummte Barbara. »Hattest du einen Kebab zum Frühstück, Sebastian?«

»Aber garantiert!«, stöhnte der Kollege neben ihm naserümpfend.

»Gut möglich.« Sebastian Hirt grinste ohne die geringste Spur von Verlegenheit. Der bullige, knapp dreißigjährige Polizist besaß die Solariumbräune und die definierten Muskeln eines Bodybuilders. Vor zwei Jahren hatte er dem Wettkampfsport sowie der strikten Diät, die damit einherging, den Rücken gekehrt und war seither treuer Kunde bei der Kebab-Bude in der Altstadt. Die Knoblauchsoße, mit der die zwei griechischen

Cousins ihre Teigtaschen füllten, war definitiv nichts für Menschen, denen eine intakte Nasenschleimhaut am Herzen lag.

Ein zerzaust wirkender Polizist mit struppigem Haar warf seinen Kopf in den Nacken und simulierte eine Ohnmacht. Lutz lächelte. Das Kapo-Team in Rapperswil war ganz in Ordnung, und an die forsche Art zu kommunizieren würde er sich gewöhnen können, obwohl sie alle natürlich noch sehr jung waren. Mehr als fünfzig Jahre auf dem Buckel hatten nur die toughe Barbara, ein gemütlicher Typ mit Halbglatze namens Ted, seine Vorgesetzte Christine Imhof, die heute extra aus Sankt Gallen gekommen war, um an der Sitzung teilzunehmen, sowie er selbst.

»Konzentration bitte«, mahnte Carlo Bannwart, der Leiter der Rapperswiler Polizeistation. Der junge Mann war früh ergraut, besaß Gesichtszüge, so unauffällig, dass man sie augenblicklich wieder vergaß, doch er wirkte freundlich und intelligent. Wie Lutz feststellte, hatte er sein Team im Griff, ohne viel Aufhebens um sich und seine Rolle zu machen. Sehr sympathisch. »Sebastian und Malin, bringt uns bitte auf den neuesten Stand in Sachen Luca Kappeler.«

Der Pferdeschwanz der blonden Malin hüpfte, als sie sich aufrichtete, und Lutz fühlte sich einmal mehr an ein Anker-Mädchen erinnert, das brav und gutgläubig über seiner Strickarbeit saß. Am Donnerstag, als er Malin zum ersten Mal begegnet war, hatte er sie für eine wandelnde Fehlbesetzung gehalten, denn wenn Naivität in seinen Augen schon bei Normalsterblichen an einen Charakterfehler grenzte, so war sie bei Polizisten geradezu ein Vergehen. Doch er revidierte sein Urteil schnell: Hinter Malins unschuldigem Aussehen verbarg sich eine realistische und alles andere als blauäugige Frau mit einer bewegten Vergangenheit, die sie früh hatte reifen lassen. Ein Ansatz ihrer wilden Seele zeichnete sich auf ihrem Rücken ab, den das Tattoo eines Tigers mit offenem Rachen beinahe vollständig bedeckte – Lutz hatte ein Foto davon gesehen.

»Der Drogentote, Luca Kappeler, lebte allein und hatte nach Auskunft seiner Nachbarn wenig Besuch, selbst nach seinem Motorradunfall vergangenen Monat«, erklärte Malin. »Er arbeitete seit vier Jahren im Homeoffice für eine IT-Firma in Galgenen und ging selten mehr als ein paar Stunden aus.« Sie wandte sich Sebastian zu, der, den Arm über die Lehne gehängt, die Beine von sich gestreckt, relaxt auf seinem Stuhl lümmelte und etwas überrascht schien, dass er das Wort ergreifen sollte. Doch er fasste sich schnell.

»Wie wir erwartet hatten, fanden wir in der Wohnung von Luca Kappeler Fixerbesteck mit Resten von Pulver – Heroin vermutlich – sowie einige Packungen Xanax, die er wohl nicht dazu brauchte, Angstzustände zu kurieren.« Sebastian bleckte sarkastisch die Zähne. »Die Drogenfahnder aus unserer geschätzten Kantonshauptstadt haben seinen Computer durchforstet und bestätigt, dass er im Darknet unterwegs war und sein Bitcoin-Konto für Xanax und weitere Substanzen belastete. Woher er das Heroin hatte, um sich den goldenen Schuss zu setzen, können sie sich jedoch nicht erklären.«

»Sie vermuten, dass er das Age irgendwo in der Gegend bezog«, fügte Malin an.

Carlo wiegte abschätzend den Kopf. »Hat die Kontrolle vom Samstagabend etwas ergeben?«

»Barbara und ich standen bis zwölf Uhr am Kapuzinerzipfel, danach an der Bühlerallee und haben beobachtet, wer was verkaufte«, sagte Sebastian. »Das da haben wir beschlagnahmt.« Er kramte zwei Asservatenbeutel aus der Tasche seiner blauen Cargohose. »Gras und Ecstasy, aber kein Heroin.«

Würde ich Sebastian auf der Straße treffen, ich hielte ihn eher für einen Türsteher mit Gewaltneigung als für einen Polizisten, dachte Lutz amüsiert. Man sollte sich nie auf den ersten Eindruck verlassen.

»Keiner, dem wir Stoff abgenommen haben, hat Luca Kappeler je im Rapperswiler Zentrum gesehen«, sagte Barbara. »Und unser Kontakt kennt sich zwar mit Partydrogen aus, doch wo man in der Region Age beziehen könnte, das weiß sie entweder nicht oder sie will es uns nicht mitteilen.« Konsterniert fuhr sie mit der Hand durch ihr stoppeliges Haar.

Carlo presste die Lippen zusammen. »Also nichts, das uns weiterhelfen könnte. Ermutigt eure Kontakte, an der Sache dranzubleiben. Wenn sich in Rapperswil Produzenten und Dealer breitmachen, müssen wir davon erfahren.« Er klopfte mit den Fingerknöcheln auf den Tisch, um das Gesagte zu unterstreichen.

Die Anwesenden bekundeten Zustimmung.

Mit einer respektvollen Geste erteilte er Christine Imhof das Wort. Seiner Chefin schien die Hitze nichts auszumachen, bemerkte Lutz. Ihre Haut wirkte so bleich und kühl wie nach einem Bad im Gübsensee, in dem sie sommers wie winters jeden Morgen Runden schwamm. Schmidt hingegen wirkte alles andere als cool. Er wippte schon länger mit dem rechten Bein — ein untrügliches Zeichen, dass er darauf brannte, die Resultate ihrer Nachforschungen zu präsentieren.

»Also, Schmidt«, sagte die Imhof, und Lutz bewunderte sie dafür, dass sie es schaffte, in ihrer Stimme keinerlei Ironie anklingen zu lassen. »Was habt ihr zur Toten im Familiengarten herausgekriegt?«

»Einiges«, gab der Junge wie aus der Pistole geschossen zurück.

Die verstorbene Fiona Bär, so hatten sie entdeckt, hatte vor wenigen Monaten erst ein neues Testament aufsetzen lassen. Der Hauptbegünstigte war ihr Mann, Theo Szalai, dem sie das Haus sowie die Hälfte ihres Vermögens überschrieb. Dieses belief sich auf fast drei Millionen Franken und entstammte, soweit bekannt, dem Erbe ihrer Mutter. Die andere Hälfte ihrer Hinterlassenschaft ging an ihre Nichte und ihren Neffen, die ebenfalls in Rapperswil lebten.

»Zumindest die Nichte ist keine Unbekannte«, sagte Schmidt, der es sichtlich genoss, die Augen aller auf sich gerichtet zu sehen. »Es handelt sich um Bianca von Arx, die Besitzerin der Apotheke am Hauptplatz. Der Neffe ist ihr Bruder, Leon Bär. Was er beruflich macht, werden wir noch herauskriegen.«

Zu Schmidts Enttäuschung blieben seine Erkenntnisse unkommentiert: Es war zu heiß, als dass jemand die Energie hätte aufbringen können, euphorisch zu sein über zwei weitere Tatverdächtige auf der Liste.

Die Einzige, die reagierte, war Christine Imhof, die ihm signalisierte fortzufahren.

»Theo Szalai, Fiona Bärs Ehemann, können wir als Mörder schon einmal ausschließen«, verkündete Schmidt mit bedeutungsschwerem Unterton. »Denn erstens besitzt er kein Auto, mit dem er seine Frau hätte überrollen können, und zweitens hat er nie einen Führerschein gemacht.«

Lutz hatte Mühe, seinen Ärger zu unterdrücken. Typisch Schmidt. Wenn er nicht gerade die falschen Schlussfolgerungen zog, dann kamen sie vorschnell. Die Tatsache, dass Theo Szalai weder ein Auto noch einen Führerschein besaß, mochte ihn teilweise entlasten; ein Beweis für seine Unschuld aber war sie bei Weitem nicht – aus ganz verschiedenen Gründen. Und selbst wenn es stimmte, dass Theo Szalai seine Frau nicht umgebracht hatte, so hätte er sie noch immer im Familiengarten entsorgen können. Tammisiech, das hatten Schmidt und er doch gestern noch besprochen.

Christine Imhof hob verblüfft die Brauen und sandte Lutz einen forschenden Blick zu. Er wusste, was sie fragen wollte, und hob anstelle einer Antwort die Schultern. So war das mit Schmidt; manchmal sonderte er unausgegorenen Mist ab, was nicht bedeutete, dass sein Umfeld gleicher Ansicht war. Der Ehemann befand sich nach wie vor auf der Liste der Tatverdächtigen und würde dort bleiben, bis sie einen stichhaltigen Gegenbeweis hatten.

»Und in welcher Richtung sucht ihr denn jetzt weiter?«, erkundigte sich Barbara.

»Die Kollegen in Sankt Gallen sind gerade dabei, die finanzielle Situation der beiden Geschwister abzuchecken, die Fiona Bärs Vermögen erben«, fuhr Schmidt fort. »Danach werden wir uns die beiden persönlich vorknöpfen.« Er hatte das Vorgehen bereits mit Aiva Semjonova und Staatsanwalt Magnus Obrecht besprochen, der ihnen größtmögliche Freiheit bei den Ermittlungen zugestand. Lutz wollte gar nicht wissen, wie viel Gläsern Schnaps sie diese zweifelhafte Großzügigkeit verdankten.

Inzwischen, und das war die zweite gute Nachricht, hatten die Gerichtsmediziner den definitiven Obduktionsbericht gesendet. Es war ihnen gelungen, den Zeitpunkt von Fiona Bärs Tod auf den Dienstag vor zwei Wochen einzugrenzen, was die Suche nach ihrem Mörder erheblich erleichterte.

»Jetzt können wir damit beginnen, Alibis zu überprüfen und unsere Liste an Tatverdächtigen einzudampfen«, sagte Schmidt händereibend.

Bianca von Arx war eine tatkräftige und unkomplizierte Frau, stellte Lutz fest, als Schmidt und er in die Apotheke am Hauptplatz traten. Es roch nach Desinfektionsmittel und etwas Herbem, Trockenem, das wohl von den Medikamenten, ihren Verpackungen und dem Verbandszeug ausging. Ohne sich lange mit Fragen aufzuhalten, rief Bianca von Arx eine Angestellte herbei, übertrug ihr die Verantwortung für den Laden und teilte ihr mit, dass sie die nächste halbe Stunde nicht zu sprechen sei.

Heute trug Bianca von Arx keine Converse, sondern hautfarbene Lederslipper. Das helle Neonlicht in der Apotheke schmeichelte ihr nicht: Sie wirkte deutlich älter als bei ihrem ersten Zusammentreffen im Al Porto. Zwar war ihr Gesicht vollkommen glatt – mit etwas Nachhilfe, wie es aussah –, aber die feinen Fältchen am Hals und an den Händen verrieten, dass sie auf die vierzig zuging.

Lutz und Schmidt folgten ihr in ein Hinterzimmer und nahmen auf den zugewiesenen Stühlen Platz, die an einem kleinen, mit Akten überhäuften Tisch standen.

»Ich hätte nicht gedacht, dass wir uns so schnell wiedersehen«, sagte die Apothekerin in unverbindlichem Ton, während Schmidt sich abmühte, die langen Beine unter dem Tisch zu verstauen.

Wie im Verkaufsraum vorne war auch im Hinterzimmer alles weiß, steril und bis auf den letzten Meter vollgestellt. Das fehlende Tageslicht und die eingebauten Schubladenstöcke, die sich die Wände entlang bis zur Decke zogen, verstärkten den Eindruck des Eingeschlossenseins.

»Viel Platz haben wir auf dieser Etage nicht«, gab die Apothekerin zu, die Lutz' Blicken gefolgt war. »Wir sind heilfroh, dass wir im Keller großzügige Lagerräume haben.«

Bianca von Arx wusste bereits, weshalb die Polizei bei ihr anklopfte. Theo Szalai, der Ehemann der verstorbenen Fiona Bär und ihr Onkel, hatte sie angerufen, um sie vom Ableben ihrer Tante zu unterrichten. Die genauen Umstände des Todes aber waren ihr nicht bekannt.

»Das ist ja furchtbar!«, entgegnete sie, als Lutz ihr mitteilte, auf welche Weise ihre Tante gestorben war und wo man sie gefunden hatte. »Wer tut einem Menschen so etwas an? Das hat sie nicht verdient!«

Lutz fiel auf, dass Bianca von Arx eher irritiert als schockiert wirkte. Die Frau war nicht naiv. Sie wusste, was Menschen einander antun konnten, und schien sich eine solide Schale gegen schlechte Nachrichten zugelegt zu haben. Dennoch kam sie ihm irgendwie unecht vor. Ob es an ihrer Stimme lag, ihrem Gesichtsausdruck oder daran, dass sie sich bemühte, ihr wahres Alter zu vertuschen – das konnte er nicht sagen. Es war merkwürdig.

Als Schmidt Bianca von Arx von der Erbschaft erzählte, die sie zu erwarten hatte, behielt Lutz sie scharf im Auge.

»Ich habe nicht erwartet, dass ich etwas erbe«, sagte Bianca von Arx erstaunt, und ihre Augenbrauen verschwanden unter dem Pony. »So eng war unsere Beziehung eigentlich nicht. Das letzte Mal habe ich Fiona vor fünf Jahren getroffen, als mein Bruder und ich unseren Vater beerdigten.«

Eine Dreiviertelmillionen Franken war auch für eine Apothekerin mit eigenem Geschäft viel Geld, schätzte Lutz. Aber war es eine Summe, für die eine Frau, die in stabilen Verhältnissen lebte, töten würde?

Schmidt räusperte sich. »Wie steht es denn eigentlich um die finanzielle Situation Ihres Geschäfts, Frau von Arx?«

Lutz stöhnte innerlich. Was bezweckte der Junge mit dieser Frage? Die Recherche ersparte er sich dadurch nicht. Er brachte die Frau höchstens gegen sich auf.

Die Angesprochene verzog spöttisch den Mund. »Sie glauben, dass ich meine Tante ermordet habe, um an ihr Erbe zu kommen?«

»Haben Sie das?« Schmidt hatte seinen durchdringenden Polizistenblick aufgesetzt, und Lutz fühlte sich gezwungen, einem peinlichen Starrwettbewerb zuvorzukommen.

76

»Wir wollen Sie nicht länger stören, Frau von Arx. Vielleicht können Sie uns fürs Protokoll einfach noch kurz mitteilen, wo Sie sich am Dienstag vor einer Woche aufgehalten haben.«

»In der Apotheke natürlich. Und nach Ladenschluss um achtzehn Uhr dreißig ging ich nach Hause zu meiner Familie.«

Lutz gab Schmidt ein Zeichen, eine entsprechende Notiz zu machen, und erkundigte sich, ob sie wisse, wo ihr Bruder Leon Bär sich aufhalte.

»Er ist arbeitslos. Also vermutlich zu Hause«, erwiderte Bianca von Arx achselzuckend, und wieder beschlich Lutz das Gefühl, dass sie nur eine Fassade von sich zeigte.

»Eine kalte Frau«, urteilte Schmidt, als sie auf den Hauptplatz traten und ins grelle Sonnenlicht blinzelten. »Sie scheint nicht besonders an ihrem Bruder zu hängen.«

Nach den stark gekühlten Ladenräumen fühlte sich Lutz, als hätte ein Schauer glühender Pfeile seine Haut in Brand gesetzt. Er rieb sich über die Arme, um das Empfinden zu vertreiben. Der Junge schätzte die Apothekerin ähnlich ein wie er selbst. Erstaunlich, bedachte man, dass es sich um Schmidt handelte.

Leon Bär wohnte in einem heruntergekommenen Mehrfamilienhaus in der Nähe des Lido und war entgegen der Annahme seiner Schwester nicht zu Hause.

»Er könnte das Erbe seiner Tante bestimmt gut gebrauchen«, kommentierte Schmidt und besah sich die Fassade, die wegen einer defekten Regenrinne unter dem Dach bräunlich verfärbt war. Sie läuteten wiederholt, doch niemand öffnete, und auch von den anderen Bewohnern des Hauses ließ sich auf ihr Klingeln hin niemand blicken.

»Das macht den Mann natürlich höchst suspekt«, sagte Schmidt, und Lutz revidierte sein Urteil umgehend. Dass sich ihrer beider Einschätzung zu Bianca von Arx deckte, musste ein Zufall gewesen sein.

»Am besten ist es, wenn du heute Abend nochmals hierherkommst. Falls Leon Bär zu Hause ist, rufst du mich an«, beschied er dem Jungen.

Schmidt drehte sich erstaunt um. »Und weshalb kommst du nicht mit, Boss?«

»Ich spiele Schach«, gab Lutz zur Antwort und beobachtete amüsiert, wie Schmidts Miene sich verfinsterte. Lutz sah auf die Uhr. Fünfzehn Uhr. In einer Viertelstunde waren sie mit Max Vogt, dem Nachbarn von Fiona Bär, auf dem Polizeiposten verabredet. Und wie er Theo Szalais Aussagen entnommen hatte, war es nicht ratsam, den Mann warten zu lassen, wollten sie einen Zugang zu ihm finden.

Zu Lutz' Erstaunen erschien Max Vogt pünktlich und ohne den Rechtsbeistand, den er angekündigt hatte.

»Fiona Bär war meine Nachbarin. Wie Ihnen ihr Mann und jeder in dieser Stadt erzählen kann, mochten wir uns nicht. Aber wenn ich auf irgendeine Art und Weise dazu beitragen kann aufzuklären, wie sie den Tod gefunden hat, dann werde ich das tun, und dazu brauche ich keinen Anwalt«, erklärte er und schüttelte Schmidt und Lutz ernst die Hand. Seine ganze Erscheinung – vom sorgfältig zurückgekämmten Haar über die braunen Manchesterhosen bis zu den blank geputzten Lederschuhen – strahlte Wohlhabenheit und gutbürgerliche Zuverlässigkeit aus. Lutz musste sich ein Schmunzeln verkneifen, als ihm aufging, wie sehr dieser Mann mit seinen konservativen Ansichten die selbstbewusste, gescheite und unorganisierte Fiona Bär provoziert haben musste – und umgekehrt. Auch bei ihm selbst löste die Erscheinung des Mannes ein Kribbeln aus, aber das war mehr sein eigenes Problem. Er hegte ein gutschweizerisches Misstrauen gegen alle Sorten von Menschen, die zu sehr glänzten.

»Erzählen Sie uns doch, was Sie in Ihrem Leben tun, wie Sie Fiona Bär kennengelernt haben und wie es um Ihre Nachbarschaft stand«, forderte Lutz, der offene Fragen für ein gutes Mittel hielt, um den Redefluss in Gang zu bringen. Oft verrieten die Befragten durch Gestik, Mimik und die Prioritäten, die sie beim Erzählen setzten, mehr, als sie ahnten.

Sie erfuhren, dass Max Vogt verwitwet war und seit dem Tod seiner Frau vor gut fünfzehn Jahren allein in seinem Haus an der Paradiesstraße lebte. Er war Geschäftsführer und Inhaber der Vogt Transporte GmbH und legte, wie es schien, seine ganze Energie in sein Unternehmen. Mit Erfolg. Die Geschäfte liefen gut.

»Ich habe von Ihrem Unternehmen gelesen«, mischte Schmidt sich ein, »gab es nicht vor zwei Wochen einen Unfall?«

Für einen kurzen Augenblick zeigte Max Vogts joviale Überlegenheit Risse, hinter denen Lutz Besorgnis erkannte, dann fing der Mann sich wieder.

Vor zwei Wochen sei in Mönchaltdorf einer der hundert Tonnen schweren, mobilen Pneukrane mit dem unbeladenen Ausleger auf ein benachbartes Einfamilienhaus gekracht, gab er zu. »Die Stützpfeiler waren solide verankert. Uns ist immer noch nicht klar, wie das passieren konnte.«

Schmidt nickte. »Ich habe in der Zeitung das Foto des zerstörten Kinderzimmers gesehen. Da war ein rosa Einhorn, dem die Füllung aus dem Körper quoll.«

»Die Familie kann nicht länger in ihrem Haus wohnen«, bestätigte Max Vogt und verzog die Lippen. »Aber das Einhorn, das lag ursprünglich nicht dort. Der Zeitungsfotograf muss es mitgebracht haben – je größer die Emotionen, desto zahlreicher die Leser.«

Der Unfall erschüttert ihn offensichtlich, stellte Lutz fest und kam sich etwas zynisch vor, als er sich fragte, ob es dem Unternehmer auch nur eine Sekunde lang nicht um seinen Ruf, sondern um die Familie gegangen war.

Seine Skepsis jedoch schwand, als Max Vogt schnörkellos und scheinbar aufrichtig von der schwierigen Nachbarschaft mit Fiona Bär zu erzählen begann.

»Diese Frau«, sagte er kopfschüttelnd, »die hat mich wirklich in den Wahnsinn getrieben. Sie hat sich partout geweigert, den gemeinsamen Vorplatz zu reinigen, sie sträubte sich dagegen, die große Weide zu stutzen, die an der Grenze steht, und hat sich beschwert, wenn einmal Rauch von meinem Grillfeuer zu ihr hinüberwehte. Zu alledem war sie immer so ungepflegt, dabei hätte sie durchaus die Möglichkeit gehabt, sich etwas aufzupolieren – Geld war ja vorhanden.« Er blickte zu Lutz. »Dennoch tut es mir leid, dass sie tot ist, wissen Sie? Unsere Streitereien über den Gartenzaun hinweg waren manchmal recht amüsant. Sie war nicht auf den Kopf gefallen.«

»Haben Sie eine Ahnung, wer Fiona Bär hätte umbringen wollen?«

Max Vogt hob die Schultern und breitete die Arme aus. »Abgesehen von mir, meinen Sie? Haha!« Er lachte, aber es klang mehr gequält als fröhlich. »Vielleicht ein politischer Feind, wer weiß? Sie hat sich ja, so hört man, mit halb Rapperswil angelegt.«

Auf die Frage von Schmidt, wo er den Dienstagabend vor zwei Wochen verbracht hatte, nahm Max Vogt seine Agenda zur Hand. »Ach ja, ich entsinne mich. Ich hatte eine Freundin zu Besuch, denn ich wollte mich irgendwie von diesem schlimmen Unglück mit dem Kran ablenken. Sie blieb den ganzen Abend.«

Als Gentleman alter Schule, den er offensichtlich markieren wollte, weigerte er sich erst, den Namen der Dame herauszurücken. Angeblich verband sie eine lose Freundschaft. Dann aber gab er ihn doch preis.

»Tanja Rüegg?« Schmidt war verblüfft. »Aber die ist mehr als zwanzig Jahre jünger als Sie!«

Max Vogts Stirn legte sich in entrüstete Falten, und Lutz musste innerlich grinsen. Schmidt besaß keine Spur von Taktgefühl, aber sein Unterhaltungswert konnte sich wahrlich sehen lassen. Die unangenehme Folge davon war allerdings, dass der Transportunternehmer, wenn sie ihn ein zweites Mal befragten, bestimmt nicht mehr auf einen Rechtsbeistand verzichtete.

»Sie war meine Sandkastenfreundin!«, verteidigte sich Schmidt, nachdem Max Vogt die Polizeistation verlassen hatte. Als wäre die Tatsache, dass Tanja Rüegg den kleinen Ruben einst in Windeln hatte herumstolpern sehen, ein Grund für diesen, sich nicht mit ihr einzulassen.

»Mochtest du sie?«

Schmidt kniff die Augen zusammen, während er in seiner Erinnerung kramte. »Mir gefielen ihre Zöpfe. Und ich war beeindruckt von ihren Zahnlücken. Sie war etwas älter als ich, also war sie mir diesbezüglich immer voraus.«

»Was weißt du sonst noch über sie?«

»Sie ist alleinerziehend und hat einen Sohn, der etwa fünf Jahre alt ist. Ich vermute, dass sie im Restaurant Al Porto als Kellnerin oder Küchenhilfe arbeitet. Ich habe sie dort schon ein paar Mal ein- und ausgehen sehen.«

Lutz stand auf und streckte sich. Schmidt hörte auf, an seiner Cola zu nippen. »Was hast du vor?«, erkundigte er sich argwöhnisch.

»Bier trinken.«

Schmidt riss die Augen auf. »Alkohol im Dienst?«

»Ich gehe ins Al Porto und werde dort etwas recherchieren –
verdeckt. Was denkst du, wie misstrauisch die Leute würden,
wenn ich vor einem Glas Wasser säße?« Lutz klopfte sich auf die
Wampe. »Ein Mann meines Aussehens trinkt Bier. Alles andere
fällt auf.«

12

Montag, 15. August

Das rote Heft, 1995

H erzählt überall herum, dass Papa ein Krüppel ist. T und ich waren heute bei ihrem Haus und haben ihr Kaninchen aus dem Freilaufgehege geholt. Wir haben es M gegeben, der macht gern Experimente mit Tieren. Er schuldet mir etwas.

Lutz bestellte dann doch ein Wasser. Nicht aus Pflichtbewusstsein, zumindest nicht seiner Arbeitgeberin gegenüber, sondern weil er an seine Physiotherapeutin und ihre Predigten von gesundem Essen und weniger Alkohol dachte. Und an Hanna natürlich. Sie war inzwischen bestimmt knackig braun, während er noch immer aussah wie eine Olma-Bratwurst: weiß und gestopft bis in den letzten Hemdzipfel. Er wollte sich zumindest Mühe geben.

Das Bier hatte er für Schmidt erfunden. Es war schockierend einfach, den Jungen aus der Fassung zu bringen. Eine Coladose falsch zu entsorgen, war vermutlich das Verrückteste, was der je getan hatte.

»Idealerweise hast du deine Figuren so im Zentrum platziert, dass du im Mittelspiel mit koordinierten Angriffen die Initiative übernehmen kannst«, sagte Janine und rückte mit dem Bauern vor, der die Königin beschützte. Lutz tat es ihr gleich. »Wenn du den Gegner bedrohst, sodass er reagieren muss, kann er seine eigene Entwicklung nicht mehr vorantreiben.« Ihr Bauer hatte die Bahn frei gemacht für den weißen Läufer, den sie jetzt aufs Feld schräg vis-à-vis von Lutz' Springer zog. »Diesen Zug nennt man übrigens Fesselung.« Sie nahm einen Schluck ihres Portweins und ließ Lutz Zeit, das Brett zu studieren.

»Du hast meinen schwarzen Springer ausgetrickst«, ging ihm auf. »Er ist zum Stillstand verdammt, denn wenn er abzieht, killst du mit dem Läufer meine Dame.«

Janine lächelte zufrieden. »Richtig. Wie kommen Ruben und du eigentlich mit eurem Fall voran?«

»Er hat dir davon erzählt?«

»Ja, weil er weiß, dass ich Fiona Bär kannte. Ich kann kaum glauben, dass sie tot ist. Bei der letzten Tavolata haben wir noch zusammen Kuchen gebacken …«

Lutz blickte über die gut besetzte Gartenterrasse des Al Porto zu den am Hafen vertäuten Kursschiffen. Irgendwo zirpte eine Grille, und ihm ging durch den Kopf, dass es ein Glück war, in einer Stadt zu wohnen, in der überall Grillen zu hören waren. Er blickte zu Janine und verzog die Lippen. »Ein Polizeisprecher würde wohl sagen, dass wir in alle Richtungen ermitteln. Was so viel heißt wie: Wir sind im Seich, und die Verdächtigen stehen Schlange.«

»Ein klassisches Mittelspiel also«, nickte Janine. »Es gibt unzählige Zugmöglichkeiten, sodass List und Taktik gefragt sind, um den Gegner auszutricksen, bevor man zum Endspiel übergeht. Aber das Wichtigste ist wohl, nie das große Ganze aus den Augen zu verlieren, nicht wahr?« Sie schob ihren Turm vor.

»Du hast vorhin von einer Tavolata gesprochen«, fiel Lutz in diesem Moment ein. »Worum handelt es sich da eigentlich?«

»Oh, das ist ein großartiges Fest«, antwortete Janine strahlend. Jeweils an einem Abend im August, erzählte sie, stellten die Rapperswilerinnen und Rapperswiler auf dem Fischmarktplatz und in den Gassen der Altstadt lange Tische auf. An diesen sitze die Bevölkerung dann zusammen, trinke etwas, oder auch sehr viel, und lasse sich das Essen von einheimischen Gastronomen sowie mehr oder weniger talentierten Hobbyköchen schmecken. Sie selbst arbeite an einem Dessertstand.

»Ihr Ruby Chocolate Drip Cake mit Erdbeerfüllung ist legendär«, warf Wirtin Sofia Keller ein, die unbemerkt an ihren Tisch getreten war. Sie legte Janine eine Hand auf die Schulter und lächelte. Das plötzliche Auftauchen der Wirtin schien Janine erschreckt zu haben. Sie zuckte zusammen, und ihre Augenlider flatterten, dann fing sie sich wieder.

»Ja, ich denke, der Kuchen kommt jeweils ganz gut an«, bestätigte sie schmunzelnd und zeigte auf Lutz. »Meinen Schachpartner Andy Lutz hier hast du ja bereits kennengelernt, Sofia. Er ermittelt im Todesfall von Fiona Bär. Du weißt schon, die Frau, die in den Familiengärten tot aufgefunden wurde.« Sie blickte ihre ehemalige Schülerin aufmerksam an. »Hast du sie gekannt?«

Sofia Keller bejahte. Nachdem sie sich mit einem Blick über die Gartenterrasse versichert hatte, dass keiner ihrer Gäste nach ihr verlangte, legte sie ihr Tablett auf den Tisch und setzte sich zu ihnen.

»Du musst wissen, Lutz, dass Sofia zusätzlich zu ihrem Beruf als Wirtin bei der Schlichtungsbehörde See als Vermittlerin amtet«, klärte Janine ihn auf. »Sie ist für die Gemeinden Rapperswil, Jona und Eschenbach zuständig. Das ist mit ein Grund, weshalb sie so viele Leute kennt.«

Lutz kramte in seinem Gehirn nach Wissen, das er über dieses Amt besaß, und wurde wider Erwarten fündig. Vermittler wurden in anderen Kantonen auch Friedensrichter oder Schlichter genannt. Sie hatten die Aufgabe, zwei zerstrittene Parteien zu versöhnen, einen Prozess zu verhindern und damit die Gerichte zu entlasten. Soweit er informiert war, brauchte eine Vermittlerin oder ein Vermittler keine juristische Ausbildung. Die Person musste lediglich im betreffenden Gerichtskreis wohnen und sich alle sechs Jahre der Wahl des Kreisgerichts stellen. Im Idealfall erreichte die Vermittlerin, dass sich die Parteien auf einen Vergleich einigten. Klappte dies nicht, erteilte die Schlichtungsbehörde den Streitparteien die Bewilligung, vor Gericht zu ziehen und zu klagen.

»Eine spannende Aufgabe«, bemerkte Lutz interessiert. »Wie oft sind Ihre Dienste denn gefragt?«

»Bis zu hundertfünfzig Mal im Jahr. Drei Viertel der Fälle übernehme ich, um den Rest kümmert sich mein Stellvertreter«, entgegnete Sofia Keller und faltete ihre Hände auf dem Tisch.

»Und worum drehen sich Ihre Fälle?«

»Meistens geht es um Nachbarschaftsstreitigkeiten, Erbstreit oder unbezahlte Rechnungen. Letzte Woche hatte ich einen Termin mit zwei Frauen in Eschenbach. Eine von ihnen ist Künstlerin und für großflächige grafische Malereien bekannt. Um auf ihr Atelier aufmerksam zu machen, hatte sie ein schwarz-weißes Balkenmuster auf die Fassade gemalt, was nicht allen passte.« Sofia Keller schüttelte lächelnd den Kopf. »Ihre Nachbarin, die von ihrem Fenster auf die Fassade sieht, forderte sie auf, das auffällige Muster zu überstreichen, was die Künstlerin mit Hinweis auf ihren Bekanntheitsgrad ablehnte und sich jeder weiteren Diskussion entzog. Wie sich im Lauf unseres Gesprächs herausstellte, hatte die Nachbarin jedoch einen guten Grund, die Bemalung der Künstlerin zu kritisieren. Ihr siebenjähriger Sohn ist ein starker Epileptiker, und sie fürchtete, dass das Muster auf der Fassade einen Anfall triggern könnte.«

»Und wie hast du das Problem gelöst?«, erkundigte sich Janine.

»Ich habe mit einem fachkundigen Arzt gesprochen und erfahren, dass die Mutter recht hat«, erzählte Sofia Keller. »Die Wissenschaft sagt, dass genau diese Muster, die die Künstlerin gemalt hat – scharf konturierte, kontrastreiche Gittermuster –, bei Epilepsiepatienten einen Anfall hervorrufen können. Die Künstlerin lenkte ein. Sie malt jetzt einen Totenkopf in Farbe auf die Fassade.« Sofia Keller wandte sich Lutz zu. »Aber eigentlich wolltet ihr ja wissen, weshalb ich Fiona Bär kenne, nicht wahr?«

Lutz blickte sie abwartend an.

»Ich hatte vor etwa einem halben Jahr das erste Mal Kontakt mit ihr. Sie suchte mich wegen einer Auseinandersetzung mit dem lokalen Kaminfegermeister auf. Glücklicherweise konnten sich die beiden einigen, ohne dass es zum Prozess kam.«

Lutz konnte sich gut vorstellen, dass Sofia Kellers ruhige und nüchterne Art ihren Klientinnen und Klienten Vertrauen einflößte. Ihn wunderte allerdings, wie freizügig sie mit dem Amtsgeheimnis umging. Die Liste jener Personen, die sie im Todesfall Fiona Bär genauer unter die Lupe nehmen mussten, war durch ihre Aussage soeben um eine Zeile angewachsen – den Kaminfeger.

Er kam jedoch nicht mehr dazu, sie zu fragen, worum es bei dem Streit gegangen war, denn sie erhob sich, klemmte ihr Serviertablett zwischen Hand und Hüfte und deutete mit dem Kinn auf einen Mann mit Strohhut in der vordersten Reihe, der ungeduldig mit dem Geldbeutel winkte. »Entschuldigt mich. Wir sind im Service heute leider unterbesetzt.«

Das ist mein Stichwort, mahnte sich Lutz und erkundigte sich nach dem Wohnort von Tanja Rüegg, Max Vogts Damenbekanntschaft, die gleichzeitig sein Alibi war. Sofia Keller nannte ihm eine Adresse, die sich in der Nähe des Bahnhofs im Zentrum von Jona befand. Anschliessend ging sie behände zwischen den Tischen durch, zwinkerte einem aufgetakelten jungen Paar zu, begrüßte zwei Maler in weißer Kluft und legte dem Mann mit dem Hut vertraulich die Hand auf die Schulter. Sie sagte etwas, worauf er lachte.

Mit diesen kleinen Gesten schafft sie eine Verbindlichkeit, die ihr bestimmt viele Stammgäste beschert, dachte Lutz.

Dann wandte er sich Janine und der prekären Situation auf dem Schachbrett zu. Sie hatte den sogenannten Spieß angewendet und bedrohte mit ihrem Läufer seine Königin. Erlaubte er ihr die Flucht, gab er seinen Turm dem Verderben preis. Weshalb gab es eigentlich immer etwas, das er übersah?

In dem Augenblick, in dem Janine seinen Turm umbrachte, klingelte sein Telefon. Schmidt war dran – der Junge stand vermutlich vor Leon Bärs Wohnung und wollte ihm mitteilen, dass der Neffe von Fiona Bär jetzt zu Hause war. Ausgerechnet jetzt, da er sich eine Strategie überlegt hatte, wie er den Spieß umdrehen und Janines Königin in Bedrängnis bringen konnte.

Schmidt klang nicht gut. Hektisch räusperte er sich, dann stieß er hervor: »Lutz, hier stimmt etwas nicht. Aus Leon Bärs Wohnung kommen merkwürdige Geräusche.«

Die Furcht in seiner Stimme war nicht zu überhören. Lutz verzichtete darauf zu fragen, wie diese merkwürdigen Geräusche sich anhörten, und stand auf. Hatte er einen Fehler gemacht, als er Schmidt allein zu Leon Bärs Wohnung schickte? Womöglich.

»Hol mich im Al Porto ab und ruf den Muskelprotz an – Sebastian –, damit wir die Wohnungstür notfalls aufbrechen können«, kommandierte er, plötzlich in Eile. »Ich versuche inzwischen, die Verwaltung von Leon Bärs Wohnung zu erreichen.«

Er entschuldigte sich bei Janine für seinen abrupten Abgang, doch die winkte ab. »Wir sehen uns am Mittwoch, dann erzählst du mir alles.«

13

Montag, 15. August

Wie Lutz befürchtet hatte, war die Verwaltung um diese Uhrzeit nicht mehr zu erreichen. Bei den Arbeitszeiten zumindest nahmen es die Angestellten genau.

Deshalb sah er jetzt zu, wie der muskulöse Sebastian, Schulter voran, in bester CSI-Manier gegen Leon Bärs Wohnungstür anstürmte. Die marode Tür krachte, knackte, dann splitterte das Holz, und Sebastian torkelte ins Innere. Schmidt, Malin – die blonde Unschuld – und Lutz folgten. Der faulige Gestank von vergammeltem Essen, ein undefiniert süßlicher und der scharfe, beißende Geruch nach Urin schlugen ihnen entgegen. Lutz zog ein Taschentuch aus seiner Hosentasche, während Schmidt und Malin sich die Ärmelaufschläge ihrer Hemden vor die Nase hielten.

Sebastian hingegen schien der Gestank kalt zu lassen, und er schaute sich neugierig um. »Da!«, rief er und zeigte zur Tür, die in die Küche zu führen schien.

Lutz' Brust hob und senkte sich in einem schweren Seufzer. Das, was er hier vor sich hatte, war eines jener Bilder, die er gern aus seinem Gehirn verbannen würde, die aber, manchmal nach Jahren noch, blitzlichtartig in seiner Erinnerung auftauchten und ihn wünschen ließen, er hätte einen schlichten Job im Büro.

In der Tür lag ein weißes, sehniges und völlig haarloses Bein. Es zuckte und wetzte gegen den Rahmen und erzeugte ein schabendes Geräusch, das Lutz einen Schauer über den Rücken jagte. Als er näher trat, sah er, dass das Bein zu einem Körper gehörte, der in einer bizarren Pose verkrümmt am Boden lag. Der rechte Arm schwebte wie aufgehängt in der Luft, während der linke sich mit zur Faust geballter Hand vor der Brust befand, als holte das Wesen, das vor ihm am Boden lag, zum Schlag aus. Doch es rührte sich nicht. Abgesehen vom krampfenden Bein war es völlig steif. Wie gefroren. Die Augen starrten blicklos in die Ferne, und aus dem Mund rann unkontrolliert Speichel. Der Anblick war verstörend – selbst für ihn. Das hilflose, starre Bündel hatte kaum mehr Menschliches an sich. Lutz fühlte sich an eine dieser künstlerischen Installationen ohne Sinn und Ziel erinnert, die einzig durch ihre Geschmacklosigkeit Emotionen hervorriefen. Doch das menschliche Etwas vor ihm war am Leben. Es atmete, und sein Bein zitterte und krampfte, als wäre es ein vom Körper unabhängiges, eigenständiges Lebewesen.

»Ein verdammter Zombie«, keuchte Schmidt erschrocken.

Malin hielt sich die Hände vors Gesicht, um den fürchterlichen Anblick einen Moment lang auszublenden, während Sebastian die Augen aufriss und ein entsetztes Schnauben von sich gab. Er war der Erste von ihnen allen, der sich besann. Vom Wohnzimmer aus rief er über Funk einen Krankenwagen, während Malin und Schmidt ihre Blicke nicht von dem Bein lösen konnten, das am Türrahmen zuckte und wetzte, zuckte und wetzte.

»Armer Kerl«, sagte Lutz und beugte sich über den Mann. Er sah jung aus, vermutlich war er um die dreißig. Blonde, filzig wirkende Strähnen hingen ihm in die hohe Stirn. Sein Gesicht mit der schmalen, geraden Nase hatte etwas Aristokratisches, doch sein Körper war unattraktiv dünn und muskellos, als ob er sich kaum aktiv bewegen würde.

Wie lange er wohl schon dalag? In seiner ganzen Laufbahn hatte Lutz noch nie einen Menschen in einem derart eigenartigen Zustand gesehen. Hatte sich der Mann vergiftet oder irgendwelche Substanzen eingenommen? Oder waren sie hier Zeugen eines besonders schlimmen epileptischen Anfalls?

Er legte dem wie steif gefrorenen Mann die Hand auf die Stirn. Sie fühlte sich kalt an, er hatte also kein Fieber. Dann bat er Schmidt, aus dem Schlafzimmer eine Decke zu holen. Solange sie nicht wussten, was Leon Bär fehlte, war dies das Einzige, das sie bis zum Eintreffen der Sanitäter tun konnten.

Während sie warteten, sah Lutz sich um. Als Erstes fiel ihm der Flachbildfernseher an der Wohnzimmerwand ins Auge. Er konnte sich nicht erinnern, je einen so großen Bildschirm gesehen zu haben. Gleich daneben befanden sich zwei Lautsprecher, die ziemlich teuer aussahen, und am Boden lag eine Playstation. Damit hatte es sich aber auch schon mit dem Luxus. Der Rest der Wohnung war ein Desaster. Der Boden im Wohnzimmer war übersät mit Krümeln, und auf dem Glastisch stapelten sich Kartons mit Fertigmahlzeiten sowie drei vor Kippen überquellende Kaffeetassen. Auf den Essensresten hatten sich grüne Fliegen niedergelassen, die widerlich summten. Daneben lagen achtlos hingeworfene Zeitschriften – hauptsächlich über Computer –, Bierflaschen und ein Handy mit Ladestand unerreichbar. Ebenso unaufgeräumt wie das Wohnzimmer waren Schlafzimmer und Bad, in dem sich in einer Ecke schmutzige Wäsche türmte, die den penetranten, süßlichen Geruch verströmte, der ihm schon beim Eintreten aufgefallen war.

Hier lebt ein Mensch, der jede Selbstachtung verloren und sich selbst aufgegeben hat, ging Lutz durch den Kopf, und er fragte sich, ob Bianca von Arx wusste, wie ihr Bruder hauste und in welch verwahrlostem Zustand sich seine Wohnung befand. Er konnte es sich kaum vorstellen. Die einzigen Zeichen, dass Leon Bär sich für etwas anderes als Gamen und Fernsehen interessierte, waren das schwarz-weiße Poster vom jungen Neil Young mit schwarzer Katze, das an der Wand seines Schlafzimmers hing, sowie ein rotnasiger Gartenzwerg, der als zynischer Antagonismus zu Leon Bärs verderbtem Leben höhnisch vom Fenstersims der Küche hinunterlachte.

Hätte dieser kaputte Mensch überhaupt den Antrieb und die Energie aufbringen können, seine reiche Tante umzubringen und zu verscharren? Lutz hatte keine Antwort darauf. Doch aus Erfahrung wusste er, dass Menschen, wenn Geld oder eine Erbschaft lockten, zu den unwahrscheinlichsten Dingen fähig waren. Sobald sein Zustand dies zuließ, würden sie Leon Bär vernehmen müssen – so wenig Lutz sich in diesem Moment auch vorstellen konnte, dass der Mann jemals wieder bei klarem Verstand sein würde.

Eine Viertelstunde nach Sebastians Anruf traf die Sanität ein, und Lutz spürte deutlich, wie sich die Riemen der Zwangsjacke lösten, die sie alle umfangen hatte, und sie wieder frei atmen konnten.

»Keine Ahnung, was das sein könnte«, gestand der Sanitäter, den Lutz nach seiner Einschätzung fragte. »Also von den Symptomen her – dem Muskelzittern und der Starre – würde ich ja auf Parkinson tippen, aber dafür ist der Typ eigentlich viel zu jung.«

Seine Urgroßmutter hatte Parkinson gehabt, erinnerte sich Lutz. Ihre Hand hatte gezittert, wenn sie die Kaffeetasse hielt, und seine Großmama hatte geseufzt, weil so viel der kostbaren Flüssigkeit auf ihrer Schürze landete. Lutz wusste, dass die Krankheit unheilbar war und vererbt werden konnte, mehr aber nicht. Er war noch ein kleiner Junge gewesen, als seine Urgroßmutter starb.

Wieder einmal war es an Lutz, eine unangenehme Nachricht zu überbringen. »Es ist besser, wenn Bianca von Arx von vertrauten Personen erfährt, was mit ihrem Bruder geschehen ist«, hatten Malin und Sebastian sich gewehrt, nachdem der Krankenwagen mit Leon Bär abgefahren war.

Nach ihrem Treffen von heute Morgen bezweifelte Lutz, dass es für die Apothekerin eine Rolle spielte, wer ihr von der Verfassung ihres Bruders erzählte, aber er willigte ein.

Wie vermutet wirkte Bianca von Arx gefasst, als er sie anrief und ihr mitteilte, dass die Polizei ihren Bruder heute Abend notfallmäßig ins Spital Linth eingeliefert hatte. Ohne ihn zu unterbrechen, hörte sie sich an, in welchem Zustand ihr Bruder aufgefunden worden war. Lutz beschönigte nichts – die Frau war schließlich Apothekerin und kannte sich mit Krankheiten aus. Doch der Hauptgrund für seine unverblümte Beschreibung war Neugier, ob sich die so kontrolliert wirkende Frau zu einer Gefühlsäußerung hinreißen ließe..

»Völlig steif?«, hakte Bianca von Arx nach, als Lutz geendet hatte.

»Abgesehen vom zuckenden Bein wie eingefroren«, bestätigte dieser. »Ist Ihnen bekannt, ob jemand aus Ihrer Familie an Parkinson leidet oder gelitten hat?«

»Parkinson? Nein. Diese Krankheit kommt in unserer Familie nicht vor«, sagte Bianca von Arx. Dann erst schien ihr aufzugehen, was die Frage zu bedeuten hatte, und ihre Stimme klang plötzlich alarmiert. »Sie denken doch nicht etwa, dass es sich um Parkinson handelt?«

Ist das die Sorge um ihren Bruder, die aus ihr spricht, oder ist es die Krankheit an sich, die ihr Angst einjagt?, fragte sich Lutz. Er hoffte auf Ersteres und vermutete Letzteres. Die Apothekerin wusste natürlich, was es mit Parkinson auf sich hatte. Meist brach die Krankheit bei Menschen im Alter zwischen fünfzig und achtzig Jahren aus. Wenn ein so junger Mensch wie Leon Bär daran erkrankte, dann bestand die Möglichkeit, dass der Ursprung genetisch war, er die Krankheit also geerbt hatte.

Lutz bedauerte zutiefst, dass er Bianca von Arx in diesem Moment nicht gegenüberstehen und ihr in die Augen sehen konnte. Am Telefon war es einfach unmöglich, ihre Reaktion richtig einzuschätzen.

Nach dem Anruf telefonierte Lutz mit der Imhof und teilte ihr mit, in welchem Zustand Schmidt und er den Zeugen Leon Bär vorgefunden hatten. Im Gegensatz zur Apothekerin klang sie mitleidig und schockiert, eine Reaktion, die Lutz beruhigend menschlich fand.

Da die heiße Luft noch immer wie ein Deckel über Rapperswil hockte und an Schlaf ohnehin nicht zu denken war, wandte Lutz seine Schritte nicht heimwärts, sondern gesellte sich zu Schmidt, Malin und Sebastian, die in der Stall-Bar gegenüber dem Bahnhof Jona saßen und Bier tranken. Die Anwesenheit der Rapperswiler und Jonerinnen, die unbeschwert ihr Leben genossen, brachte nach der unfreiwilligen Einsicht in Leon Bärs zerrüttete und selbstzerstörerische Seele etwas Normalität zurück, und das Bier half, den grausigen Anblick des hilflosen, verkrümmten Mannes zu vergessen.

In solchen Momenten gibt es eindeutig Wichtigeres als die Linie, fand Lutz und hob sein Glas, um den Kollegen zuzuprosten.

14

Dienstag, 16. August

Das rote Heft, 1995

Papa leidet. Die Ärzte sagen, seine Schmerzen haben psychische Ursachen, und verschreiben ihm kein Morphin mehr. V hat Morphin besorgt. Habe V dafür zwei CDs gegeben, die B für mich gepresst hat — eine Rückzahlung.

»Was meinst du, Lutz, wäre es nicht gut, wenn sie mal herkommen und sich persönlich ein Bild machen würde?« Schmidt lehnte an seinem Schreibtisch, knetete die Finger, dass sie knackten, und wippte ungeduldig mit den Füßen.

»Wie denkst du darüber?«, bohrte er nach, als Lutz keine Antwort gab.

Lutz, der sich gerade einen Kaffee geholt hatte und mit dem Rücken zu Schmidt aus dem Fenster blickte, gab den Versuch auf, den Jungen und seine Unruhe auszublenden. Er schnaubte resigniert, gab dem Schreibtischstuhl einen leichten Drall und drehte sich zu Schmidt um. Der Reibungswiderstand war so gering, dass er nicht einmal seinen Kaffee verschüttete, stellte er erfreut fest und ließ sich nach hinten kippen.

»Von wem sprichst du?«

»Von Aiva Semjonova natürlich.«

»Du willst sie kennenlernen?«

»Sich einmal persönlich getroffen zu haben, erleichtert die Kommunikation, findest du nicht?«

Lutz neigte den Kopf zur Seite, faltete die Hände über seinem Bauch und grinste. »Du willst also sehen, wer sich hinter der Telefonstimme verbirgt, die dir so gefällt.«

Jetzt war Schmidt eindeutig verlegen.

Das ist neu, amüsierte sich Lutz und beobachtete interessiert, wie Röte in Schmidts Gesicht aufstieg. Trotz seiner unbeschreiblichen Naivität und der emotionalen Unreife besaß der Junge ein Mindestmaß an Außenwahrnehmung und Selbstreflexion. Erstaunlich.

»In deinem Alter hast du bestimmt viel Erfahrung«, wagte Schmidt sich vor. »Könntest du mir vielleicht einen Tipp geben, wie ich es am besten anstelle, Aiva kennenzulernen?«

Nachdenklich kratzte Lutz sich an der Schläfe. Er fühlte sich alles andere als befähigt, einem jungen Mann Beziehungsratschläge zu erteilen, vor allem jetzt, da er sich unklar darüber war, wie es um seine eigene stand. Als er heute Morgen versucht hatte, Hanna auf Zypern zu erreichen, war niemand ans Telefon gegangen, und Lutz hatte sich gefühlt wie ein liebeskranker Teenager – versetzt und gekränkt. Wie, um Himmels willen, brachten Paare es fertig, eine funktionierende Fernbeziehung zu führen?

Beim Gedanken daran, dass schon längst alles zwischen ihnen geklärt wäre, hätte er nur nach Zypern fliegen können, presste Lutz die Lippen zusammen. Es war zum Verzweifeln, dass ihm dieser Mord dazwischengekommen war. Erst Schmidts erwartungsvoller Blick holte ihn in die Wirklichkeit zurück.

»Lad Aiva zu dieser Tavolata ein, die ihr Rapperswiler organisiert«, schlug er, mit den Gedanken noch bei Hanna, vor. »Wie ich gehört habe, sitzen da so viele Leute an einem Tisch, dass es für Peinlichkeiten keinen Platz gibt.«

Zu Lutz' Erleichterung hörte Schmidt auf, mit den Fingern zu knacken. »Gute Idee«, sagte er begeistert. »Danke, Lutz.«

Die nächste halbe Stunde verbrachten sie damit, ihre bisherigen Erkenntnisse über das Tötungsdelikt an Fiona Bär zusammenzutragen, und stießen dabei auf ein interessantes Detail: Der lokale Kaminfegermeister, auf den Sofia Keller Lutz aufmerksam gemacht hatte, pachtete in Holzwies-Ost einen Pflanzgarten. Ein merkwürdiger Zufall. Wie Stadtrat Elias Zuppiger auch, musste sich Kaminfeger Dario Hauenstein in den Familiengärten auskennen. Möglicherweise wusste er also, dass Fritz Steinbach seinen Garten nicht länger aufsuchen konnte. War es der Kaminfeger, der Fiona Bär im Fußboden des Schuppens einbetoniert hatte? Wusste er, wie sie den Tod gefunden hatte, oder war er sogar selbst zum Mörder geworden? Es konnte eine Spur sein.

Um die Übersicht über die zahlreichen möglichen Verdächtigen zu behalten, borgte sich Schmidt von den Kollegen einen Flipchart. Unter dem Titel »**Verdächtige mit verifiziertem Alibi**« stand schließlich Folgendes:

- Apothekerin Bianca von Arx: Nichte von Fiona Bär, erbberechtigt, war zum Tatzeitpunkt mit ihrem Mann und den Zwillingen zu Hause (bestätigt von Mann und Nachbarin, die zu Besuch war)

Wesentlich länger war die Liste mit dem Titel »**Verdächtige mit ungeklärtem Alibi**«:

- Theo Szalai: Ehemann von Fiona Bär, nach eigenen Angaben zum Tatzeitpunkt alleine zu Hause. Gegen seine Beteiligung spricht, dass er keinen Fahrausweis besitzt und laut eigener Aussage nicht fahren kann.
- Transportunternehmer Max Vogt: Nachbar und Feind von Fiona Bär, laut eigenen Angaben zum Tatzeitpunkt mit Kellnerin Tanja Rüegg zusammen

- Leon Bär: Neffe von Fiona Bär und Bruder von Bianca von Arx, erbberechtigt, zurzeit im Spital
- Kaminfeger Dario Hauenstein: lokaler Kaminfegermeister, lag laut Vermittlerin mit Fiona Bär im Streit, Pächter im Familiengarten Holzwies-Ost
- Stadtrat Elias Zuppiger: politischer Gegner von Fiona Bär, zuständig für die Familiengärten
- Pächter der Familiengärten Holzwies-Ost: siebenundsiebzig Personen (Ehepartner und Kinder nicht eingeschlossen), abzüglich Dario Hauenstein, abzüglich Fritz Steinbach (verstorben), bleiben fünfundsiebzig Personen

Während Schmidt konsterniert die lange Liste betrachtete, ging Lutz ins Großraumbüro hinüber, um sich mit den Kollegen zu beraten. Malin und der Muskelprotz, am besten auch Barbara und wer sonst noch verfügbar war, konnten ihnen helfen, die Zahl der Verdächtigen einzugrenzen. Sie mussten sich sämtliche Pächter von Holzwies-Ost und Holzwies-West vornehmen, sich erkundigen, ob jemand etwas Merkwürdiges gesehen oder mitgekriegt hatte, das sich am Dienstag vor zwei Wochen in den Familiengärten zugetragen hatte. Fleißarbeit war angesagt.

»Und wen befragen wir beide?«, wollte Schmidt wissen.

»Dario Hauenstein und Elias Zuppiger«, gab Lutz zurück. »Außerdem wirst du deine Bekanntschaft mit Tanja Rüegg erneuern.«

Dario Hauenstein nahm beim ersten Klingelton ab.

»Auf die Polizeistation soll ich kommen? Wozu?« Der Kaminfeger klang nicht erfreut.

Lutz erklärte ihm, dass er den Tod von Fiona Bär untersuche und damit beauftragt sei, in alle Richtungen zu ermitteln. Manchmal kam diese abgedroschene Floskel ganz gelegen. »Wie wir gehört haben, hatten Sie Anfang des Jahres eine Meinungsverschiedenheit mit Fiona Bär, dazu würden wir Sie gerne befragen.«

Der Kaminfeger schwieg. »Wer hat Ihnen von diesem Streit erzählt?«, fragte er schließlich.

Dass es die Vermittlerin gewesen war, die hier nicht ganz legal aus dem Nähkästchen geplaudert hatte, konnte Lutz schlecht preisgeben. »Wissen Sie, ich mache hier nur meine Arbeit«, wich er aus und ließ den Satz so resigniert klingen, als wäre alles, was ihn an seiner Arbeit interessierte, ihr um siebzehn Uhr den Rücken kehren zu können. Am Telefon – so musste Dario Hauenstein interpretieren – saß ein Subalterner, den seine Vorgesetzten mit langweiliger Routinearbeit abgespeist hatten und der seiner Aussage keine übertriebene Bedeutung beimessen würde. Keine Einvernahme brachte bessere Resultate, als wenn der Fragende – in diesem Fall er selbst – unterschätzt wurde, fand Lutz.

Dario Hauenstein schien zu überlegen. Er mache heute gerade die amtlichen Feuerungskontrollen und sei den ganzen Tag unterwegs, sagte er schließlich. Lutz hörte eine Untertasse scheppern und einen Löffel klirren, dann bedankte sich der Kaminfeger bei jemandem. »Aber morgen Vormittag hätte ich ein Zeitfenster und könnte bei Ihnen vorbeikommen. An der Neuen Jonastraße, richtig?«

»Im Erdgeschoss«, bestätigte Lutz. Er war höchst neugierig zu erfahren, worüber Dario Hauenstein und Fiona Bär sich gestritten hatten.

»Elias Zuppiger befindet sich gerade auf einer Baustelle«, meldete Schmidt, den Telefonhörer von seinem Ohr weghaltend. »Er sagt, wenn wir uns für Tote interessieren, dann sollen wir an der Kreuzstraße vorbeikommen.«

Falls der Stadtrat uns auf diese Weise den Fund weiterer Leichen bekannt geben will, dann besitzt er einen merkwürdigen Sinn für Humor, dachte Lutz, als Schmidt und er an der Kreuzstraße parkten. Aus dem Spaziergang mit Schmidt vom Lenggis hinunter in die Stadt hatte Lutz gelernt, dass es ratsam war, das Auto zu nehmen, wollte man gleichzeitig mit dem Jungen an einem Ort eintreffen.

Die Baustelle befand sich in einer von der Kreuzstraße abgehenden Seitenstraße, und wäre nicht ein Dach über den Graben gespannt gewesen, so hätte Lutz angenommen, dass die Stadt hier Werkleitungen erneuerte.

»Das haben wir auch vor«, erklärte Elias Zuppiger, als er ihnen die Hand schüttelte. »Bevor wir die Straße aber sanieren, gräbt die Kantonsarchäologie hier nach Überresten aus der Vergangenheit.«

Er war ein großer, drahtiger Mann, den Lutz auf Mitte dreißig schätzte. Dass er bereits ergraut war, tat seinem guten Aussehen keinen Abbruch; seine Augen blickten wach, die Bewegungen waren energisch.

Elias Zuppiger bückte sich, griff in eine Kiste neben dem Graben und hielt Lutz eine Scherbe hin. »Geschichte zum Anfassen sozusagen. Dieses Stück Geschirr ist etwa tausendachthundert Jahre alt und stammt aus der Römerzeit. Unmittelbar daneben haben die Archäologen dies gefunden.« Er zeigte in die Baugrube, in der eine Grabungsmitarbeiterin mit einem Pinsel Knochenreste freilegte. »Ein Mann aus dem Frühmittelalter, wie man mir sagt. Wir stehen hier auf einem Gräberfeld aus dem siebten Jahrhundert.«

Lutz beugte sich interessiert über das Skelett. In dessen Schädel lag eine Münze. »Darf ich mir das einmal näher ansehen?«

»Natürlich«, sagte die Grabungsmitarbeiterin, und Lutz stieg in die überdachte Grube hinunter, in der sich die Hitze unangenehm staute.

»Die Münze selbst stammt aus der Römerzeit und war eine Grabbeigabe«, erklärte die Archäologin zuvorkommend und wischte sich mit dem Ärmel übers Gesicht. Die Erde hinterließ braune Striemen auf ihrer Stirn. »Ganz in der Nähe haben wir vor einigen Jahren sogar ein komplett erhaltenes Skelett geborgen. Der Mann trug ein Eisenschwert am Gürtel.«

»Der Rapperswiler Boden, insbesondere Kempraten, steckt voller Geschichte«, ergänzte Elias Zuppiger und schaute zu Lutz in die Grube hinunter. »Etwa vierzig Jahre nach Christus entstand hier ein Vicus, eine Siedlung mit Handwerkern, Händlern und Marktfahrern, die etwa vier Jahrhunderte lang bestand und von der Bedeutung und Größe her vergleichbar war mit den damaligen Siedlungen in Zürich und Oberwinterthur. Faszinierend, nicht wahr?«

Lutz konnte seine Begeisterung nachvollziehen. Er selbst hatte sich zwar entschieden, Geheimnisse zu lüften, die sich in der Gegenwart abspielten, aber immer, wenn er alte Gemäuer besichtigte oder Relikte vergangener Zeiten in den Händen hielt, juckte es ihn, eine Stelle zu finden, die zuletzt ein Mensch aus der Vergangenheit berührt hatte. Man denke nur, es war möglich, einem Menschen, der grundverschieden gelebt und gedacht und nichts von Autos und Computern gewusst hatte, über die Jahrhunderte, gar Jahrtausende hinweg die Hand zu reichen! Es war ein merkwürdiger Zwang, das musste Lutz zugeben. Deshalb behielt er ihn lieber für sich.

»Schon damals hielten die Menschen Rapperswil für einen attraktiven Wohnort«, sagte Schmidt, und Lutz hörte die Befriedigung in seiner Stimme. Elias Zuppiger lächelte zustimmend, dann warf er Lutz einen kritischen Blick zu. »Aber Sie sind nicht hergekommen, um mit mir über Archäologie zu sprechen. Sie wollen eine Auskunft.«

Schmidt klärte ihn über Fiona Bärs Tod auf, verzichtete aber darauf zu erwähnen, wie die Stadtplanerin gestorben und wo sie aufgefunden worden war. Doch Elias Zuppiger war bereits im Bild.

»Es erstaunt mich nicht, dass Sie zu mir kommen. Unsere Streitigkeiten bezüglich des Stadttunnels und des Stadtbilds sind allseits bekannt, und ich muss zugeben, ich kann die Frau nicht ausstehen. Sie kennt ihre Dossiers und bleibt in den Diskussionen immer sachlich, aber sie hat eine Art nachzubohren und auf einem Thema herumzureiten, die ich sehr unangenehm und unangebracht finde. Um diesen verdammten Tunnel zu bauen und die Stadt zu verschönern, will Frau Möchtegern-Visionärin unsere Innenstadt in eine Dauerbaustelle verwandeln – kann man sich das vorstellen? Dabei ist nicht einmal garantiert, dass der Stau damit verschwindet!« Er klang wütend, und Lutz konnte sich lebhaft vorstellen, dass die Diskussionen zwischen ihm und Fiona Bär, wie ihr Ehemann es geschildert hatte, in lautstarke Streitereien ausgeartet waren. Interessant war jedoch, dass Elias Zuppiger von Fiona Bär in der Gegenwart sprach; als würde sie noch leben und ihm an der nächsten Sitzung an die Gurgel gehen.

»Als sie vor den letzten Wahlen dann beschloss, mir das Stadtratsamt streitig zu machen, da war das Maß voll«, fuhr er fort. »Sie hat sich einzig und allein deshalb aufstellen lassen, um mir eins auszuwischen, verstehen Sie? Aber umgebracht habe ich sie natürlich nicht. Sie hat dann ja verloren.«

Eine seltsame Formulierung, fand Lutz. Als hätte Elias Zuppiger es in Betracht gezogen, Fiona Bär umzubringen, wenn sie statt seiner in den Stadtrat eingezogen wäre.

»Als Verantwortlicher für Bau und Liegenschaften sind Sie ja für die Familiengärten zuständig«, warf Schmidt ein. »Wie gut kennen Sie sich mit den Verhältnissen in den zwei Gärten an der Holzwiesstraße aus?«

Elias Zuppigers Blick blieb auf dem jungen Polizisten ruhen, als wollte er Zeit zum Überlegen gewinnen, dann zuckte er mit den Schultern. »Ich fürchte, ich bin Ihnen keine große Hilfe. Ich kenne zwar die Gartenordnung, da ich sie selbst mitentworfen habe, mehr aber nicht. Um die Gärten selbst kümmern sich die Mitarbeiter des Fachbereichs Liegenschaften.«

Das kurze Zögern vor der Antwort ließ Lutz aufhorchen. »Die genauen Verhältnisse in den Familiengärten sind Ihnen nicht bekannt – aber vielleicht Fritz Steinbach?«, hakte er nach.

»Ja, ich kannte ihn«, räumte Elias Zuppiger leicht widerstrebend ein. »Er war viele Jahre Mitglied in meiner Partei, der Schweizer Volkspartei.« Aus einem schwer ersichtlichen Grund missfiel es ihm, über den alten Steinbach zu sprechen, doch Lutz und Schmidt ließen nicht locker.

»Was hältst du von ihm?«, fragte Schmidt, als Lutz umständlich auf dem Beifahrersitz Platz nahm. Lutz sparte sich die Antwort. Er wusste, dass Schmidt die Frage lediglich als Einleitung nutzte, um seinen Senf abzugeben.

»Er wirkt tatkräftig und engagiert«, fuhr der Junge übergangslos fort, »aber er hasste die Verstorbene, und dass er von Fritz Steinbach und seiner Krankheit wusste, macht ihn in meinen Augen zum Verdächtigen Nummer eins.«

»Wir müssen in jedem Fall überprüfen, ob er zum Tatzeitpunkt in der Werki-Bar war, wie er behauptet«, stimmte Lutz zu. Auf den ersten Blick war ihm Elias Zuppiger durchaus sympathisch – was ihn eigentlich nicht erstaunen sollte; der Mann war ein professioneller Politiker. Es war sein Beruf zu wissen, wie man bei der Allgemeinheit gut ankam und den Narzissmus, den Lutz im Geheimen allen Politikern unterstellte, gekonnt kaschierte.

Als Schmidt und Lutz in die kühlen Räume der Rapperswiler Polizeistation zurückkehrten, herrschte eine ungewöhnliche Aufregung. Polizeichef Carlo stand im Flur und sprach mit den Kantonspolizisten Barbara und Ted, die sich bereit machten auszurücken. Ein Spaziergänger habe gemeldet, dass auf dem Strandweg unterhalb des Lido eine Frau am Boden liege, unkontrolliert zucke und nicht ansprechbar sei, teilte Carlo mit.

»Habt ihr nicht gestern erst einen Typen gefunden, der ganz ähnliche Symptome zeigte?«, erkundigte sich Barbara, klemmte sich das Funkgerät unters Kinn und schob die Pistole ins Holster.

Schmidt bejahte. »Sein Name ist Leon Bär, und er ist einer unserer Verdächtigen im Tötungsdelikt Fiona Bär. Sah zum Fürchten aus, das kannst du mir glauben. Wie ein Zombie aus einem Albtraum. Laut Auskunft des Spitals ist er noch nicht imstande, mit uns zu sprechen.«

Barbara seufzte und murmelte etwas Unverständliches, dann zogen sie und Ted ab, um beim Lido nach dem Rechten zu sehen.

Die Tür hatte sich noch nicht hinter ihnen geschlossen, als Malin und Sebastian von der Befragung in den Familiengärten zurückkehrten.

»Also zuerst brauche ich etwas zu trinken«, verkündete Malin stöhnend. »Diese Hitze bringt mich um. Es ist kriminell, in langen Hosen ermitteln zu müssen.«

»Ich glaube, es würde die Leute ziemlich ablenken, wenn du im Bikini kämst«, bemerkte Sebastian und hob grinsend die Hände, als sie ihn gespielt böse anfunkelte. »Ich meine doch bloß wegen des Tigers auf deinem Rücken, bloß wegen des Tigers!«

Malin und Sebastian hatten sich mit einigen der Pächter unterhalten, die sich trotz der hohen Temperaturen in ihren

Garten wagten. Viel hatten sie nicht herausbekommen. Es gab keinerlei Zeugen für die seltsamen Vorgänge, die sich am Dienstag vor zwei Wochen in Holzwies-Ost abgespielt hatten. Nur die vier direkten Nachbarn waren überhaupt darüber im Bild gewesen, dass Fritz Steinbach krankheitshalber nicht länger in seinem Garten arbeiten konnte, und keiner der Hobbypflanzer zeigte Bereitschaft, der Polizei gegenüber einen Mitgärtner zu verdächtigen. Immerhin hatten sieben der acht anwesenden Pächter angeben können, wo sie sich zum Tatzeitpunkt aufhielten, was die Liste der möglichen Verdächtigen auf achtundsechzig reduzierte, vorausgesetzt, die Angaben stimmten.

»Das einzig Aufregende, das wir gefunden haben, war der Garten vom Dario Hauenstein«, bemerkte Sebastian und drehte seinen Kopf, dass die Nackenmuskulatur knackte.

Lutz und Schmidt wandten sich gleichzeitig zu ihm um.

»Das müsstet ihr euch fast ansehen. Es macht den Eindruck, als hätte sich dort jemand ausgetobt«, erklärte der ehemalige Bodybuilder, ausnahmsweise einmal völlig ernst. »Die Sitzbank ist kaputt, die Regentonne ist durchlöchert, der wasserspeiende Frosch ist in zwei Teile gespalten, und am Dach des Gartenhauses hat sich jemand mit einer Säge zu schaffen gemacht.«

»Schlimm«, bestätigte Malin. »Die Nachbarn sagen, unterhalb des Dachs habe sich eine Verzierung aus Holz befunden, die der Hauenstein in tagelanger Arbeit selbst geschnitzt habe. Enziane, Alpenrosen, Blätter, kleine Käfer und all so was. Vor einigen Wochen aber scheint jemand die Schnitzerei mutwillig zerstückelt zu haben. Der ganze Garten soll mit Holzstücken übersät gewesen sein.«

»Und vermutlich hat niemand gesehen, wer das war?«

»Selbstverständlich.«

Vandalismus und Mord. Zwei Gewaltakte im gleichen Familiengarten – ein merkwürdiges Zusammentreffen, überlegte

Lutz. Morgen früh, wenn der Kaminfeger auf die Polizeistation kam, würden sie ihn zu seinem verwüsteten Garteninventar befragen. Entscheidend war, diesen eigenartigen Vorfall zeitlich einzugrenzen. Denn bis vor zwei Wochen hatte Fiona Bär noch gelebt. War es möglich, dass sie für das Kleinholz in Hauensteins Garten verantwortlich war? Hatte sie selbst zur Säge gegriffen oder jemanden damit beauftragt? Ihr Ehemann wirkte nicht, als könnte er ein Gartengerät länger als zwei Minuten in die Höhe stemmen. Ein Außenstehender vielleicht? Trieb man die Spekulationen weiter, konnte man sich vorstellen, dass der Kaminfeger sich für das Massaker an seinem Garteninventar an Fiona Bär hatte rächen wollen. War er es, der sie umgebracht hatte? Wegen des Streits, von dem die Vermittlerin Sofia Keller gesprochen hatte?

Die Vorstellung war absurd – und doch auch wieder nicht. Als Lutz noch in Zürich arbeitete, hatte er erlebt, wie sich zwei Nachbarn um einen Kirschbaum auf der Grenzlinie ihrer Grundstücke stritten. Rosa und Ueli Fischer ließen jeweils im Frühsommer einen Gärtner kommen, um die Äste auf ihrer Seite zu stutzen. Der Wegmüller auf der anderen Seite jedoch ließ die Äste wachsen, wodurch er insgesamt weniger Früchte trug, schneller alterte und nicht schön aussah. Der Streit gärte mehrere Jahre, bis Rosa Fischer genug hatte und aus Rache Kupfernägel in die Birke des verhassten Nachbarn schlug, die prompt abstarb. Der Wegmüller denunzierte Rosa Fischer bei ihrem Chef, was Ueli Fischer dazu veranlasste, die Kirschbaumseite vom Wegmüller in Eigenregie zu stutzen. Dieser konterte, indem er ihm seine Gartenharke über den Schädel zog und Ueli Fischer mit einem Schädelbasisbruch ins Spital schickte.

Handlungen, die auf den ersten Blick absurd erschienen, so viel wusste Lutz, waren im Kontext eines Nachbarschaftsstreits durchaus normal.

15

Dienstag, 16. August

Dunkle Wolken ballten sich am Himmel, als sich Lutz und Schmidt zu Fuß zur Wohnung von Tanja Rüegg aufmachten. Sie sei gegen achtzehn Uhr zu Hause, hatte sie Schmidt am Telefon mitgeteilt. Obwohl die Sonne nicht länger vom Himmel stach, war es drückend heiß und schwül, und Lutz fühlte sich unruhig und lustlos, wie so oft, seit Hanna fort war.

Gedanken, so schwarz und schwer wie der Himmel, hingen über seinem Gemüt, und er fragte sich, was er überhaupt hier machte und weshalb er wieder in eine Mordermittlung verwickelt war, obwohl er es auf die letzten Jahre hatte ruhig angehen wollen.

Auf dem Spielplatz beim Bahnhof Jona, den Schmidt und er jetzt passierten, brüllte ein kleines Kind und warf die Wasserflasche fort, die seine erschöpft wirkende Mutter ihm reichte. Auf dem großflächig zementierten Platz bei der Busstation wurde die Hitze fast unerträglich, und Lutz spürte, wie sich der glühende Asphalt durch seine Lederschuhe brannte und seine Füße versengte. Ein paar Bäume, ein paar Büsche und Gras würden den Platz und seine Umgebung deutlich aufwerten. Schon verrückt, wie zubetoniert die ganze Landschaft war; selbst in den sogenannten Parks wie jenem der Jona entlang fand sich kaum ein Fleck Gras, nur Kies und Beton, alles musste steril und pflegeleicht sein.

Die Holzbänke am Ufer waren unbesetzt, eine verlebt ausse-
hende junge Frau, die fortwährend Schleim wegräusperte, war
der einzige Mensch, dem sie begegneten. Mit ihrem Hund
schimpfend, schlurfte sie Richtung Molkereistraße. Lutz schien
es, als wartete die ganze Stadt auf einen Donnerknall und den
darauffolgenden, erlösenden Regen.

Tanja Rüegg und ihr Sohn waren nach der unwirklichen und
düsteren Stimmung draußen ein Lichtblick. Sie wohnten im
dritten Stock eines gepflegten Mehrfamilienhauses und öffneten
keine zehn Sekunden, nachdem Lutz und Schmidt geklingelt
hatten. In der Tür stand ein kleiner Junge mit hübschen dunklen Augen und braunen Locken, der neugierig zu Lutz und
Schmidt emporblickte. Seine Mutter, eine groß gewachsene,
schlanke Frau mit einem elegant gestuften Kurzhaarschnitt,
legte einen Arm um ihn und bat die beiden Polizisten einzutre-
ten.

»Hast du eine Pistole dabei?«, fragte der Junge Schmidt,
kaum dass die Tür hinter ihnen ins Schloss gefallen war. »Darf
ich sie sehen?«

»Natürlich«, entgegnete der bereitwillig, und während Tanja
Rüegg und Lutz ins Wohnzimmer gingen, erklärte er dem Jungen, Cédric hieß er, woraus die gut zehn Kilogramm schwere
Ausrüstung bestand, die ein Schweizer Polizist mit sich herum-
schleppte.

»Schön haben Sie es hier«, bemerkte Lutz, der immer wieder
darüber staunte, wie verschieden sich Menschen einrichteten.
In Tanja Rüeggs Wohnung jedenfalls hätte er sich wohlfühlen
können: In der Mitte des Wohnzimmers stand ein massiver
Nussbaumtisch, um den sich verschiedenfarbige Stühle grup-
pierten. An der Wand rechts davon prangte ein Cheminée mit
Sichtbacksteinen, das wirkte, als würde es oft benützt, und an

den Wänden hingen großformatige Fotos, die Tanja Rüegg und Cédric im Urlaub zeigten – unter anderem in New York, auf den Malediven und irgendwo im südamerikanischen Dschungel.

Nach einem liebevollen Blick auf ihren Sohn, der ehrfürchtig Schmidts Handschellen betrachtete, lotste Tanja Rüegg Lutz zu einem ausladenden Ledersofa, von dem aus er auf den großzügigen, verglasten Balkon und die dahinterliegenden Dächer von Jona sehen konnte.

»Ja, wir sind glücklich hier«, sagte Tanja Rüegg auf Lutz' Kompliment hin, setzte sich und drapierte ihren langen Blumenrock um die Knie. Schmidt und Cédric waren gerade beim Schlagstock angekommen und schienen sich über irgendetwas prächtig zu amüsieren.

Bemüht um einen neutralen Ton, der das folgende Gespräch für beide Seiten so wenig peinlich wie möglich machen sollte, fragte Lutz Tanja Rüegg, wo sie sich am Dienstag vor zwei Wochen aufgehalten habe.

»Das weiß ich noch«, nickte sie und strich sich eine Strähne ihres braunen Haars aus dem Gesicht. »Ich war bei Max Vogt zu Hause. An diesem Abend hat Cédric bei einem Kindergartenfreund übernachtet, und wir haben die Gelegenheit genutzt, um uns zu verabreden.«

Lutz ermunterte sie mit einem Nicken fortzufahren.

»Max Vogt ist ein feiner Kerl«, sagte Tanja Rüegg und blickte auf ihre Hände, »Sie mögen unseren Altersunterschied für groß halten, aber wir sind beide alleinstehend, und so hat es sich ergeben, dass wir einander ab und zu Gesellschaft leisten.«

Mehr brauchte Lutz nicht zu wissen. Max Vogt hatte ein Alibi für die Nacht, als Fiona Bär den Tod fand. Es schien, als wäre er aus dem Schneider.

»Mama, ich will auch Polizist werden«, krähte Cédric in diesem Augenblick und hüpfte neben seine Mutter aufs Sofa. Sie lachte und gab ihm einen Kuss.

»Danke, dass du ihn unterhalten hast«, sagte Tanja Rüegg an Schmidt gewandt. »Ich erinnere mich noch gut, wie du als kleiner Junge warst: Immer, wenn meine Mutter und ich euch besuchten, trugst du eine Polizeimütze und einen Gürtel, an dem eine Steinschleuder und eine Hupe hingen. Utensilien, die man deiner Meinung nach als Polizist brauchte.«

Schmidt grinste verlegen, während Lutz schmunzelte. Es wunderte ihn nicht, dass der Junge schon als Knirps Polizist gespielt hatte. Im Grund tat er das heute noch.

Schmidt und Tanja Rüegg tauschten noch einige Erinnerungen aus, dann verabschiedeten sie sich. »Du kannst uns gerne einmal auf der Polizeistation besuchen«, bot Schmidt an und gab Cédric einen kumpelhaften Handschlag.

Auf dem Weg die Treppe hinunter kreuzten sie einen Pizzaboten mit zwei Schachteln – einer kleinen und einer großen.

Alleinerziehende Mutter zu sein, war keine leichte Aufgabe, schätzte Lutz. Wer wohl der Vater von Cédric war? Er verpasste gerade eine wichtige Zeit im Leben seines Sohnes, so viel war klar.

Lutz kam heim, gerade bevor der Regen einsetzte. Ein wahrer Schauer an Blitzen erleuchtete das von dunklen Wolken eingehüllte Schloss so surreal hell, dass er sich vorkam, als befände er sich in der Kulisse eines überbelichteten Studiofilms. Sein Unbehagen verstärkte sich, als er die Klinke hinunterdrückte und seine Wohnung unverschlossen fand. Sie war dunkel, abgesehen von der Küche, in der Licht brannte. Der Duft von Kaffee kitzelte seine Nase, und Lutz schoss der absurde Gedanke durch den Kopf, dass ein Einbrecher sich in seiner Küche Kaffee kochte. Doch es war kein Einbrecher. Es war Hanna, die ihm entgegenkam, strahlend schön, braun gebrannt, mit lachenden Augen. »Schön, dass du endlich heimkommst.«

16

Mittwoch, 17. August

Das rote Heft, 1996

K sagt, dass THC und CBD den Schmerzimpuls durch das Rückenmark ans Gehirn abschwächen. C, der große Bruder von K, zeigte mir, wie man Cannabis anbaut, und schenkte mir eine gebrauchte Metallhalogen-Anbaulampe mit Vorschaltgerät. Er erhält dafür die Stange Zigaretten, die D für mich geklaut hat. Ich schulde D etwas.

Das erste Mal, seit Hanna nach Zypern abgereist war, hatte Lutz wieder gut geschlafen. Selbst eine Mußestunde im Palmenhain unter zypriotischer Sonne hätte nicht schöner sein können als der gestrige Abend. Nach Blitz, Donner und einem heftigen Regenguss, den sie im Bett abwetterten, verzog sich das Gewitter, und sie setzten sich mit einem Glas Wein auf den Balkon, blickten aufs Rapperswiler Hafenbecken und genossen die kühle Abendluft.

Hanna hatte bereits im Flugzeug gesessen, als er gestern Morgen vergeblich versucht habe, sie telefonisch zu erreichen, erfuhr Lutz. Als er seinen Besuch in Zypern absagte, hatte sie sich vorgenommen heimzukehren, doch jeder Tag auf der Insel hatte neue Komplikationen mit sich gebracht, die eine Abreise verzögerten. Unter anderem war der obskure Georgios nach einer durchzechten Nacht in eine Schlägerei geraten und wegen

Vandalismus im Gefängnis gelandet. Hanna und Astrid hatten zwei Tage gebraucht, um der Polizei klarzumachen, dass Georgios in der fraglichen Nacht wohl alkoholisiert Schläge ausgeteilt, aber weder Strandkörbe noch Liegestühle angezündet hatte. Zum Zeitpunkt, als das Strandmobiliar Feuer fing, lag er nämlich betrunken in der Ecke einer Bar und schlief seinen Rausch aus, was – nachdem es Hanna und Astrid endlich gelungen war, sie aufzutreiben – mehrere Zeugen bestätigen konnten.

»Der Aufenthalt im Gefängnis hat zumindest bewirkt, dass Georgios jetzt wieder zu Hause ist und Astrid versprochen hat zu bleiben«, erzählte Hanna. »Es war der erste Zeitpunkt, an dem ich das Gefühl hatte, abreisen zu können, ohne sie im Stich zu lassen.«

Lutz drückte ihre Hand und schämte sich; wegen seines kindischen Trotzes, seiner Fixiertheit auf sich selbst, seines mangelnden Feingefühls und dafür, dass er sich nicht mehr Mühe gegeben hatte, richtig zu kommunizieren.

»Denkst du, die Beziehung zwischen den beiden wird halten?«

Hanna schüttelte den Kopf. »Aber Astrid muss das selbst herausfinden – auf die harte Tour, fürchte ich.«

So gut der Mittwochmorgen begonnen hatte – Hanna an seiner Seite, Frühstück auf dem kleinen Balkon und die Sonne im Gesicht –, so schlecht waren die Nachrichten, die Lutz auf der Station erwarteten. In der Nacht waren bei der Notruf- und Einsatzleitzentrale in Sankt Gallen gleich drei Anrufe eingegangen, die Rapperswil und die Umgebung betrafen. Das teilte ihnen Carlo in der Teamsitzung mit. Lutz sah, dass der Chef der hiesigen Polizeistation dunkle Schatten unter den Augen hatte. Als Vater von neugeborenen Zwillingsjungen schien er zurzeit nicht viel Schlaf zu bekommen.

Gestern Nacht um dreiundzwanzig Uhr war in Eschenbach eine dreißigjährige Frau in ihrem Wohnzimmer zusammengebrochen und unbeweglich liegen geblieben. »Sie ist völlig verkrampft und sagt kein Wort, nur ihre Augen bewegen sich!«, teilte ihr Mann der diensthabenden Polizistin aufgelöst mit. Einige Stunden später – es war gegen vier Uhr morgens – rief eine Frau aus Bollingen an, die meldete, dass ihre WG-Partnerin wie erstarrt im Hausflur liege, die Arme auf eigenartige Weise von sich gestreckt. »Ich weiß nicht, wie lange sie schon so da liegt. Ich bin eben erst von meiner Schicht nach Hause gekommen. Was soll ich tun?«

Sebastian wippte mit dem Stuhl, die Hände in den Taschen seiner Cargohose verborgen. »Jetzt sind es also schon vier Personen, die alle diese eigenartigen Krampfanfälle haben.«

»Was ist es bloß, das diese seltsamen Anfälle auslöst?«, fragte Malin in die Runde und schüttelte ihre blonden Locken. »Ein Medikament, eine Droge oder eine Krankheit?«

»Die Antwort darauf werden wir hoffentlich von den Ärzten des Spitals Linth erhalten«, sagte Carlo und fuhr sich in einer erschöpften Geste über die Augen. »Sowohl die beiden Personen von heute Nacht als auch die Frau, die Barbara und Ted gestern beim Lido aufgelesen haben, und Leon Bär, unser Tatverdächtiger im Tötungsdelikt Fiona Bär, befinden sich in Uznach in Pflege.«

Heute Morgen habe der verantwortliche Arzt angerufen, erklärte er. Dessen Worten zufolge war Leon Bär inzwischen so weit wiederhergestellt, dass man ihn vernehmen konnte. Wie Aiva ihnen ausrichtete, hielten die Imhof und der Staatsanwalt es für das Beste, wenn Lutz und Schmidt diese Aufgabe übernahmen. Sie hatten entschieden, dass Leon Bärs Aussage zur Tötung von Fiona Schneider Vorrang hatte. Was dazu geführt

115

haben mochte, dass der junge Mann halb tot im Spital landete, das war eine Frage, die man auch später noch klären konnte.

»Da waren also die zwei Meldungen von den Frauen, die Zombie-Symptome zeigen«, zählte Schmidt an den Fingern ab. »Du sprachst aber von drei Meldungen, die heute Nacht bei der Notrufzentrale eingegangen sind, Carlo. Was war denn die dritte?«

Der örtliche Polizeichef stieß schnaubend Luft aus. Er wirkte gestresst. »Um sechs Uhr heute Morgen hat Emily Hauenstein, die Frau des Kaminfegers Dario Hauenstein, ihren Mann als vermisst gemeldet. Er kam gestern Abend nicht wie gewohnt von der Arbeit nach Hause und blieb die ganze Nacht lang weg. Als Emily Hauenstein heute Morgen aufstand, war sein Bett noch unberührt. Auch sein Hund ist verschwunden.«

Lutz strich sich über den Bart. Hanna zuliebe hatte er ihn heute Morgen deutlich zurückgestutzt. Der Kaminfeger war also nicht auffindbar. Ein schlechtes Zeichen, in jeder Hinsicht. Zwar tauchten Vermisste in fünfundneunzig Prozent aller Fälle innerhalb der ersten vierundzwanzig Stunden wieder auf, doch Dario Hauenstein war kein normaler Vermisster. Er war Auskunftsperson in einem Tötungsdelikt. Deshalb war es schon ein sehr merkwürdiger, um nicht zu sagen unwahrscheinlicher Zufall, dass er sich ausgerechnet jetzt in Luft auflöste, als er zur Befragung bei der Polizei erscheinen sollte. So unwahrscheinlich, als würde man den Tag der eigenen Hochzeit vergessen – nur mit negativem Vorzeichen.

Man könnte annehmen, dass der Kaminfeger sich abgesetzt hat, um unseren Fragen zu entgehen, überlegte Lutz. Entweder weil er schuldig ist und fürchtet, dass wir ihn verhaften, oder weil er unschuldig ist, dies aber nicht beweisen kann.

»Denkst du, dass Dario Hauenstein etwas passiert ist?«, unterbrach Schmidt seine Gedankengänge.

Auch das ist möglich, dachte Lutz. Vielleicht kommt der Kaminfeger nicht nach Hause, weil er einen Unfall hatte und verletzt oder tot in einem Straßengraben liegt. Und falls er denkt, dass seine Beteiligung am Tötungsdelikt heute auffliegt, könnte er sich auch etwas angetan haben.

»Was auch immer mit dem Mann los ist; wir müssen so bald als möglich mit seiner Frau sprechen«, erklärte Lutz.

Aber zuerst mussten sie den Bruder der Apothekerin aufsuchen – Leon Bär, der gleich in zwei seltsame Vorfälle verwickelt war. Einerseits war er Tatverdächtiger im Tötungsdelikt Fiona Bär, andererseits zeigte er Zeichen dieser seltsamen Krankheit, die zurzeit in Rapperswil grassierte. Ob es sich um einen dieser merkwürdigen Zufälle handelte, die das Leben bereithielt, oder ob die beiden Vorkommnisse irgendwie zusammenhingen, das mussten sie herausfinden, bevor noch mehr passierte.

Der Besuch in einem Spital hatte für Lutz immer etwas Unwirkliches. Er kam sich vor wie auf einem anderen Planeten. Alles in dieser fremden Welt war hell, hygienisch und makellos, die Böden glänzten vor Sauberkeit, und die blinkenden, hochtechnisierten Geräte in jedem Raum strahlten die beruhigende Versicherung aus, dass alles unter Kontrolle war. Eine gut funktionierende Maschinerie mit strikten Abläufen, die kranke Menschen zu gesunden machte und sie dann wieder ausspuckte. In Lutz' Welt hingegen drehte sich alles um Menschen oder Dinge, die außer Kontrolle geraten waren. Kein Tag war wie der andere, festgelegte Abläufe und Routine gab es kaum. Er wühlte an schummrigen Orten nach Schmutz von Verbrechern, erforschte die finsteren Ecken des menschlichen Geistes und tauchte in die Abgründe der kriminellen Seele ein, so noch eine vorhanden war. Wenn er einen Kriminellen hinter Gitter brachte, konnte er – im besten Fall – einem Opfer oder seinen Angehörigen den Eindruck vermitteln, dass die Welt nicht völlig aus den Fugen geraten und noch ein Mindestmaß an Kontrolle und Ordnung vorhanden war.

Lutz war noch nie im Spital Linth gewesen. Sein Beruf oder private Besuche hatten ihn immer nur ins Universitätsspital in Zürich geführt, doch er hatte keine Zweifel, in welchem Spital er lieber gesunden würde.

»Du wirkst heute verändert, irgendwie zufriedener«, sagte Schmidt, während sie über den schwarzen Steinfußboden zum Zimmer von Leon Bär schritten, und blickte Lutz prüfend an. »Weshalb? Ist Hanna zurück?«

Lutz hatte es nicht gern, wenn er durchschaut wurde – schon gar nicht von Schmidt. Deshalb brummte er nur ausweichend: »Wie läuft's mit Aiva? Schon ein Rendezvous organisiert?«

»Aus der Tavolata wird nichts. Die fällt dieses Jahr aus«, seufzte Schmidt. »Sie wird nur durchgeführt, wenn nicht gleichzeitig das Stadtfest stattfindet, was dieses Jahr theoretisch der Fall wäre, aber nicht praktisch, da die Organisatoren das Stadtfest auf nächstes Jahr verschoben haben wegen des Seenachtsfestes, das aufgrund der Corona-Pandemie dieses Jahr stattfindet. Und zum Seenachtsfest kann Aiva nicht kommen, weil ihr Großvater seinen achtzigsten Geburtstag feiert.«

Lutz hatte von alledem nur mitgekriegt, dass Schmidt gescheitert war und dass es in Rapperswil offenbar eine Art Partystau gab. Hanna und er hatten ihren neuen Wohnort gut gewählt.

»Hast du vielleicht eine andere Idee, wo ich mich mit Aiva verabreden könnte?«, wollte Schmidt wissen. »Unkompliziert, weißt du, ohne, dass es zu sehr nach einem ernsthaften Date aussieht, sonst wimmelt sie mich gleich ab, oder es wird irgendwie peinlich.«

Sehe ich vielleicht aus wie ein Eventplaner?, ärgerte sich Lutz. Ein Rendezvous war immer peinlich, das lag in der Natur der Sache! Aber die heutige Jugend war wohl nicht mehr dazu bereit, die eigene Komfortgrenze zu überschreiten und Farbe zu bekennen. Kein Wunder, dass die Geburtenrate sank.

»Einen Korb zu kassieren, ist nichts, wofür man sich schämen muss«, sagte er unwirsch. »Im Übrigen schätzen die meisten Frauen und Männer den Mut, dass man sie anzusprechen wagt und sich um sie bemüht.« Als er merkte, dass seine Weisheiten den Jungen nicht beeindruckten und er ihn immer noch erwartungsvoll anschaute, hob er resigniert die Schultern. »Jaja, ich denke über einen geeigneten Ort und eine Gelegenheit nach.«

Der Arzt, der Leon Bär betreute, war ein hagerer, streng aussehender Mittdreißiger mit randloser Brille, die etwas schief auf einer höckerigen Adlernase saß. Als er Lutz und Schmidt in der Bürotür stehen sah, stand er auf und kam ihnen entgegen. Dass er durch die abrupte Bewegung einen Stapel Akten zu Boden fegte, schien ihn nicht zu kümmern.

»Thomas Haab«, stellte er sich vor und schüttelte ihnen mit festem Druck die Hand. Lutz hatte instinktiv das Gefühl, dass er hier einen Mann vor sich hatte, der völlig in seiner Arbeit aufging.

»Sie wollen mit Leon Bär sprechen? Das sollte möglich sein. Wir haben festgestellt, dass er zwar nicht reden kann, aber fähig ist, sich schriftlich zu äußern.« Haab schob seine Brille auf der Nase zurecht und schüttelte den Kopf, was sie erneut in Schieflage brachte. »Jetzt haben wir schon vier von der Sorte hier. Eine seltsame Häufung. Alle leiden unter Rigor, Steifheit, und manche auch unter Dyskinese, unkontrollierten Zuckungen, und sind unfähig, sich richtig zu artikulieren. Meine Kollegen und ich sind uns noch nicht restlos schlüssig, worunter sie leiden.

Heute Mittag haben wir Teamsitzung, werden die Fälle erörtern und die Polizei anschließend über unseren Befund unterrichten.«

»Und welche Theorie vertreten Sie?«, erkundigte sich Schmidt, während sie den Flur hinuntergingen. Eine erstaunlich vernünftige Frage, fand Lutz.

»Die meisten von uns tippen auf Parkinson. Sie kennen die Krankheit? In einem bestimmten Teil des Gehirns, der Substantia nigra, gehen die Nervenzellen zugrunde und produzieren kein Dopamin mehr. Fehlt dieser Botenstoff, werden Nervenreize schlechter übertragen, und es kommt zu genau jenen Bewegungsstörungen, die wir bei Leon Bär und den drei Frauen beobachten. Wir haben deshalb begonnen, Leon Bär Levodopa zu verabreichen, ein Medikament, das gegen Parkinson und weitere Krankheiten wirkt, die aufgrund eines Mangels an Neurotransmittern entstehen.«

»Parkinson, in seinem Alter?«

Doktor Haab warf Lutz einen gedankenvollen Blick zu. »Er ist tatsächlich zu jung dafür«, bestätigte er den Einwand, »die meisten Erkrankten, bei denen wir Parkinson diagnostizieren, sind zwischen fünfzig und sechzig Jahre alt. Eine meiner Kolleginnen, die lange in einer psychiatrischen Klinik gearbeitet hat, hält es deshalb für wahrscheinlicher, dass die Katalepsie und die Katatonie Ausdruck einer katatonischen Schizophrenie sind.«

»Sie aber nicht«, stellte Lutz fest, nachdem er die unverständlichen Fachausdrücke aus der Aussage gefiltert hatte.

»Nein. Mein Verdacht geht in eine andere Richtung. Denn bei der Untersuchung von Leon Bär haben wir Nadeleinstiche in den Armbeugen gefunden.«

»Drogen?«, fragte Schmidt.

»Möglicherweise sind sie es, welche die Symptome auslösen«, nickte Haab. »Ich bin gerade dabei, die wissenschaftliche Lite-

ratur zu einem Phänomen namens ›Frozen Addicts‹ durchzuge-
hen.« Er hielt inne und schob die Brille hoch. »Aber Sie sind
nicht hier, um sich meine Spekulationen anzuhören. Wie ich
verstehe, ermitteln Sie in einem Tötungsdelikt.«

Sie waren am Ende des Flurs angelangt. Haab stoppte vor
einer grau gestrichenen Tür, drückte die Klinke hinunter und
hielt sie ihnen auf. »Sie haben eine Viertelstunde, um mit Leon
Bär zu sprechen. Frau Jovanovic wird Ihnen helfen.« Er deutete
auf eine grauhaarige Pflegerin, die den Flur hinunterkam und
jetzt zu ihnen trat. »Viel Glück.«

Die beiden Spitalbetten neben Leon Bär waren nicht belegt.
Das erleichterte die Sache, fand Lutz, denn Leon Bär wirkte
nicht, als könnte er für die Vernehmung einen anderen Raum
aufsuchen. Trotz der Sommerhitze hatte er eine Decke über sich
gezogen und lag in Embryonalstellung zusammengekrümmt im
Bett. Sein blondes Haar stand struppig vom Schädel ab, die
Augen lagen tief in den Höhlen, die Haut wirkte grau. Jetzt, in
dieser sterilen Krankenhausumgebung, mit dem Tropf am Arm,
wirkte der junge Mann nicht länger wie eine künstlerische In-
szenierung des Grauens, sondern nur noch mitleiderregend.
Schmidt jedoch schien die schauderhafte Erinnerung an das
menschliche Wrack mit dem krampfenden Bein nicht vom
Menschen im Bett trennen zu können. Lutz bemerkte, dass er
Leon Bär anstarrte, als erwartete er, dass dieser gleich wieder
unkontrolliert zu zucken begann.

Er neigte sich vor und fasste den jungen Mann sachte an der
Schulter. »Herr Bär?«, sprach er ihn an.

Leon Bär fuhr zusammen und starrte Lutz und Schmidt an,
als wären sie die fleischgewordenen Protagonisten seines aktuellen Albtraums. Sein Blick irrlichterte durch das Zimmer, dann
wurde er trüb, seine Lider begannen sich zu senken, und der

Kopf sackte vornüber. Doch Lutz und Schmidt hatten nicht vor, ihn zurück in seine Traumwelt driften zu lassen.

Die Pflegerin namens Jovanovic half ihnen, Leon Bär in seinem Bett aufrecht hinzusetzen, platzierte ein Klemmbrett auf seinen Knien und legte seine rechte Hand um einen Kugelschreiber.

»Ich nehme an, Sie wissen, weshalb wir hier sind, Herr Bär«, begann Schmidt, der sich von der Erinnerung gelöst zu haben schien.

Der Angesprochene hob langsam den Blick, und Lutz sah, wie er sich bemühte, den Jungen zu fokussieren.

»Am Donnerstag vor einer Woche wurde ihre Tante tot aufgefunden«, fuhr sein junger Kollege fort.

Leon Bärs Hand zitterte. »Meine Schwester war hier«, kritzelte er unbeholfen aufs Klemmbrett.

»Dann wissen Sie also Bescheid«, folgerte Schmidt, sichtlich erleichtert, dass er die Umstände des Todes von Fiona Bär nicht noch einmal erläutern musste.

Das Herz der kühlen Apothekerin ist also doch nicht ganz verkümmert, dachte Lutz, während Schmidt mit der Befragung weitermachte. Wenn Bianca von Arx sich im Alltag auch wenig um ihren Bruder schert, so ist sie immerhin für ihn da, wenn es ihm schlecht geht.

Die Befragung lief, wie Lutz befürchtet hatte: Leon Bär gab vor, nicht zu wissen, wer oder was ihn in diesen fatalen Zustand versetzt hatte. Und er konnte sich nicht erinnern, wo er an dem Abend, als seine Tante starb, gewesen war.

»Vermutlich daheim«, stand in krakeliger, nach unten laufender Schrift auf dem Klemmbrett. Wie sie in den folgenden, zäh verlaufenden Minuten erfuhren, hatte Leon Bär seine Tante nur sporadisch bei Familienfeiern gesehen, die nach dem Tod seiner Eltern vor fünf Jahren noch seltener geworden waren. Auf die allzu direkte Frage von Schmidt, ob er gehofft hatte, nach ihrem Tod etwas zu erben, starrte Leon Bär den Jungen lange an. Philosophiert er über die Taktlosigkeit junger Polizisten?, fragte sich Lutz. Ärgert er sich gerade? Oder denkt er über eine Ausrede nach? Die erstarrten Gesichtszüge gaben nichts von Leon Bärs Emotionen preis.

»Nein«, schrieb er schließlich fahrig. Aus einem Grund, der ihm selbst nicht ganz klar war, hatte Lutz den Eindruck, als habe der junge Mann seine Tante Fiona gemocht. Doch wenn er tatsächlich ein Junkie war – und nach der Beobachtung von Haab sah es ganz danach aus –, dann waren seine Aussagen mit Vorsicht zu genießen. Lutz konnte sich gut an die Zeit der offenen Drogenszene in Zürich erinnern, als er von Abhängigen auf Entzug die unglaublichsten Geschichten aufgetischt bekommen hatte – und dies absolut überzeugend. Hinsichtlich Junkies war er ein gebranntes Kind.

»Ich glaube es war Leon Bär, der seine Tante umgebracht hat«, sagte Schmidt, während er sich hinters Steuer des Polizeiwagens klemmte. »Beschaffungskriminalität ist ein starkes Motiv, um jemanden aus dem Weg zu schaffen, und seiner Wohnung nach zu folgern, schwimmt der Mann nicht gerade in Geld. Jede Wette, dass der Bildschirm und die Lautsprecher geklaut sind.« Er rümpfte den Mund, und Lutz sah förmlich, wie es in seinem Gehirn arbeitete. »Oder es war der Kaminfeger«, fügte er hinzu. »Er war verfeindet mit Fiona Bär, und als Pächter wusste er genau, welcher Schuppen in den Familiengärten leer stand, um die Frau dort zu vergraben. Meiner Meinung nach ist es außerdem sehr verdächtig, dass er heute Morgen nicht zur Befragung aufgetaucht ist.« Er grunzte zufrieden, als hätte er gerade die Bestätigung seiner Theorie erhalten. »Ja, ich glaube, es war der Kaminfeger. Was meinst du?«

»Alles, was uns deine wilden Verdächtigungen zeigen, ist, wie wenig wir im Grunde wissen«, gab Lutz missmutig zurück. »Und jetzt halt mal einen Augenblick lang die Klappe, ich muss telefonieren.«

In einer Konferenzschaltung informierte Lutz Staatsanwalt Magnus Obrecht und die Imhof über die verschiedenen Theorien der Ärzte zu Leon Bärs Zustand und bat um einen Durchsuchungsbeschluss für seine Wohnung. Einerseits wegen dringenden Tatverdachts, andererseits, um mehr über die Ursache von Leon Bärs Krankheit herausfinden zu können. Magnus Obrecht, für einmal ganz nüchtern, gewährte ihm den Beschluss ohne Zögern.

»Warum hast du Aiva nicht auch zugeschaltet?«, fragte Schmidt entrüstet, als Lutz sein Handy wieder einsteckte. »Sie ist doch unsere Ansprechperson und muss über die aktuellen Entwicklungen Bescheid wissen!«

»Wir fahren jetzt ins Lenggis-Quartier hoch«, kommandierte Lutz, ohne auf Schmidts Vorwurf einzugehen. »Dort werde ich mit der Frau des Kaminfegers, Emily Hauenstein, sprechen.«

Er zog ein zerknülltes Taschentuch aus seiner Hose, wischte sich die feuchte Stirn ab und steckte es ebenso zerknüllt wieder in die Tasche zurück. »Während ich Frau Hauenstein zum Verbleib ihres Mannes befrage, wirst du Aiva anrufen und sie auf den neuesten Stand bringen.«

Bevor dieser Befehl Schmidts Hirnwindungen passieren und auf seinem Gesicht ein einfältiges Grinsen hervorrufen konnte, setzte er hinzu: »Das hat den ungeheuren Vorteil, dass du mir die Befragung nicht versaust.«

17

Mittwoch, 17. August

Als hätte die Sonne den Himmel ausgebleicht, lag ein fahles, unwirkliches Licht über Rapperswil, und Lutz kam es vor, als bewegte er sich unter einer Glocke. Über den Straßen waberten Hitzeteilchen, und wenn er die Augen zusammenkniff, um sie von den Schweißtropfen auf seiner Stirn abzuschirmen, glaubte er, sie flimmern zu sehen. Er war gefangen in einer Sauna, gefangen in seinem schwitzenden Körper und einer unseligen Ermittlung, die Probleme auswarf wie ein wiederausspuckender Müllcontainer.

Die Straße im Ortsteil Jona, in die sie jetzt einbogen, war voller Rad und Scooter fahrender Kinder, die sich nach dem Mittagessen draußen austobten. Schmidt passierte sie im Schneckentempo und parkte neben einer Zeile von gepflegten Reihenhäusern, die einen wohltuenden Kontrast zu den charmefreien Blöcken des Quartiers bildeten.

Lutz klingelte an der Wohnungstür der Hauensteins und holte tief Luft. Es würde kein leichter Besuch werden.

Das Erste, was ihm an Emily Hauenstein auffiel, war ihr riesiger Babybauch, das Zweite ihre schönen, dunklen Augen, die vor Kummer gerötet waren.

»Lutz, von der Kriminalpolizei«, stellte er sich vor.

»Ihr Kollege hat Sie angemeldet«, erwiderte Emily Hauenstein und trat beiseite. »Bitte kommen Sie herein.«

Die Frau muss in dieser Hitze noch mehr Bauch mit sich herumschleppen als ich, dachte Lutz mitleidig. Schlank, wie sie war, bereitete ihr das bestimmt Mühe.

»Wie lange haben Sie noch?«, fragte Lutz, als sie sich am Wohnzimmertisch niederließen.

Sie lächelte angespannt. »Es kann jeden Moment so weit sein.«

Und ausgerechnet jetzt war ihr Mann nicht da. Lutz konnte erahnen, wie sie sich fühlte.

»Erzählen Sie mir doch etwas über die Gewohnheiten Ihres Mannes und darüber, wann genau Sie ihn am Dienstagabend zurückerwartet hatten«, begann er freundlich.

In der folgenden halben Stunde stieg sein Respekt vor Emily Hauenstein minütlich an; trotz ihrer offenkundigen Verzweiflung antwortete sie sachlich und präzise auf seine Fragen und beschönigte nichts.

»Dario und ich führen ein sehr geordnetes Leben, das entspricht uns«, sagte sie. An den Montag-, Dienstag- und Mittwochabenden arbeite ihr Mann entweder im Familiengarten oder gehe mit Senta spazieren, dem Labrador. Sie deutete auf den Hundekorb neben der offenen Küche, in dem ein zerknautschtes Stofftier lag. Der dazugehörige Hund jedoch fehlte. Am Donnerstagabend treffe er sich mit ein paar alten Schulfreunden in der Bluemä in Uznach. Freitags spiele er Basketball, und das Wochenende sei für die erweiterte Familie reserviert.

»In seiner Jugend war Dario ein Draufgänger, wissen Sie, er tunte Autos mit seinen Kumpels, veranstaltete Rennen und hat sich wohl nicht immer gesetzestreu verhalten. Als er sich ... wie sagt man ...«

»Die Hörner abgestoßen hat?«, schlug Lutz vor.

»Ja. Da entdeckte er die beschauliche Seite des Lebens, merkte, dass er gern schreinerte und gärtnerte, und wurde ruhiger. Er war außer sich vor Freude, als er erfuhr, dass wir ein Kind bekommen.« Sie griff nach einer Box mit Papiertüchern und fuhr sich über die Augen, nicht gewahr, dass sie die Wimperntusche zu schwarzen Flecken verschmierte.

Wie Lutz erfuhr, war der Kaminfeger ein guter Ehemann, der seinen Beruf nicht zuletzt auch wegen des Rufes, dass er Glück bringe, liebte. Er trank nicht, spielte nicht und hielt sich da auf, wo man ihn erwarten würde – abgesehen vom heutigen Tag und dem gestrigen Abend.

»Hat er Ihnen erzählt, dass er heute Morgen einen Termin bei uns hatte?«, erkundigte sich Lutz vorsichtig.

»Ja. Sie wollten ihn zu seiner Bekanntschaft mit Fiona Bär befragen, richtig? Sie war eine seiner Kundinnen, näher kennen tat er sie aber nicht. Wie mir Dario erzählt hat, hatte er einmal Schwierigkeiten mit ihr wegen einer Abrechnung, das war aber auch alles. So was kommt vor.«

Es waren wohl mehr als harmlose Schwierigkeiten, wenn sogar die Vermittlerin einschreiten musste, konstatierte Lutz sarkastisch. Zu dumm, dass er keine Zeit mehr gefunden hatte, Sofia Keller nach dem Streit zwischen Dario Hauenstein und Fiona Bär zu fragen. Da sie das Amtsgeheimnis eher leger zu handhaben schien, hätte sie ihm vielleicht sogar verraten, was er wissen wollte. Allerdings schien es ihm besser, sie nicht in Verlegenheit zu bringen und über die offiziellen Stellen zu gehen.

Lutz faltete die Hände vor sich auf dem Tisch und blickte Emily Hauenstein prüfend an. »Die Frage mag seltsam klingen – aber können Sie mir sagen, welchen Eindruck er auf Sie machte, als er Ihnen mitteilte, dass er bezüglich des Tötungsdelikts an Fiona Bär bei uns aussagen sollte?«

Sie ließ sich Zeit mit ihrer Antwort. »Er war in letzter Zeit unruhiger als sonst, als würde ihn etwas beschäftigen«, sagte sie endlich. »Als ich ihn darauf ansprach, erklärte er, es sei etwas

Berufliches, das aber im Grunde unwichtig sei. Ich glaube, er wollte mich vor der Geburt etwas schonen, deshalb hakte ich nicht nach. Wenn ich es mir recht überlege, dann war er aber schon aufgeregt, dass er bei der Polizei vorsprechen sollte. Aber so würde es uns wohl allen gehen, nicht wahr?«

Lutz stimmte zu. Er wollte die junge Frau nicht noch mehr bekümmern. Nachdem er ihr versichert hatte, dass die Fahndung nach ihrem Mann laufe, kramte er eine Visitenkarte hervor. Er bat sie, ihn anzurufen, falls ihr noch etwas Wichtiges einfallen sollte, das mit dem Verschwinden ihres Mannes zusammenhing – oder der Hund wieder auftauchte. Dann verabschiedete er sich und trat ins Freie.

Unfassbar, der Junge war noch immer am Telefonieren. Die Zehen auf der Bordsteinkante, wippte er auf und ab und wirkte völlig weggetreten. Mit einem grimmigen Lächeln trat Lutz hinter ihn und klopfte ihm kräftig auf den Rücken.

Schmidt ließ beinahe das Telefon fallen. »He!«, protestierte er erschrocken.

»Sag Aiva, dass sie einen richterlichen Beschluss besorgen soll, damit wir das Protokoll des Schlichtungsgesprächs zwischen Fiona Bär und Dario Hauenstein einsehen können.« Schnaubend setzte Lutz sich in den Wagen. »Tammisiech, weshalb ist die Klimaanlage nicht an? Dieses Auto ist der reinste Brutkasten.«

18

Mittwoch, 17. August

Das rote Heft, 1996

Das THC wirkt gut. Auf Anraten von C bin ich zu einem Zwölf/zwölf-Wachstumsplan übergegangen, damit es mehr Blüten gibt, und habe die Metallhalogen-Lampe durch eine HPS-Lampe ersetzt. C hat mir Kush-Samen gegeben, die mehr THC enthalten (zwanzig Prozent). Ich habe dafür ein Treffen mit B organisiert. Auf die steht er.

Zurück auf der Polizeistation stellte sich Schmidt vor dem Flipchart mit seiner Liste an Verdächtigen auf und zückte einen Stift. »Wir haben vier Hauptverdächtige, von denen zwei für die Mordnacht kein Alibi haben«, hielt er fest, die Zunge konzentriert zwischen die Zähne geklemmt. »Kein Alibi«, schrieb er hinter die Namen von Ehemann Theo Szalai und Neffe Leon Bär. »Beide sagen, sie seien alleine zu Hause gewesen. Wir müssen also irgendjemanden auftreiben, der das bestätigen kann. Sehr aufwendig.« Er pustete durch die Lippen. »Der Hauenstein war laut Aussage seiner Frau vermutlich zu Hause, mit dem Hund unterwegs oder im Familiengarten. Das werden wir herausfinden, wenn er dann wieder auftaucht. Und das Alibi von Elias Zuppiger sowie einer Unzahl von Gartenpächtern müssen wir auch noch überprüfen.« Er seufzte ernüchtert und setzte »Alibi checken« hinter die Namen des Kaminfegers und des Stadtrats.

Und das sind nur die vier Personen, die sich uns als Verdächtige geradezu aufgedrängt haben, mahnte sich Lutz. Es blieb die Möglichkeit, dass ein gänzlich Unbekannter Fiona Bär überfahren und verscharrt hatte. Oder auch jemand, den sie aus irgendeinem Grund nicht auf dem Radar hatten.

»Zwei«, sagte Malin, die mit einer Flasche Sprudelwasser im Türrahmen ihres Büros auftauchte. »Es befinden sich nur noch zwei Hauptverdächtige auf eurer Liste.« Sie stellte die Flasche ab, nahm Schmidt den Stift aus der Hand und zog einen Strich durch den Namen Theo Szalai. »Am fraglichen Dienstag war der Ehemann von Fiona Bär zwar allein zu Hause, nahm aber an einer Videokonferenz von Entomologen teil.« Auf den fragenden Blick von Lutz und Schmidt erklärte sie: »Er ist ein angesehener Insektenspezialist, der sich mit der Verbreitung von Malaria beschäftigt. Fünf seiner Kolleginnen und Kollegen bestätigen, dass er sich bis nach Mitternacht an einem virtuellen Meeting beteiligte. Bei diesem ging es offenbar um eine neuartige, in Sambia erprobte Methode, um die Anopheles-Mücke ohne chemische Mittel an der Fortpflanzung zu hindern. Sehr interessant.«

Malin drehte sich wieder zu Schmidts Liste um und strich nach Theo Szalais Namen auch jenen von Stadtrat Elias Zuppiger durch. »Mister Stadtrat hat ebenfalls ein Alibi. Mindestens sieben Zeugen belegen, dass er von achtzehn Uhr bis nach Mitternacht in der Werki-Bar war, danach ging er ohne Umweg heim zu seiner Frau. Mit der Liste der Gartenpächter sind wir noch nicht durch, da müsst ihr euch noch gedulden.« Sie drückte Schmidt den Stift zurück in die Hand. »Aber eigentlich bin ich hier, um euch zur Teamsitzung zu rufen. Es gibt Neuigkeiten zu den Zombies.«

Die Adlernase von Leon Bärs behandelndem Arzt, Doktor Thomas Haab, wirkte auf dem Bildschirm im Sitzungszimmer noch höckeriger als heute Morgen im realen Leben. An der Art, wie er unentwegt die Brille zurechtrückte, erkannte Lutz, dass eine Videokonferenz nichts Alltägliches für ihn war.

»Ärzte«, spottete Barbara leise. »Hätte nicht irgendwer das Faxgerät erfunden, würden manche noch per Höhlenmalerei kommunizieren.« Soweit Lutz wusste, waren ihre beiden älteren Brüder Mediziner.

Aber was der junge Arzt zu erzählen hatte, war so unglaublich, dass sogar Lutz, der geglaubt hatte, sich in Sachen Rauschgift, Junkies und allen Formen der damit einhergehenden Kriminalität auszukennen, leer schlucken musste.

Wie sich herausstellte, hatten die Kapo-Kollegen ganze Arbeit geleistet und nach seiner Bitte um Durchsuchung Leon Bärs Wohnung auf den Kopf gestellt. Sie hatten zwar nichts gefunden, das den jungen Mann belastete, den Mord an seiner Tante begangen zu haben, waren dafür aber auf etwas anderes gestoßen.

»Fixerbesteck im Badezimmerschrank und eine Tüte mit gelblichem Pulver, ursprünglich wohl etwa drei Gramm, das wir per Kurier nach Sankt Gallen zu den Laborratten geschickt haben«, erklärte Sebastian dem Team. »Danach ging alles sehr schnell.«

Doktor Haab hatte die Mitarbeiter des forensisch-naturwissenschaftlichen Diensts darüber unterrichtet, welche Substanz er im Verdacht hatte, Leon Bärs Symptome zu verursachen, und mit welchen Mitteln sie danach suchen sollten. Dank seiner Hinweise waren die Forensiker schnell fündig geworden.

»Die Droge, die in Leon Bärs Wohnung gefunden wurde, trägt den wissenschaftlichen Namen MPPP für 1-Methyl-4-phenyl-4-propionoxypiperidin. Es ist ein Opioid und wird auch als synthetisches Heroin, wahres Heroin oder Super-Demerol bezeichnet«, sagte Haab.

Lutz stutzte. Er kannte synthetische Opioide wie Demerol,

Methadon und Fentanyl, hatte Designerdrogen wie Speed, Ecstasy, Angel Dust und LSD konfisziert, aber von MPPP hatte er noch nie gehört.

»Das Rauschmittel wird Kleindealern in Kalifornien wegen seiner überwältigenden Wirkung als Belohnung verteilt. Die Substanz taucht periodisch auf dem Markt auf, um dann für einige Jahre wieder zu verschwinden. Auch in der europäischen Raveszene wird damit experimentiert.« Haab hob seine Hände und wedelte fahrig durch die Luft. »Es soll wirken wie Heroin: Die Konsumenten verspüren keine Angst und keine Schmerzen mehr, sind entspannt und hochgradig euphorisiert. Sorgen und Konflikte verschwinden. Das Schlimme am Ganzen: Die Ausgangsstoffe von MPPP sind legal, denkbar einfach zu erhalten und die Rezeptur dermaßen simpel, dass jeder bessere Hobbychemiker den Stoff selbst produzieren kann.«

»Klingt, als steckten wir in Schwierigkeiten«, murmelte Barbara stirnrunzelnd.

»Das Problem ist folgendes«, fuhr Haab ernst fort und rückte näher an die Kamera, sodass sein Konterfei plötzlich den ganzen Bildschirm ausfüllte.

»Um MPPP herzustellen, muss man die Inhaltsstoffe über eine längere Zeit auf kleiner Flamme kochen. Zwingend. Erhöht man die Temperatur auf über dreißig Grad Celsius, entsteht MPTP, chemischer Name 1-Methyl-4-Phenyl-1,2,5,6-Tetrahydropyridin, und dies«, er schob die Brille hoch, »ist ein überaus potentes Nervengift.«

Haab hielt einen Moment inne, doch die Pause war kein rhetorischer Trick; der Arzt schien sich vielmehr sammeln zu müssen, merkte Lutz.

Das MPTP, erklärte er, zeige bereits in kleinsten Mengen – egal ob gespritzt, oral eingenommen oder auch nur geschnüffelt – eine verheerende Wirkung.

»Verzeihen Sie mir, wenn ich kurz etwas aushole«, sagte Haab. »Ich weiß nicht, ob Ihnen der Begriff ›Frozen Addicts‹ etwas sagt. Vermutlich nicht. Bei diesen sogenannt gefrorenen Süchtigen handelte es sich um sechs junge drogenabhängige Kalifornier, die 1982 in San José ins Spital eingeliefert wurden. Sie sahen aus, als litten sie seit Jahren an Parkinson. Ihre Körper waren vollkommen verkrümmt und versteift. Sie sabberten vor sich hin, konnten sich kaum oder nur unkontrolliert bewegen und nicht sprechen.« Er schüttelte den Kopf. »Sie alle hatten sich unwissentlich MPTP injiziert und waren über Nacht in eine Starre verfallen, die verdächtig nach Parkinson aussah. Wie aber konnten junge Menschen urplötzlich von dieser neurodegenerativen Krankheit befallen werden, die doch üblicherweise erst bei Menschen in der zweiten Lebenshälfte diagnostiziert wird? Die Ärzte standen vor einem Rätsel. Sie entschlossen sich, den Erkrankten ein Parkinson-Medikament zu verabreichen, um die Symptome zu lindern. Und tatsächlich; das Levodopa half, die Gefrorenen konnten sich wieder bewegen und sprechen, doch die Heilung hielt nicht lange vor. Der hoch dosierte Arzneistoff führte zu Nebenwirkungen, und die jungen Menschen litten den Rest ihres Lebens an unkontrollierbaren Zuckungen und Halluzinationen. Selbst die Transplantation embryonaler Hirnzellen konnte den Verfall nicht aufhalten – die Schäden im Gehirn der Frozen Addicts waren irreparabel. Und dieses Schicksal«, schloss Haab eindringlich, »steht auch Leon Bär und den drei Frauen bevor, die wir zurzeit bei uns im Spital Linth behandeln.«

Im Sitzungsraum herrschte betroffene Stille. Sogar Schmidt, der es sonst nicht lassen konnte, mit den Fersen zu wippen, saß stocksteif da.

Carlo bedankte sich bei Doktor Haab und schaltete den Bildschirm aus. Er brauchte nicht zu sagen, wie dringend sie die Küche ausheben mussten, aus der die verpfuschte Droge stammte.

Nicht auszudenken, wenn noch weitere Abhängige das falsch synthetisierte Rauschmittel einnahmen. Leon Bär und die drei Frauen hatten mit einer einzigen Dosis der falschen Substanz ihre Existenz ruiniert. Sie würden ihr Leben lang als bedauernswerte Opfer einer schiefgelaufenen chemischen Reaktion und skrupelloser Geldgier dahinvegetieren und eingehen wie eine Topfpflanze ohne Licht. Nichts konnte sie heilen.

Zusammen mit allen anderen verließ Lutz das Sitzungszimmer, begab sich in sein Büro und ließ sich in seinen Stuhl sinken. Der Drogentote Luca Kappeler kam ihm in den Sinn. Auch er hatte die tragischen Konsequenzen einer kurzzeitigen Euphorie kennengelernt und war schließlich daran gestorben. Man könnte sich fragen, ob sein Tod nicht auch mit diesem MPTP in Zusammenhang steht, brütete Lutz, griff gedankenverloren nach einem Taschentuch und wischte sich die feuchte Stirn ab. Hat Luca Kappeler, der erste unserer Drogentoten, neben Heroin, LSD und Xanax womöglich auch MPPP konsumiert? Eine Ahnung beschlich ihn, setzte sich in seinen Nervenbahnen fest und rumorte als dumpfes Gefühl in seiner Bauchgegend weiter. Vielleicht lohnte es sich, die Akte über die Wohnungsdurchsuchung von Luca Kappeler und den Obduktionsbericht einmal genauer unter die Lupe zu nehmen. Ja, vielleicht sollte er das tun.

Jetzt, nach diesen grässlichen Enthüllungen, fiel es Lutz schwer, sich auf den Mord an Fiona Bär zu konzentrieren. Sie war unschön gestorben und respektlos beseitigt worden, doch im Gegensatz zu den Drogenabhängigen, die versehentlich dieses verheerende MPTP konsumierten, konnte ihr kein Leid mehr geschehen. Sie war tot.

Schmidt schien es ähnlich zu gehen. »Der Erste, der starb, war Luca Kappeler. Anschließend kam Leon Bär. Beide aus

Rapperswil. Fixten und starben. Gestern fanden Barbara und Ted die erstarrte Frau am Lido, in der Nacht darauf hörten wir von einer Frau aus Eschenbach und einer aus Bollingen – ebenfalls gefroren. Im Gegensatz zu Leon Bär scheinen sie das verunreinigte MPPP oral eingenommen zu haben. Fällt dir etwas auf, Lutz?«

Wem nicht, dachte er und fuhr sich mit der Hand über die Augen.

»Der unfähige Drogenkoch produziert den teuflischen Stoff irgendwo in Rapperswil oder der unmittelbaren Umgebung! Hast du gehört, Lutz?«

»Brüll mich nicht an, Schmidt, ich sitze direkt neben dir.«

19

Donnerstag, 18. August

Etwas ist anders als sonst, stellte Lutz fest, als er an diesem Morgen durch die Glastür der Rapperswiler Polizeistation trat. Die Luft vibrierte vor angespannter Unruhe, und die alltägliche Geräuschkulisse war verändert. Das Zischen der Kaffeemaschine, das unbesorgte Klappern aus der Küche, wenn jemand die Spülmaschine ausräumte, das gleichmäßige Gemurmel halblauter Gespräche und die Frotzeleien, mit denen das Team den Tag einläutete – fehlten.

Sebastian, der ihn normalerweise mit einem gut gelaunten »Morgen, Kommissar« begrüßte, hob nur kurz die Hand zum Gruß, dann verschwand er in der Toilette. Ted, Malin und zwei weitere Polizistinnen saßen schweigend vor ihren Computern, und aus dem Büro von Carlo drangen erregte Stimmen. Irgendetwas war vorgefallen, und es bedeutete nichts Gutes.

Lutz betrat das Zweierbüro, das er mit Schmidt teilte, und beobachtete ihn dabei, wie er eine lange Kette aus dem Rucksack zog und sein rotes Fahrrad abschloss. Die Marotte war offensichtlich nicht totzukriegen. Den Jungen jedenfalls musste er nicht fragen, was los war. Er reagierte auf die Stimmung seiner Umgebung so empfindsam wie eine Nacktschnecke auf Klangschalentherapie und hatte bestimmt nicht bemerkt, dass etwas anders war als sonst.

Die Lösung des Rätsels erhielt Lutz von Barbara, die in der Küche stand und die gebrauchten Kaffeekapseln entsorgte.

»Der Grund für die allgemeine Aufregung?« Die Polizistin verzog vielsagend die Lippen und reichte Lutz eine Ausgabe des Rapperswiler Anzeigers. »Die heutige Schlagzeile.«

Seit Barbara mit dem Rauchen aufgehört hatte, trank sie ähnlich viel Kaffee wie Lutz, denn jedes Mal, wenn sie dem Nikotinzwang zu erliegen drohte – was mindestens fünf Mal am Tag der Fall war –, marschierte sie zur Kaffeemaschine. Sie sah zwar noch gebräunt, aber deutlich weniger erholt aus als noch vor einer Woche, als sie gerade aus der Toskana heimgekehrt war, bemerkte Lutz.

Er schlug die Zeitung auf und las laut vor: »Rapperswil von Drogen-Zombies heimgesucht.«

Unter dem reißerischen Titel auf der Frontseite befand sich ein erstaunlich nüchterner, aber gerade deshalb umso unheimlicherer Artikel über die verpfuschte Droge und die Folgen für die vier Betroffenen, die noch immer im Spital Linth lagen.

Kein Wunder, dass die Imhof und die Drogenfahnder aus Sankt Gallen wütend sind, ging Lutz durch den Kopf, während er den Artikel zu Ende las. Spätestens nach dem Erscheinen dieses Berichts würden die unglückseligen Rauschmittelköche untertauchen und sich mit ihrem Teufelswerk woanders bereichern.

»Ich frage mich, wie das den Zeitungsfritzen wohl zu Ohren gekommen ist«, murmelte Barbara. »Wir haben das Spital und die Familien der Betroffenen doch extra um Stillschweigen gebeten.«

Lutz kniff abschätzend die Augen zusammen. Er hatte da so seine Vermutung, wo sich die Quelle befand, aus der die vertraulichen Informationen sprudelten. Wer hatte die ganze Zeit von Zombies gesprochen? Wer gab der Presse übereifrig und peinlich unbedarft Auskünfte, ohne sich um die Richtlinien der Medienabteilung zu scheren?

Als er einige Minuten später ins Büro zurückkehrte, stellte sich jedoch heraus, dass er falschlag.

»Für wie blöd hältst du mich?«, fragte Schmidt beleidigt. »Ich habe aus dem missglückten Interview bei unserem letzten Fall meine Lehren gezogen, weißt du?«

Nicht, dass Lutz direkt das Gefühl hatte, dem Jungen Unrecht getan zu haben. Aber angesichts seines ungewohnt wütenden Blicks gewann er den Eindruck, dass er die Wogen besser irgendwie glätten sollte. Schließlich hatte er den Jungen noch eine Weile am Rockzipfel hängen.

»Hast du heute schon mit Aiva telefoniert? Hast du nachgefragt, ob sie das Schlichtungsprotokoll auftreiben konnte, in dem es um den Streit zwischen der Stadtplanerin und dem Kaminfeger geht?«

»Nein«, maulte Schmidt übellaunig. So nachtragend kannte Lutz ihn gar nicht.

»Dann tu das«, befahl er, faltete die Zeitung auseinander und kippte seinen Bürostuhl nach hinten. »Als ich jung war und meine Füße noch sehen konnte, da habe ich übrigens einmal eine sehr schöne Fahrradtour von der Stadt Sankt Gallen an den Bodensee gemacht. Wenn Aiva deine Fahrradvorliebe teilt, dann kommt sie vielleicht mit.«

»Mmmh«, machte Schmidt nur, dann verließ er das Büro.

Lutz vertiefte sich in den Artikel unterhalb des Aufmachers, der nicht ganz so spektakulär war wie die Meldung zu den Rauschgift-Zombies, aber nichtsdestotrotz eine Überraschung. Das Hotel Schwanen am Rapperswiler Seequai stand erneut zum Verkauf. Sechs Jahre lang hatte das Aushängeschild am See wegen einer Familienfehde leer gestanden, dann, Mitte 2022, hatte es der polnische Staat erworben. Die Polen gedachten, den Schwanen wieder mit Leben zu füllen. Einerseits sollte das Polenmuseum dort untergebracht werden. Das Volk hatte dieses 2020 per Abstimmung aus dem Schloss verbannt. Gleichzeitig planten sie, in der prominenten Brache am See Gastronomie und Hotelbetrieb wiederaufzunehmen. Jetzt aber – noch vor der Eröffnung – schien es, als hätten sie bereits genug. »Der polnische Staat und seine Stiftung, die den Schwanen übernommen hat, sehen sich wegen neuer Prioritätensetzung nicht mehr imstande, das Hotel weiterzubetreiben, und schreiben den Schwanen zum Verkauf aus«, hieß es im Rapperswiler Anzeiger. Zu den Gründen für diesen unerwarteten Rückzieher habe sich die Stiftung nicht äußern wollen, merkte der Verfasser des Artikels an.

Seltsam, grübelte Lutz und ließ die Zeitung sinken. Er musste Janine heute Abend fragen, was sie von diesem plötzlichen Verkauf hielt. Wenn jemand die Hintergründe dieses eigenartigen Sinneswandels kannte, dann sie.

Sein Blick fiel auf Schmidt, der mit einem merkwürdigen Ausdruck im Gesicht zur Tür hereintrat. Was war denn jetzt wieder los?

»Sie hat gesagt, sie möchte gern, aber sie kann nicht«, platzte er heraus.

»Wovon, zum Henker, sprichst du?«, sagte Lutz, faltete die Zeitung zusammen und warf sie auf den Tisch.

»Aiva hat gesagt, sie fahre im Grunde gerne Fahrrad, aber sie könne nicht auf diese Tour mitkommen.«

»Weil sie kein Fahrrad besitzt?«

»Sie sagte, daran liege es nicht, und dann wechselte sie das Thema. Dabei hatte ich doch den Eindruck, dass wir uns gut verstehen«, sagte Schmidt und sackte in seinem Stuhl zusammen. »Wir haben so viele Gemeinsamkeiten!« Mit düster umwölktem Blick starrte er auf den Bildschirm, über den hektische Wellenlinien tanzten.

Lutz schüttelte ungläubig den Kopf. »Teufel auch, Schmidt, weshalb hast du nicht nachgebohrt, was wirklich hinter ihrer Absage steckt?«

Der Junge starrte ihn entrüstet an. »Ich wollte sie doch nicht in Verlegenheit bringen, eine Ausrede suchen zu müssen!«

»Du wolltest keinen Korb kassieren, das ist alles. Schmidt, du bist ein Weichei. Hast du dich wenigstens nach dem Protokoll erkundigt?«

»Erkundigt schon.«

Aiva, so erzählte Schmidt, hatte zwar eine richterliche Genehmigung erhalten, die Akten der Schlichtungsbehörde durchzusehen, doch weder der offizielle Weg noch ihre geheimnisvollen digitalen Schleichpfade hatten zum Ziel geführt: Es gab kein Protokoll, das dokumentierte, weshalb sich Kaminfeger Dario Hauenstein und Fiona Bär vor einem halben Jahr in die Haare geraten waren.

»Und wenn nicht einmal Aiva das Protokoll auftreiben kann, dann existiert es nicht«, sagte Schmidt, und Lutz verkniff sich eine Bemerkung zu naiver, mit hormoneller Verblendung gepaarter Gutgläubigkeit.

Bei aller Rücksicht auf ihren guten Ruf; jetzt blieb ihm nichts anderes übrig, als Sofia Keller direkt zu fragen, worum es bei dem Streit gegangen war und wo die Aufzeichnungen stecken mochten. Am besten heute Abend, wenn er ohnehin mit Janine im Al Porto verabredet war.

Da die Imhof und Carlo alle verfügbaren Kräfte der Station auf die Ermittlung zur gefährlichen Droge angesetzt hatten, lag es heute an Schmidt und Lutz allein, die Spuren zum Mord an Fiona Bär weiterzuverfolgen.

Lutz, noch ganz zerknautscht von der Tropennacht – wer konnte bei sechsundzwanzig Grad Celsius schlafen –, litt zusätzlich unter dem Lutz'schen Minensyndrom. Es war eine Vision, die immer dann auftauchte, wenn er bei einem Fall nicht weiterkam. Er befand sich tief unter der Erde. Rund um ihn war es finster, sein Gesicht war mit einer Mischung aus kaltem Schweiß und Kohlenstaub bedeckt, und er war mutterseelenallein. Mit seinem ganzen Körpergewicht stemmte er sich gegen eine Lore, die mit Steinkohle gefüllt war, doch sie bewegte sich keinen Millimeter, weder in die eine noch in die andere Richtung, und die Zeit drängte: Wenn er die Lore nicht rechtzeitig zum Füllort schieben konnte, musste er unter Tage bleiben und würde am methanhaltigen Grubengas langsam und qualvoll ersticken.

Inzwischen war die Stadtplanerin seit mehr als zwei Wochen tot, und sie kamen nicht vorwärts mit dem Fall. Die Willensanstrengung, die Lore wieder anzustoßen und vorwärtszuschieben, bis in der Finsternis ein Licht auftauchte, war ungeheuer.

Seufzend wippte Lutz auf seinem Schreibtischstuhl vor und zurück, nippte am Kaffee, den Schmidt ihm gebracht hatte, und fürchtete sich vor der Frage, die gleich kommen würde.

»Und wie machen wir jetzt in der Mordsache Fiona Bär weiter?« Schmidt schien nicht länger eingeschnappt zu sein. Anders, als Lutz erwartet hatte, beantwortete er seine Frage gleich selbst. »Wir tragen zusammen, filtern und kombinieren.«

»Richtig«, brummte Lutz, halb verärgert, halb belustigt darüber, dass der Junge ihn mit seinen eigenen Weisheiten zwang, den Hintern hochzukriegen. Er musste dringend an seinem Repertoire arbeiten.

An diesem Morgen lernten sie die Gartenpächter Darunee Chaisuwan, Frederick Duss, Martinho Lozano, Rosa Hediger und Valerie Erb kennen – alles Pächter, die ihre Gartenparzelle seit über zehn Jahren bepflanzten. Zwei von ihnen gaben an, Fritz Steinbach zu kennen. Doch weder die zarte Thailänderin noch der kleine Spanier mit den Rückenproblemen noch der schwerhörige Deutsche oder die zwei betagten Schweizerinnen, die sie mit selbst gemachtem Holunderblütensirup bewirteten, schienen fähig zu sein, mit dem Auto frontal eine Frau umzufahren, die Ermordete anschließend ins Auto zu laden und ihr in einem Schuppen ein nettes Grab aus Beton zu bereiten. Ganz abgesehen davon besaß auch keiner der Befragten den Geländewagen oder Pick-up mit Ganzjahresreifen, der Fiona Bär laut den Gerichtsmedizinern überfahren hatte. Drei weitere Pächter, die sie aufsuchen wollten, befanden sich seit Längerem im Ausland. Das würde sie natürlich nicht davon abhalten, kurz in die Schweiz zurückzukehren, um Fiona Bär zu ermorden, aber angesichts der langen Pächterliste beschlossen Lutz und Schmidt, sich auf die realistischeren Kandidaten zu konzentrieren.

Sie waren gerade dabei, sich bei einer redseligen, aber völlig unverständlich – weil portugiesisch – sprechenden Frau namens Maria Rodrigues nach einem Alibi für die Tatnacht zu erkundigen, als Schmidts Funkgerät sich knisternd meldete. Die Imhof. Ihre Nachricht war so knapp wie spektakulär.

»Ein Jogger hat eine Leiche gefunden. Posten sechs auf dem Vitaparcours Jonerwald. Dürfte euch interessieren.« Es klickte, und die Chefin war weg.

Lutz und Schmidt blickten bestürzt auf das Funkgerät, das ihnen die entscheidende Information vorenthalten hatte. Dann riss Schmidt erschrocken die Augen auf. »Der vermisste Kaminfeger!«

Lutz rieb sich mit Daumen und Zeigefinger über die Augen. Aus einer Lore waren plötzlich zwei geworden, der Tunnel führte bergauf, und die Konzentration des Grubengases bewegte sich Richtung Explosionsgrenze.

Der Tatort war bereits großräumig abgesperrt, als Lutz und Schmidt neben Posten sieben – jenem mit den hölzernen Barren – parkten und durch den abgesteckten Korridor zur Imhof traten. Barbara, Sebastian, Malin und weitere Kollegen waren gerade dabei, ein weißes Tuch aufzuspannen, um Spaziergängern, die die Absperrbänder ignorierten, den Anblick des Toten zu ersparen. Wie Lutz feststellte, war der Gerichtsmediziner bereits vor Ort, ebenso Staatsanwalt Magnus Obrecht, der angesichts der Tragödie irritierend fröhlich wirkte und ihm feierlich die Hand schüttelte.

Das weiße Zelttuch wie einen Bühnenvorhang zur Seite schiebend, betraten Lutz und Schmidt den Fundort.

Wie auf jedem Schweizer Vitaparcours befand sich an Posten sechs ein hohes Metallgestell, an dem zur Förderung von Kraft und Beweglichkeit Ringe pendelten. Jetzt hing dort neben den Ringen der Kaminfeger – ein kleiner, feingliedriger Mann, aufgehängt an einem kurzen Hanfseil. Beine und Arme hingen so schlaff an ihm herunter, als hätte jemand sämtliche Knochen aus seinem Leib entfernt. Auf der leicht bläulichen, fast durchscheinenden Gesichtshaut befanden sich leuchtend rote stecknadelgroße Punkte und großflächige Flecken. Ober- und unterhalb des Stricks war der Hals mit dunklen Malen bedeckt. Mit seinen braunen Augen und den üppigen tiefschwarzen Locken mochte Dario Hauenstein zu Lebzeiten ein attraktiver Mann gewesen sein. Tot aber sah er schrecklich aus.

Lutz sah, wie Schmidts Augen sich weiteten. »Der Kaminfeger hat sich umgebracht«, stellte er überflüssigerweise fest. »Das ist ein Schuldeingeständnis, stimmt's, Lutz? Er konnte nicht länger damit leben, dass er Fiona Bär getötet hat, deshalb hat er die Konsequenzen gezogen und seinem Leben ein Ende gesetzt.«

Tammisiech, dieser Schmidt. Warf mit fragwürdigen Theorien um sich wie ein Homöopath mit Globuli. Der Kaminfeger war im Begriff gewesen, Vater zu werden. In ein paar Tagen oder gar Stunden hätte er sein Kind in den Armen gehalten – da müsste selbst ein grüner Junge wie Schmidt auf die Idee kommen, den angeblichen Selbstmord kritisch zu hinterfragen.

Der Gerichtsmediziner wartete mit verschränkten Armen, bis die Kollegen von der Spurensicherung die Messbänder eingesteckt und die Klebefolien von der Kleidung des Toten abgezogen hatten, dann stieg er auf eine Trittleiter und nahm den Kopf von Dario Hauenstein in Augenschein. Als er die Lider anhob, um die Bindehaut zu untersuchen, hörte Lutz, wie Schmidt würgte. Er warf ihm einen entnervten Blick zu.

»Gut möglich, dass er schon seit gestern hier hängt«, stellte der Gerichtsmediziner nach einem Blick auf das Thermometer fest. Er war ein kleiner, glatzköpfiger Mann mit muskulösen Schultern und einem selbstbewussten Auftreten, wie Lutz es bislang an keinem seiner Berufskollegen beobachtet hatte. Auf seinem Gesicht breitete sich ein so selbstzufriedenes Lächeln aus, als hätte er gerade einen lange verschollenen Schatz gehoben.

»Betrachten Sie die Lage des Knotens«, forderte er sein Publikum auf, das aus Lutz, Schmidt, der Imhof, dem Staatsanwalt und einem guten Dutzend Polizisten bestand. Auf der Trittleiter stehend wie auf einer Bühne, zeigte er zum Hanfseil, das in der Mitte des Nackens zu einem Henkersnoten geschlungen war. »Der Knoten liegt hinter dem Kieferwinkel. Bei dieser sogenannten typischen Strangulation wären im Gesicht des Toten theoretisch keinerlei Anzeichen von Gewalteinwirkung zu erkennen, denn der Strick schneidet die Halsgefäße so komplett ab, dass kein Blut mehr zirkulieren kann. Wie ich Ihnen gleich zeigen werde, handelt es sich hier aber nicht um eine typische Strangulation.«

Er deutete auf die deutlich verfärbten Gesichtspartien des neben ihm baumelnden Toten. »Sie sehen hier Stauungsblutungen, die entstehen, wenn noch Blut in den Kopf hineingelangen, aber nicht mehr daraus abfließen kann. Wie ich festgestellt habe, sind auch in den Augenlidern und in der Mundschleimhaut des Toten Einblutungen zu finden. Diese Symptome deuten normalerweise auf eine sogenannt atypische Strangulation hin, bei der sich der Henkersknoten seitlich des Kopfs oder vorne befindet. Was hier, wie Sie selbst sehen, nicht der Fall ist. Wie aber lassen sich diese widersprüchlichen Symptome erklären? Es gibt nur eine Schlussfolgerung.« Er legte eine wirkungsvolle Pause ein, und alle sahen ihn gespannt an. »Dieser Mann hat sich nicht selbst umgebracht. Er wurde erdrosselt, und erst danach hat sein Mörder ihn aufgehängt.«

»Nicht wahr!«, platzte Schmidt heraus.

Der Gerichtsmediziner schürzte bedeutungsvoll die Lippen, dann leitete er mit großer Geste zum letzten Akt seiner Vorstellung über. »Wenn Sie Ihre Aufmerksamkeit kurz auf den Hals richten, dann erkennen Sie hier nicht nur zwei übereinanderliegende Strangmale, sondern auch halbmondförmige Oberhautdefekte, die sich ober- und unterhalb des Stricks befinden. Es scheint sich hierbei um Spuren von Fingernägeln zu handeln. Sie weisen darauf hin, dass sich der Verstorbene gegen seine Erdrosselung gewehrt hat. Ich bin überzeugt, dass wir bei der genaueren Obduktion noch mehr Anzeichen entdecken werden, die auf Fremdeinwirkung hindeuten. Zum Beispiel Einblutungen ins Fett- und Muskelgewebe an den Armen oder dem Rumpf, die zeigen, dass jemand den Toten anhob, um ihn hier aufzuhängen.«

»Der Mörder oder die Mörderin wollte das Verbrechen vertuschen«, stellte die Imhof in nüchternem Ton fest, während sie

beobachteten, wie die Spurensicherung den Toten samt Hanfseil um den Hals vom Gerüst losschnitt und ihn sorgfältig he-
runternahm.

Lutz stimmte ihr zu. »Der Täter – er oder sie – will uns glauben machen, dass Dario Hauenstein Selbstmord begangen hat.«

»Na, das ging dann ja voll in die Hose«, grinste Sebastian.
»Der Gerichtsmediziner mag für meinen Geschmack zwar etwas
theatralisch auftreten, aber sein Handwerk versteht er.«

»Jedenfalls wollte der Mörder, dass man den Hauenstein bald
findet«, warf Schmidt ein, und Lutz musste ihm recht geben.
Der Vitaparcours im Jonerwald war gut frequentiert. Der erst-
beste Jogger hatte den Toten entdecken müssen. Das konnte der
Mörder nur mit Absicht so arrangiert haben.

Was zum Henker ist bloß los in dieser Stadt?, wunderte sich
Lutz, während er beiseitetrat, um den Kriminaltechnikern Platz
zu machen. Innerhalb von drei Wochen waren zwei Morde geschehen. Zwei Personen, die sich noch dazu gekannt hatten,
waren tot. Und als wenn das nicht schon genug gewesen wäre,
fabrizierte irgendein skrupelloser Dealer eine Droge, die vier
Menschen so kaputt machte, dass sie sich nie mehr davon erholen würden. Dass noch weitere Opfer auftauchten, war nicht
schwer vorherzusehen.

Die beschauliche Fassade täuschte: Hinter den Mauern von
Rapperswil rottete Böses vor sich hin. Doch wo befand sich der
verdammte Müllhaufen, und wer war dafür verantwortlich? War
es tatsächlich möglich, dass in Rapperswil gleich mehrere Verbrecher frei herumliefen?

20

Donnerstag, 18. August

Das rote Heft, 1997

A schreibt mir die Bewerbung für eine Schnupperlehre in der Küche. Bei Erfolg erhält er acht Joints (zwei Gramm Gras), sonst die Hälfte.

Lutz war froh, dass es ihm erspart blieb, Emily Hauenstein vom Tod ihres Mannes zu unterrichten. André und Benny, zwei Kollegen vom Stützpunkt Rapperswil, die er etwas weniger gut kannte, übernahmen die Aufgabe. Außerdem schien die Einsatzgruppe der Psychologischen Ersten Hilfe Sankt Gallen nun wieder so weit bei Personal zu sein, dass sie eine Mitarbeiterin schicken konnte, um Emily Hauenstein über den ersten Schock hinwegzuhelfen.

So makaber das angesichts des neuesten Todesfalls auch schien; Lutz' Magen knurrte, und er beschloss, Sebastians Empfehlung zu folgen und bei den griechischen Cousins in der Altstadt einen Kebab zu essen. Mit bizeli scharf selbstverständlich, dem Umfeld zuliebe jedoch ohne die berüchtigte Knoblauchsoße. Sebastian, Schmidt, Carlo und Barbara schlossen sich ihm an.

»Denkt ihr, dass die Morde an Fiona Bär und Dario Hauenstein irgendwie zusammenhängen?«, fragte Barbara, als sie es sich im Schatten vor der Kebab-Bude bequem machten. »Ich meine, es ist doch komisch. Beide werden zuerst umgebracht und anschließend auf ziemlich schräge Art und Weise beseitigt. Die Frau endet als neuzeitliches Fossil in den Familiengärten, der Mann baumelt unweit davon am Strick.«

Lutz blickte seine Kollegin nachdenklich an. »Die Vorgehensweisen ähneln sich«, stimmte er zu. »Hinzu kommt, dass sie sich kannten. Und beide Morde sind irgendwie mit diesen Familiengärten verknüpft. Dafür spricht unter anderem, dass der Kaminfeger selbst Pächter war und sein Gartenmobiliar vor Kurzem erst brutal in Stücke zerhackt wurde.«

»Nach seinem Tod erhält dieser Vorfall ein ganz neues Gewicht«, sagte Carlo und schwenkte seine Cola wie einen Taktstock durch die Luft. »Gut möglich, dass die Person, die in seinem Garten wütete, dem Kaminfeger eine Art Warnung zukommen ließ. Dem sollten wir unbedingt nachgehen.«

Schmidt zupfte mit spitzen Fingern Salatblätter aus seinem Kebab. »Ich glaube, der Kaminfeger war nach dem Streit noch immer sauer auf Fiona Bär und hat sie deshalb ermordet«, sagte er, während er den Salat fein säuberlich auf seinen Teller legte. »Und dann hat jemand ihren Tod gerächt. Womöglich der Ehemann.«

Das bezweifelte Lutz. Der Entomologe wirkte viel zu phlegmatisch, um Rachepläne zu hegen, geschweige denn, dass er die Energie und Kraft gefunden hätte, den Kaminfeger umzubringen und aufzuknüpfen. Aber sie würden wohl nicht umhinkommen, Theo Szalai auch zu diesem zweiten Mord zu befragen. So blind, wie sie im Moment herumtappten, mussten sie jeder Spur nachgehen, selbst wenn die Idee dazu von Schmidt stammte.

»Neben einer ähnlichen Vorgehensweise und der örtlichen Nähe haben die beiden Morde noch etwas gemeinsam«, merkte Lutz an, während er bedächtig Alufolie von seinem Kebab schälte. Das selbst gebackene Pide der griechischen Cousins schmeckte deutlich besser als die marktüblichen kartonartigen Fladenbrote.

»Das Täterprofil!«, rief Schmidt. Lutz, Sebastian, Carlo und Barbara schauten ihn überrascht an, und Schmidt beeilte sich, den Rest des Bissens hinunterzuschlucken, um eine Erklärung nachzuliefern. »Der Mörder von Fiona Bär musste kräftig sein, um ihre Leiche in sein Auto und anschließend in den Familiengarten verfrachten zu können«, erklärte er. »Und auch derjenige, der Dario Hauenstein auf dem Gewissen hat, brauchte einiges an Muskeln, sonst hätte er den Kaminfeger nicht hochhieven und aufhängen können.«

»Vorausgesetzt natürlich, die Mörder handelten jeweils allein und hatten keine Hilfe«, wandte Sebastian ein.

»Natürlich«, sagte Schmidt. Zu Lutz' Verblüffung begann er, die vorher so sorgsam aus dem Kebab entfernten Salatblätter zu zerteilen und sich in den Mund zu schieben. »Gemeinsam haben die beiden Mörder auch, dass sie nicht gerade Leuchten sind«, fuhr er fort, den Salat in seiner linken Wange zwischenlagernd. »Dass die Stadt den Schuppen im Familiengarten früher oder später räumt und Fiona Bär entdeckt, hätte man sich ausrechnen können. Und anzunehmen, dass die Gerichtsmediziner nicht merken, wenn jemand einen Selbstmord vortäuscht, ist ziemlich einfältig.«

Immerhin ist der Mörder so schlau gewesen, am ersten Tatort in den Familiengärten keine Fußspuren, Fingerabdrücke und DNA-Spuren zu hinterlassen, überlegte Lutz. Er war gespannt zu erfahren, ob sich dieses Muster am Tatort beim Vitaparcours wiederholte.

Den Rest ihrer Mahlzeit über sprachen sie von anderem, und Lutz vernahm amüsiert, dass Barbara in drei Wochen im Joner Kreuz ihren ersten Auftritt als Laienkomikerin hatte und furchtbar nervös war. Gegen ein Bier versprachen Lutz, Schmidt, Carlo und Sebastian zu kommen und Beifall zu klatschen, egal wie katastrophal sie sich auf der Bühne auch anstellen mochte.

Lutz ächzte leise, als er sich vom Stuhl erhob und aus dem Schatten der Kebab-Bude ins helle Sonnenlicht trat. Diese verdammten Knie. Und die Bandscheiben meldeten sich auch. Wann war noch mal sein nächster Termin bei der Physiotherapeutin? Hatte er womöglich einen versäumt?

»Du machst Geräusche wie ein alter Mann«, stellte Schmidt mitleidlos fest, während er im Schnellhefter blätterte, der die Informationen zu den Pächtern der Familiengärten enthielt.

»Solange meine Gehirnzellen fitter sind als deine, darfst du mich nennen, wie du willst«, konterte Lutz herablassend. Er streckte den Rücken durch und neigte seinen Kopf zur Seite, um den Nacken zu dehnen. »Rück schon raus. Wer steht als Nächstes auf dieser verdammten Pächterliste?«

»Jael Ammann. Sie ist Direktorin der Organisation Rapperswil-Zürichsee Tourismus und Pächterin des Familiengartens gleich beim Eingang – jenem mit den vielen Himbeeren.«

»Du warst nochmals da?«

»Ja. Um mir ein Bild von der Verwüstung in Hauensteins Garten zu machen.«

»Irgendwelche neuen Erkenntnisse?«

»Nein. Nur, dass er noch aufgeräumt zu haben scheint, bevor er starb.«

Das hatte Lutz befürchtet.

Wie die Assistentin Schmidt am Morgen angekündigt hatte, trafen sie Jael Ammann im Visitor Center am Fischmarktplatz an. Lutz schätzte die große, athletisch gebaute Frau auf knapp über fünfzig. Sie stand mit einer Mitarbeiterin am Empfangstresen und gab ihr Anweisungen, die sich, soweit Lutz mitbekam, um Mieträder für den alljährlichen Breitensportanlass ›slowUp‹ drehten. Interessiert beobachtete er, wie die Mitarbeiterin ihren Körper beim Zuhören leicht zur Seite drehte und ihre Augen unruhig flackerten. Es war ihr so offensichtlich unwohl zumute, dass Lutz beinahe Mitleid überkam. Doch das Unbehagen hatte, wie er beobachtete, weniger mit dem Inhalt der Unterredung zu tun als mit der Tatsache, dass Jael Ammann nur gerade eine halbe Armlänge von ihr entfernt stand.

Lutz hätte etwas dafür gegeben zu wissen, wie ein Psychologe diesen Mangel an Distanzgefühl interpretiert hätte. Wollte Jael Ammann auf diese Weise Vertraulichkeit schaffen? Ihre Macht als Vorgesetzte demonstrieren und der Mitarbeiterin Respekt einflößen? Oder verletzte sie deren Komfortzone einzig aus Eifer, weil ihr so viel an diesem ›slowUp‹ lag?

Anders, als Lutz befürchtet hatte, wahrte Jael Ammann im Gespräch mit der Polizei einen Abstand, bei dem keine Gefahr bestand, Ungeziefer im Mikrometerbereich zu ernten. Aber sie ließ durchblicken, dass sie die Einvernahme für Zeitverschwendung hielt.

»Fiona Bär?«, sagte sie stirnrunzelnd. »So richtig kannte ich sie nicht. Aber ich erinnere mich, dass ich sie einmal über den Tunnel habe sprechen hören. Das war bei einer Sitzung des Stadtrats. Sie wirkte ziemlich angriffslustig, und man merkte, dass ihr viel am Thema lag. Die Meinungen in Rapperswil sind da ja sehr geteilt. Aber dass man sie deswegen umbringen würde, das kann ich mir beim besten Willen nicht vorstellen.« Neugierig setzte sie hinzu: »Was sagt denn eigentlich der arme Fritz dazu, dass in seinem Schuppen eine Leiche aufgetaucht ist?«

Lutz und Schmidt blickten sich an.

»Es tut mir leid, Ihnen mitteilen zu müssen, dass Herr Steinbach inzwischen verstorben ist«, erklärte Schmidt förmlich.

»Oje, der Arme«, sagte Jael Ammann, ohne dass es sie wirklich zu kümmern schien. »Der Lungenkrebs hat also gesiegt.«

Deutlich betroffener zeigte sich die Tourismusdirektorin, als Lutz und Schmidt ihr vom Mord am Kaminfeger erzählten.

»Auf dem Vitaparcours tot aufgefunden?«, japste sie erschrocken. »Dort war ich doch gestern noch joggen!«

»Können Sie sich erinnern, um welche Uhrzeit das war?«, erkundigte sich Schmidt.

Sie dachte angestrengt nach. »Das muss … ja, ich muss wohl um etwa achtzehn Uhr dreißig an Posten sechs mit den Ringen vorbeigekommen sein. Da war aber noch alles in Ordnung!«

»Ist Ihnen irgendetwas oder jemand aufgefallen?«

»Nichts. Ich habe nicht einmal einen Hundehalter gesehen. Mein Gott, die Vorstellung, dass ich beinahe einem Killer über den Weg gelaufen wäre, ist echt gruselig.«

»Und auf dem Parkplatz?«

»Da standen einige Autos, wie immer. Aber fragen Sie mich nicht, was das für welche waren, ich könnte es Ihnen nicht sagen.«

»In welcher Beziehung standen Sie zu Dario Hauenstein?«

»Wir beide pachten eine Pflanzparzelle in den Familiengärten, aber ich schätze, das wissen Sie. Ich kannte ihn vom Sehen und habe wohl ein paarmal einige Worte mit ihm gewechselt. Ja, jetzt erinnere ich mich: Ich fragte ihn, wo er seine Solarlampen gekauft hat, weil sie mir gefielen. Das war aber auch alles.«

»Es gab Leute, die mochten seine Solarlampen nicht«, sagte Schmidt. Bei jedem anderen hätte diese Feststellung ironisch geklungen. Doch Schmidt war zu dieser Art Spott nicht fähig. »Die Lampen lagen nämlich, wie der Rest des Inventars, komplett zerstückelt in seinem Garten.«

Jael Ammann sah Schmidt verwundert an. »Das heißt, sein Garten war der Einzige, der verwüstet wurde? Keiner sonst?«

Wenn sie uns etwas vorspielt und nur vorgibt, nichts von der Zerstörung zu wissen, dann ist sie eine gute Schauspielerin, dachte Lutz.

»Keiner sonst«, bestätigte Schmidt. »Können Sie sich vorstellen, wer seinen Garten so zugerichtet haben könnte?«

Die Frau zögerte kaum merklich, dann sagte sie achselzuckend: »Nein, wie sollte ich?!«

Eine weitere Figur im Spiel, dachte Lutz, als sie sich einige Minuten später von Jael Ammann verabschiedeten. Die Tourismusdirektorin hatte gewusst, dass ihr Mitpächter Fritz krank war und seine Gartenparzelle in nächster Zeit nicht betreten würde. Sie hatte also annehmen können, dass der neu gegossene Betonfußboden samt Leiche von Fiona Bär eine geraume Zeit lang nicht entdeckt würde. Auch kräftemäßig wäre Jael Ammann in der Lage, eine erwachsene Frau zu tragen, überlegte Lutz, oder auch einen Mann von der kleinen und eher feinen Statur des Kaminfegers. Und es war ein merkwürdiger Zufall, dass sie ausgerechnet gestern Abend auf dem Vitaparcours ihre Runde gedreht hatte – kurz bevor der Kaminfeger aufgeknüpft wurde. Blieb die Frage nach dem Motiv. Lutz schnaubte. Es würde ihnen nichts anderes übrig bleiben, als auch die Tourismusdirektorin genauer unter die Lupe zu nehmen und zu überprüfen, ob ihre Beziehung zu den beiden Ermordeten den Tatsachen entsprach. Außerdem mussten sie herausfinden, ob es Spaziergänger oder Jogger gab, die bezeugen konnten, dass Jael Ammann gestern wirklich zu der Zeit auf dem Vitaparcours gewesen war, die sie angegeben hatte – eine Heidenarbeit. Es gab natürlich auch die Möglichkeit, über die Presse einen Zeugenaufruf zu veröffentlichen, aber Lutz hatte so seine Zweifel an dessen Nutzen. Die Spinner und Wichtigtuer auszusortieren, die beteuerten, ihren Nachbarn dabei gesehen zu haben, wie er eine in einen Teppich eingewickelte Leiche durch den Wald schleifte, band meist mehr Ressourcen, als brauchbare Verdächtige zu liefern.

»Wo ist bloß der klassische Bösewicht geblieben?«, seufzte Schmidt, während sie mit dem Wagen Richtung Jona fuhren. »So einer von der Sorte mit grimmiger Visage, Boxernase und haufenweise Vorstrafen, dem man gleich ansieht, dass man ihn einbuchten muss, weißt du? Der käme mir jetzt ganz gelegen.«

»Räuber Hotzenplotz?«, grinste Lutz. »Den vermisse ich auch.«

Wie sich innerhalb der nächsten halben Stunde herausstellen sollte, traf man in Rapperswil zwar nicht so ohne Weiteres auf den klassischen Bösewicht, dafür gab es andere Gauner.

Aus dem neonbeleuchteten Coiffeursalon an der Molkereistraße kam ein durchdringender Geruch nach fruchtigem Shampoo und süßem Haarlack. Obwohl der Salon gut gekühlt schien und angenehm kalte Luft Lutz' Arm streifte, blieb er in der offenen Tür stehen. Diese intensiven Parfümgerüche hatten eine eigenartig beklemmende Wirkung auf ihn, und er hatte das Gefühl, ersticken zu müssen.

Ein Coiffeur mit beeindruckenden Nackenwülsten setzte gerade an, dem älteren Herrn im Stuhl vor ihm einen Millimeterschnitt zu verpassen. Er blickte die Polizisten prüfend an, dann bellte er einen kurzen Befehl, worauf aus dem Hinterzimmer ein etwa dreißigjähriger Mann auftauchte – sein Mitarbeiter, wie es schien. Er trug schmierig zurückgegelte Haare, ein weißes luftiges Hemd und deutlich zu eng anliegende Markenjeans. So viel konnten Lutz und Schmidt sehen, bevor der Mann sich durch den Hinterausgang davonmachte. Sie sahen ihm verblüfft nach. Sein Chef jedoch setzte nicht einmal den Rasierer ab, sondern zuckte nur mit den Schultern.

Schmidt zückte den Schnellhefter. »Francesco Zaugg, ehemals Abbantantuono«, las er vor. »Eine Vorstrafe, weil er gefälschte Markenprodukte importiert und verkauft hat.«

»Er mag uns nicht«, stellte Lutz lakonisch fest. »Willst du ihn einfangen?«

Schmidt schüttelte den Kopf.

»Warten wir hier«, entschied Lutz. »Wenn er unseren Anblick verdaut hat, kehrt er vielleicht zurück.«

Lutz behielt recht. Nach einer Viertelstunde marschierte Francesco Zaugg so gelassen in den Coiffeurladen zurück, als hätte er sich nicht gerade unrühmlich vom Acker gemacht. Er versuchte nicht einmal, sich herauszureden.

Offensichtlich war Francesco Zaugg ein Profi, wenn es darum ging, Unangenehmes zu verdrängen. Lutz schmunzelte. Menschen wie er waren ihm über alle Bildungsstufen und Einkommensklassen hinweg schon begegnet, und er hatte ihnen immer misstraut. Heute, nach vielen Dienstjahren, fiel sein Urteil milder aus: Die Menschen waren so verschieden; wer konnte wissen, was sie wirklich bewegte?

»Kommen Sie, kommen Sie«, sagte Francesco Zaugg und winkte Lutz und Schmidt in das winzige Hinterzimmer, in dem sich eine kleine Küchennische mit Mikrowelle befand. Er zündete sich eine Zigarette an. »Ich weiß nicht, was Sie von mir wollen, aber schießen Sie los.«

Wie sich in den nächsten drei Minuten herausstellte, hatte Francesco Zaugg zwar etwas von einem Mord in Rapperswil gehört, kannte aber weder Fritz Steinbach noch einen der anderen Pächter in den Familiengärten. Auch der Name Fiona Bär sagte ihm nichts, und obwohl sein Garten sich schräg gegenüber jenem von Dario Hauenstein befand, hatte er nie mit dem

Kaminfeger gesprochen und auch nicht bemerkt, dass sich irgendetwas auf dem Grundstück verändert hatte, wie zum Beispiel, dass Gartenschlauch, Schnitzereien, Holzbank, Frosch und Beleuchtung zerstückelt worden waren und verstreut auf dem Rasen herumlagen.

Tammisiech, der Mann ist Coiffeur!, ärgerte sich Lutz. Eine Gerüchteküche auf zwei Beinen. Sie mussten ihn nur zum Sprechen bringen. Ein wenig Theater, eine Prise Druck und ein Schuss polizeilicher Autorität dürften da helfen.

Lutz gab Schmidt ein Zeichen, worauf der Junge grinste und nach seinen Handschellen griff.

»Ich bin sicher, dass Sie uns belügen. Deshalb nehmen wir Sie jetzt mit und sperren Sie hinter Gitter«, erklärte Lutz Francesco Zaugg mit seiner grimmigsten Miene, während die Handschellen sich um seine Handgelenke schlossen. »Beim Hinausgehen werden wir Ihrem Vorgesetzten mitteilen, dass Sie die nächsten paar Tage nicht zur Arbeit erscheinen, weil wir Sie des zweifachen Mordes verdächtigen.«

»Womöglich verstößt er auch gegen seine Bewährungsauflagen«, gab Schmidt zu bedenken.

»Wenn wir danach suchen, dann werden wir etwas finden«, nickte Lutz vielsagend.

»Das ist doch bloß ein billiger Trick, um mich zum Reden zu bringen«, quietschte der schmierige Coiffeur. Ganz sicher aber schien er sich nicht zu sein, was bewirkte, dass ihm schlagartig ziemlich vieles wieder einfiel.

»Es war am Mittwoch, Anfang des Monats – ich erinnere mich daran, weil wir an diesem Tag unsere beiden Nichten hüteten. Mir fiel auf, dass in dem Garten von diesem Kaminfeger alles kaputt ist. Muss wohl jemand mit einer Axt oder Säge gewesen sein, denk ich, so klein gehackt, wie das alles war. Jedenfalls, das muss über Nacht passiert sein, denn als ich am Morgen davor das Kinderschwimmbecken hergebracht hab für die Nichten, da war der Garten noch okay.«

»Sie waren am Dienstag vor drei Wochen in Ihrem Garten? Das war doch der Tag, als Fiona Bär getötet wurde!«, sagte Schmidt verblüfft.

War das nun ein Zufall oder nicht? Konnte es sein, dass der Tod der Stadtplanerin mit der Zerstörung im Garten des Kaminfegers zusammenhing? Lutz seufzte. Er konnte sich nicht erinnern, je einen Fall gehabt zu haben, bei dem so viele Puzzleteile herumlagen, die einfach nicht zueinander passten. Irgendetwas mussten sie übersehen haben, doch was?

»Lassen Sie mich jetzt frei, oder wie sieht's aus?«, maulte der Coiffeur. »Ich habe Ihnen alles gesagt, was ich weiß!« Mit einer Miene, die ehrliches Bedauern ausdrückte, nahm Schmidt ihm die Handschellen ab, und sie erhoben sich.

»Ein Missverständnis«, hörten sie Francesco Zaugg zu seinem Chef sagen, als sie durch die Glastür auf die Molkereistraße traten.

Schmidt sah etwas orientierungslos aus, stellte Lutz bei einem Seitenblick fest. Aus irgendeinem Impuls, den er sich selbst nicht erklären konnte, hatte er das Gefühl, dem Jungen etwas Ermutigendes sagen zu müssen. Aber es fiel ihm nichts ein, und so ließ er es bleiben.

21

Donnerstag, 18. August

Der Abend im Al Porto machte den arbeitsreichen Tag etwas wett. Es war angenehm kühl unter den gelben Sonnenschirmen, der See glitzerte tiefblau, und die jungen Paare und Familien, die mit ihren Pedalos durch das Hafenbecken kreuzten, vermittelten unbeschwerte Urlaubsatmosphäre. Janine und Lutz hatten eine ruhige Ecke an der Hausmauer gewählt, in der sie vor der Unruhe neuer Gäste, die angespannt nach freien Tischen ausspähten, verschont blieben. Später, wenn sie von der Arbeit kam, würde Hanna sich für ein Glas Wein zu ihnen gesellen. Jetzt aber freute sich Lutz erst einmal auf eine Partie Schach.

Statt der üblichen geblümten Bluse trug Janine heute ein blau-weiß gestreiftes Shirt, das ihre hellblauen Augen betonte und ihrem Teint einen vitalen Glanz verlieh. Sie lachte fröhlich, als Lutz ihr ein Kompliment machte. »Danke, Lutz, eine alte Dame wie ich hört das natürlich gern.«

Es schien, als hätte sich in seinem Gehirn ein Knoten gelöst. Zum ersten Mal, seit er mit Janine Schach spielte, gelang es ihm, mehr als zwei Züge vorauszuplanen und nicht in die vielen Fallen zu tappen, die sie ihm stellte.

»Es scheint, als habest du deine Schachblindheit überwunden«, stellte seine Lehrerin schmunzelnd fest. Sie bemerkte seinen fragenden Blick. »Schachblind nennt man einen Spieler, wenn er Figuren verliert, weil er etwas Offensichtliches wie zum

Beispiel eine Drohung übersehen hat. Interessanterweise kommt dieses Phänomen bei Spielern aller Stärkeklassen vor.«

Lutz seufzte. Wenn er seine Schachblindheit auch vorübergehend abgelegt haben mochte, so tappte er im richtigen Leben nach wie vor im Dunkeln. Er war zwar fähig, verschiedene Spieler auf dem Feld auszumachen, wusste aber weder, zu welchen Zügen sie fähig waren und was sie planten, noch, wie er sie kontrollieren konnte. Gedankenverloren legte er seinen Kopf zur Seite und dehnte einen verspannten Halsmuskel. Der Schmerz brachte ihn zur Besinnung, und er wandte seine Aufmerksamkeit wieder dem Schachbrett zu. Janines Springer nahm gerade seinen Turm und die Königin in die Zange. Springergabel nannte sich das. Lutz befreite sich mit einem Ablenkungsmanöver, einem sogenannten Zwischenschach, worauf Janine gezwungen war, ihren König in Sicherheit zu ziehen und seine Dame in Ruhe zu lassen.

»Um der Schachblindheit vorzubeugen, schlagen gewisse Spieler vor, den Blick ganz vom Schachfeld zu lösen, um die Partie anschließend unter einem neuen Blickwinkel betrachten zu können«, erklärte Janine und sah ihn mit einem wissenden Blick an. Seine kurzzeitige Abgelenktheit hatte ihr wohl verraten, dass seine Gedanken nicht ausschließlich dem Spiel galten.

Auf ihren Wink hin kam Sofia Keller an ihren Tisch und erkundigte sich mit dem ihr eigenen, vertraulichen Lächeln nach ihren Wünschen. Sie trug wie immer eine schwarze Hose und eine weiße, untadelig gebügelte Bluse.

»Ein Mineralwasser, bitte«, sagte Lutz.

»Kein Weizenbier heute? Wie uninspiriert«, zog Sofia Keller ihn auf, verlagerte das Gewicht auf ihr rechtes Bein und klemmte das Serviertablett zwischen Hand und Hüfte. »Wie geht es eigentlich mit Ihrem Fall voran? Wie ich höre, hat die Polizei es jetzt gleich mit zwei Morden zu tun.«

Lutz wunderte sich nicht, dass die Nachricht vom Tod des Kaminfegers sich schon zu ihr herumgesprochen hatte. Im gut frequentierten Al Porto befand sie sich an der Quelle für Informationen und Gerüchte aller Art.

»Vielleicht könnten Sie mir helfen, ein wenig Licht in gewisse Vorkommnisse zu bringen«, erwiderte er und deutete auf einen der freien Stühle am Tisch. »Bitte, Frau Keller. Es dauert nicht lange.«

Vermutlich sei sie jetzt, da beide Beteiligten verstorben seien, nicht mehr verpflichtet, das Amtsgeheimnis zu wahren, räumte Sofia Keller auf seine Frage hin ein. Lutz sah keine Notwendigkeit, die Vermittlerin aufzuklären, dass sie ohnehin hätte aussagen müssen. Der Hinweis, dass die Polizei per richterlichem Beschluss eine Auskunft erzwingen konnte, verdarb immer etwas die Stimmung.

Soweit sie sich erinnere, habe das Schlichtungsgespräch im Februar dieses Jahres stattgefunden, erklärte Sofia Keller und strich mit den Händen das Tischtuch glatt. Dario Hauenstein und Fiona Bär hatten sich wegen der amtlichen Feuerungskontrolle gestritten.

Sie richtete ihren Blick in die Ferne und überlegte, dann nickte sie. »Genau, so war es. Der Kaminfeger hat festgestellt, dass sich in der Asche von Fiona Bärs Cheminée Spuren von Kunststoff, Alufolie und weiteren Metallen befanden. Die Wände des Kamins waren verrußt, zeigten Zeichen von Steinfraß und Korrosionsschäden. Dario Hauenstein zog den Schluss, dass Fiona Bär dort illegal Abfall verbrannte. Er konfrontierte sie mit seinem Verdacht und erklärte ihr, dass er Ascheproben entnehmen und sie ans Labor zur Analyse einsenden müsse.«

»Was hat Fiona Bär dazu gesagt?«

»Sie beteuerte, dass weder sie noch ihr Mann in ihrem Cheminée jemals Abfall verbrannt hätten und seine Anschuldigungen haltlos seien. Vor allem aber warf sie dem Hauenstein vor, dass er sein Amt missbrauche.«

Janine runzelte die Stirn. »Inwiefern?«

»Hier gingen die Meinungen der beiden auseinander. Fiona Bär behauptete, dass der Kaminfeger ihr vorgerechnet habe, wie teuer Aschetest und Buße sie zu stehen kämen und in welchem Umfang ihr ein Richter die eingesparten Entsorgungskosten des verbrannten Abfalls anrechnen würde. Danach soll Dario Hauenstein ihr vorgeschlagen haben, dass er auf den Aschetest verzichte und ihr stattdessen ein wenig mehr Zeit für die Reinigung ihrer Erdgasheizung verrechne. Das wäre natürlich höchst illegal gewesen. Im Schlichtungsgespräch jedoch bestritt Dario Hauenstein vehement, Fiona Bär jemals ein solches Angebot unterbreitet zu haben.«

Lutz musterte Sofia Keller interessiert. »Wie haben Sie das Problem gelöst?«

»Im Grunde war es einfach: Wir ließen die Asche analysieren. Der Aschetest bestätigte den Verdacht des Kaminfegers: Fiona Bär oder ihr Mann hatten in ihrem Cheminée Abfall verbrannt. Sie erhielt deshalb eine Buße.«

»Und was passierte mit Fiona Bärs Verdacht, dass der Kaminfeger korrupt ist?«

»Ich kann mich nicht mehr so genau entsinnen, wie das war. Ich nehme aber an, da Aussage gegen Aussage stand, rechnete sie sich wenig Chancen aus und verzichtete darauf, das Verfahren weiterzuziehen«, antwortete Sofia Keller.

»Haben Sie ein Protokoll über diese Auseinandersetzung verfasst?«

»Dazu bin ich verpflichtet, ja.«

»Können Sie sich erklären, weshalb dieses Protokoll nirgends aufzufinden ist?«

Sofia Keller blinzelte erstaunt. »Ich habe keine Ahnung.«

»Eine letzte Frage: Ist die Beschwerde von Fiona Bär die einzige dieser Art, die Ihnen über Dario Hauenstein zu Ohren gekommen ist?« Auf diese Antwort war Lutz gespannt.

»Ich habe niemals sonst etwas Negatives über ihn gehört.« Die Wirtin stand auf. »Waren das alle Fragen? Falls ja, werde ich jetzt die bestellten Getränke bringen – Mineralwasser und hausgemachten Eistee, nicht wahr?«

»Bringt dich das weiter?«, erkundigte sich Janine, als Sofia Keller gegangen war.

»Leider nein«, gab Lutz zu und blickte auf den See, der sich im aufkommenden Wind leicht kräuselte. Sofia Keller hatte aufgrund des Aschetests geschlossen, dass der Kaminfeger die Wahrheit sprach und Fiona Bär sowohl über den verbrannten Hausmüll wie auch über die Aussagen des Kaminfegers log.

Was aber, wenn Fiona Bär die Wahrheit gesagt hatte? Nach allem, was Lutz von ihr wusste, war sie zwar eine unbequeme Frau mit zuweilen aggressivem Auftreten gewesen, hatte aber ihre Prinzipien gehabt. Es war nicht auszuschließen, dass der Kaminfeger sie mit dem Aschetest unter Druck gesetzt und so Geld hatte erpressen wollen.

Als Hausbesitzer würde ich einen Aschetest auch vermeiden wollen, mutmaßte Lutz. Schon allein, weil es einem Kaminfeger theoretisch möglich war, den Test mit untergejubelten Substanzen zu fälschen.

Hatte Dario Hauenstein versucht, sich mit kleinen Erpressungen während der amtlichen Feuerungskontrolle etwas dazuzuverdienen? Abgesehen von der Aussage von Fiona Bär gab es keine Anzeichen dafür, sonst hätte Sofia Keller in ihrer Funktion als Vermittlerin bestimmt etwas davon mitbekommen. Was natürlich nicht heißt, dass es nicht so war, überlegte Lutz.

In diesem Augenblick sah er Hanna vor dem Al Porto stehen und hob seine Hand, um sie auf sich aufmerksam zu machen. Die ausladenden Ärmel ihrer bunt bedruckten Bluse flatterten, als sie auf ihren Tisch zusteuerte, und Lutz bewunderte ihre schlichte Eleganz.

Hanna begrüßte ihn mit einem Kuss auf die Wange, dann wandte sie sich mit einem freundlichen Funkeln in den Augen Janine zu. »Schön, dass ich dich endlich kennenlerne.«

Ich hatte recht, stellte Lutz selbstzufrieden fest, als sich die beiden Frauen die Hand gaben. Sie sind sich sympathisch.

Während des Essens unterhielt Janine sie mit Anekdoten über Rapperswil, zum Beispiel den Postraub 1950, als zwei bewaffnete und maskierte Räuber das Rapperswiler Postamt auszurauben versuchten. Einer wurde danach erschossen im Wald aufgefunden, den anderen fasste die Polizei. Die Aufregung war groß und führte in der ganzen Schweiz zu Diskussionen über Sicherheitsmaßnahmen in Postämtern. Ein wahrhaft schreckliches Kapitel in der Geschichte von Rapperswil war die Jagd der Rapperswiler Ratsherren auf Katharina Schüchter. Die Ordensschwester hatte sich, als das Kloster Wyden im sechzehnten Jahrhundert aufgelöst wurde, geweigert, in die Stadt zu ziehen und ihr Weideland abzutreten. Ein Schiedsgericht gab ihr recht, und sie wehrte sich weiter, was den Rapperswiler Rat so sehr wurmte, dass er sie als Hexe verurteilen ließ und 1563 mit gefesselten Händen und Füßen in den See warf.

Janine war eine ausgezeichnete Erzählerin, und Lutz und Hanna hörten ihr gespannt zu. Erst als sie beim Tiramisu angelangt waren, fiel Lutz wieder ein, was er heute in der Zeitung gelesen und Janine hatte fragen wollen. Der polnische Staat hatte vor, den Schwanen zu veräußern, und dies nur wenige Monate, nachdem er das Hotel erworben hatte. Was war der Grund dafür?

»Ich habe keine Ahnung«, gab Janine zu. »Ich könnte nur spekulieren. Vielleicht befürchten sie, die polnische Küche passe nicht ins lokale Angebot, vielleicht verändert der Krieg in ihrem Nachbarland die Prioritäten.«

»Man kann nur hoffen, dass das schöne Gebäude nicht weitere sechs Jahre lang leer steht«, sagte Hanna, und ihre Blicke gingen zum sechshundert Jahre alten Gemäuer mit den gestreiften Markisen hinüber, auf dessen Terrasse sich zwischen den Platten Moos breitmachte.

»Bestimmt nicht«, antwortete Janine prompt. »Interessenten gab es damals genug, und das wird auch heute noch so sein. Der einzige Grund, weshalb das Hotel so lange leer stand, war Charlotte Helbling, die zur Erbengemeinschaft des ursprünglichen Besitzers gehörte. Sie war sehr wählerisch, was die Nachfolge anging. Sofia Keller zum Beispiel, unsere Wirtin, hatte einige Investoren an der Hand, die ihr den Kauf des Schwanen ermöglicht hätten. Doch Charlotte Helbling weigerte sich, ihr das Hotel zu verkaufen.«

»Aus welchem Grund?«, fragte Lutz verwundert. »Sofia Keller hat doch bewiesen, dass sie fähig ist, erfolgreich ein Lokal zu führen.«

Janine wiegte bedächtig ihren Kopf. »Ich fürchte, die Absage hat ihre Wurzeln in der Schulzeit von Sofia und Charlotte. Die beiden Mädchen waren in meiner Klasse und bezüglich Herkunft und Charakter sehr unterschiedlich. Sofia war ein Arbeiterkind, sensibel für Gesinnungen, Strömungen und die Intentionen ihrer Umgebung. Sie passte sich an und gab sich gleichzeitig Mühe, ihren Ehrgeiz nicht erkennen zu lassen. Charlotte dagegen entsprach dem Klischee des hübschen, reichen Mädchens mit der stillschweigenden Zuversicht, dass die Welt sich ihren Wünschen beugen wird. Diese Unterschiede mögen ein Grund gewesen sein, dass sich die beiden spinnefeind waren und – wie es scheint – bis heute geblieben sind.«

Janine lehnte sich vorsichtig in ihrem Stuhl zurück und nippte am Tessiner Merlot, von dem sie sich eine Flasche teilten. Das Tempo der vorbeischlendernden Menschen verlangsamte sich, die lärmige Zielstrebigkeit wich Klängen nach satter Zufriedenheit, und über dem Albis verabschiedete sich eine rotgoldene Sonne. Lutz fiel es schwer, sich dieser Harmonie hinzugeben. Eine Person oder mehrere, die sich in dieser Stadt bewegten, sich womöglich in ihrer unmittelbaren Nähe aufhielten, waren überzeugt, mit ihren Verbrechen davonzukommen. Und er sah einfach keine Möglichkeit, sie daran zu hindern.

Janine musste ihm seine Unruhe angesehen haben, denn unvermittelt fragte sie: »Wie geht es eigentlich Ruben? Wie kommt er mit den zwei Morden und den kaputten Süchtigen zurecht?«

Lutz erinnerte sich, wie Schmidt beim Anblick der beiden Toten gekotzt hatte. An sein Entsetzen angesichts des verkrümmt und zuckend daliegenden Leon Bärs und an seinen naiven Wunsch nach einem Bilderbuch-Bösewicht.

»Er tut sich schwer«, räumte er ein. Ihm fiel Schmidts Enttäuschung nach dem Anruf bei Aiva ein. Es war wohl an der Zeit, bei der Imhof etwas zu sondieren, was da los sein mochte. Der Junge war zwar eine Pfeife, wie sie im Buch stand, doch ein emotionales Wrack als Ermittlungspartner, das konnte er angesichts der vollen Lore und des stetig steigenden Grubengases in seiner Albtraum-Mine wirklich nicht gebrauchen.

22

Freitag, 19. August

Das rote Heft, 1997

Die Bewerbung von A für die Schnupperlehre in der Küche hat nicht funktioniert. H steckt dahinter. M hat H aus Rache den Schulrucksack mit Hundekot aus dem Robidog-Kasten gefüllt. Das reicht aber nicht aus.

Im Gegensatz zum gestrigen stählernen Blau präsentierte sich der See heute türkisfarben und aufgewühlt. Lutz hielt an, um einem Doppelvierer des Ruderclubs Rapperswil dabei zuzusehen, wie er gegen die Wellen ankämpfte. Die langsamen Einsätze des Heckruderers hätten Trainer Hess Tränen in die Augen getrieben, ging ihm durch den Kopf. Die Ruderblätter schleiften beim Aufdrehen über die Wasseroberfläche und ließen beim Eintauchen kleine Fontänen aufspritzen.

Sein Blick ging zu den Möwen am Seeufer, die kreischten, stritten und Richtung Wasser stürzten, als gälte es, den letzten Fisch im See zu fangen. Ihm fiel auf, dass er sie in den letzten, drückend heißen Tagen kaum gehört hatte. Ob sie wegen der Hitze auf ihr übliches Spektakel verzichtet hatten oder ob er zu sehr abgelenkt gewesen war, um sie wahrzunehmen, das wusste er nicht. Jetzt jedenfalls waren die Möwen wieder präsent, und er war es auch, merkte er, und atmete tief die kühle Morgenluft ein.

Man solle nicht die Schachfigur sein, sondern derjenige, der spiele, hatte ein Amerikaner namens Ralph Charell einmal geraten, und obwohl Lutz Börsengurus, die Bestseller mit dem Titel »The Magic of Thinking Rich« schrieben, nicht für die vertrauenswürdigsten aller Philosophen hielt, gefiel ihm das Zitat. Auch Janine hatte ihm geraten, einen Schritt vom Spielfeld zurückzutreten, um die Übersicht und die Macht über seine Handlungen zurückzugewinnen. Und das würde er heute tun, nahm er sich vor, während er an den Marktständen auf dem Hauptplatz vorbeizirkelte.

Nicht einmal der Anblick von Schmidt, der breit grinsend im Türrahmen ihres Büros stand und ungeduldig auf den Fersen wippte, konnte seine Zuversicht dämpfen. Wortlos nahm er die zwei Dossiers entgegen, die der Junge ihm hinhielt, und marschierte an ihm vorbei Richtung Küche, um sich einen Kaffee zu holen. Der Duft frisch gemahlener Arabica-Bohnen vertrieb den Zitronengeruch der morgendlichen Reinigung, und Lutz begann zu lesen.

Der Bericht der Gerichtsmedizin über Brüche an Kehlkopf und Zungenbein, über Blutungen in den Stimmbändern und der Halsmuskulatur als Folge einer Erdrosselung war nicht das, was sich die Menschheit unter angenehmer Morgenlektüre vorstellen mochte, doch Lutz beeindruckten die blutigen Details wenig. Mit grimmiger Genugtuung las er, dass die Einschätzung des Showmasters aus der Gerichtsmedizin zutraf: Dario Hauenstein war am vergangenen Mittwochabend mit seinem Hund im Jonerwald spazieren gegangen. Bei Einbruch der Dämmerung, im Zeitraum zwischen neunzehn und einundzwanzig Uhr, hatte jemand ihn überfallen und mit einem Hanfseil erdrosselt. Wie die Kratzspuren und die Abdrücke von Fingernägeln an seinem Hals verrieten, hatte er sich heftig gewehrt. Doch er hatte vergeblich gekämpft – und dies gleich in doppelter Hinsicht. Denn die Gerichtsmediziner fanden unter den Fingernägeln des Kaminfegers keinerlei Spuren von DNA, Stoff oder Umgebungsmaterial, die auf seinen Mörder hätten hinweisen können.

Der Dichte und Lage der Totenflecken zufolge hatte der Täter keine Zeit verloren und den Kaminfeger unmittelbar nach dem Mord beim Vitaparcours-Posten Nummer sechs aufgehängt – am gleichen Strick, mit dem er ihm zuerst den Atem, dann sein Leben genommen hatte.

»Es steht zu vermuten, dass die unbekannte Täterschaft mit der Aufhängung bezweckte, einen Selbstmord vorzutäuschen«, hielt die Gerichtsmedizin in ihrer üblich steifen Formulierungsweise fest.

Lutz geisterte kurz die Frage durch den Kopf, wo denn eigentlich der Labrador vom Hauenstein geblieben war – wie es aussah, war er der einzige Zeuge des Mordes –, dann wandte er sich dem Bericht der Spurensicherung zu. In den folgen Minuten wurde ihm klar, weshalb Schmidt ihn mit diesem erschreckenden Grinsen und vor Ungeduld fast platzend empfangen hatte.

Die Kriminaltechniker hatten am Tatort keinerlei Reifenspuren feststellen können. Der Täter musste Dario Hauenstein demnach gleich vor Ort ermordet oder dann seine Leiche geschultert und zu Fuß zu Posten sechs getragen haben. Im weichen Waldboden um den Vitaparcours-Posten hingegen zeigten sich wie erwartet zahlreiche Abdrücke von Schuhen. Leider waren diese zu wenig ausgeprägt, als dass man hätte Gipsabdrücke anfertigen können. Auch Fingerabdrücke waren – wie beim Mord an Fiona Bär – nicht vorhanden. Der Täter schien an alles gedacht zu haben. Alles, außer einem winzigen, aber entscheidenden Detail. An der Kleidung des Kaminfegers haftete eine graue Faser. Die gleiche graue Faser, die die Forensiker im Türrahmen des Schuppens in den Familiengärten gefunden hatten – dem Ort, an dem Fiona Bär einbetoniert worden war. Das ließ nur einen Schluss zu.

»Es war der gleiche Täter!«, brummte Lutz erstaunt, nahm selbstvergessen einen Schluck Kaffee und verbrühte sich die Zunge. Wenn das Indiz nicht log, dann musste er annehmen, dass es nur einen Mörder gab, nicht zwei. Dario Hauenstein war Opfer des gleichen kranken Gehirns geworden, das schon Fiona Bär beseitigt hatte. Doch wer könnte einen Grund gehabt haben, gerade diese beiden Personen aus dem Weg zu räumen?

Im Gegensatz zum ersten Mord hatte die Spurensicherung dieses Mal genügend Material, um festzustellen zu können, woher die graue Faser stammte. Es handelte sich um einen grau-weiß gefaserten Spannteppich à drei Franken fünfzig pro Quadratmeter, wegen seiner schalldämmenden Wirkung und Abriebfestigkeit häufig in öffentlichen Gebäuden, Büroräumlichkeiten und Ladengeschäften zu finden. Mit anderen Worten: Den Besitzer dieses grau-weiß gefaserten Teppichs auszumachen, war ähnlich aussichtslos, wie wenn er Schmidt nach dem gestohlenen Unspunnenstein suchen ließe.

Vor Lutz' innerem Auge tauchten Filmsequenzen auf, in denen Gangster ihre Feinde niedermetzelten und danach fein säuberlich in einen Teppich gerollt abtransportierten. Gut möglich, dass Fiona Bär und Dario Hauenstein auf diese Weise an ihren Fundort geschleppt worden waren: in Meterware à drei Franken fünfzig.

»Gute Nachrichten?«, fragte Malin und setzte sich mit ihrem Kaffee zu ihm an den Tisch. Sie trug heute Ohrstecker mit einem Peace-Zeichen aus kleinen weißen Steinen, die gut zu ihrem braun gebrannten Gesicht passten, fand Lutz.

Er sah sie freundlich an. »Gut in der Hinsicht, dass wir nur noch nach einem Täter für zwei Morde suchen«, bestätigte er. »Ich wundere mich jedoch, warum dem Mörder so daran liegt, den Tod des Kaminfegers als Suizid zu tarnen.«

»Damit wir nicht nach ihm fahnden und er ungeschoren davonkommt?«, schlug Schmidt vor, der gerade in die Küche geschlendert kam. Er öffnete den Schrank, langte nach einem Müsliriegel und lehnte seine schlaksige Gestalt an die Anrichte.

»Abgesehen von dieser naheliegenden Interpretation, meine ich«, entgegnete Lutz und warf Schmidt einen vernichtenden Blick zu. Der kaute unverdrossen an seinem Müsliriegel und schien zu warten, dass Lutz ihm die Lösung servierte.

»Nehmen wir doch einmal die Perspektive ein, in die uns der Mörder versetzen wollte«, sagte Lutz. »In dieser würden wir davon ausgehen, dass der Kaminfeger Suizid begangen hat. Welche Frage würden wir uns also stellen?«

»Jene nach dem Motiv. Also welchen Grund er hatte, sich zu erhängen.«

»Richtig.« Lutz schlug mit der Faust auf den Tisch, dass die Kaffeetassen schepperten. »Weshalb, zum Teufel, bringt ein Mann sich um, obwohl er seinen Beruf liebt, glücklich verheiratet ist und demnächst Vater wird?«

»Weil er etwas ausgefressen hat?«, schlug Malin vor. In Erwartung eines neuerlichen Donnerschlags nahm sie Tasse und Unterteller vom Tisch und balancierte sie in der Hand.

Doch Lutz nickte nur. »Wenn wir davon ausgehen, dass der Kaminfeger sich selbst das Leben genommen hat, würden wir annehmen, dass er etwas ausgefressen hat, in der Klemme steckte oder sich in irgendeiner Weise schuldig fühlte. Welches Vergehen, welche Schuld aber wiegt so schwer, dass jemand sich deswegen umbringt?« Er breitete die Hände aus. »Vielleicht ein Diebstahl, der entdeckt wurde. Oder ein Mord. Da wir den

Tod von Fiona Bär untersuchen und Dario Hauenstein auf unserer Liste von Verdächtigen führen, würden wir also ziemlich rasch den Schluss ziehen, dass er es ist, der Fiona Bär ermordet hat.«

»Der Mörder weiß also, dass wir den Hauenstein verdächtigen, Fiona Bär umgebracht zu haben«, folgerte Malin, schlug die Beine übereinander und wippte gedankenverloren mit ihren schwarzen Stiefeln, von denen die Schnürsenkel lose hinunterhingen. »Das würde bedeuten, dass der Mörder entweder über unsere Ermittlungen informiert ist oder vom Streit zwischen dem Kaminfeger und der Stadtplanerin gehört hat.«

»Das Wissen eines Insiders«, bestätigte Lutz und fuhr sich nachdenklich über den Bart. Einer ihrer Kollegen? Er verwarf den Gedanken.

Schmidt verschränkte die Hände hinter dem Rücken und begann in der Küche auf- und abzugehen. »Wären wir auf die Selbstmord-Inszenierung hereingefallen, dann hätten wir angenommen, dass der Kaminfeger zuerst Fiona Bär und dann sich selbst gerichtet hat. Wir hätten angenommen, dass wir den Fall gelöst hätten.«

»Und der zweifache Mörder wäre für seine Verbrechen nie belangt worden«, ergänzte Malin.

Die Vorstellung, dass ein Doppelmörder frei in Rapperswil herumlief, beunruhigte Lutz mehr, als er sich eingestand. Denn anders als Schmidt hielt er den Täter nicht für dumm. Den Selbstmord des Kaminfegers vorzutäuschen, damit einen Schuldigen für den Mord an Fiona Bär zu präsentieren und sich auf diese Weise schadlos aus der Affäre zu ziehen – die Idee hinter diesem Manöver ließ auf eine bestimmte Gerissenheit schließen. Die Ausführung dagegen war lausig, die beiden Morde geradezu stümperhaft vertuscht worden. Irgendwie passte das alles nicht zusammen.

Schmidt hörte auf, im Raum umherzugehen, und ließ sich auf den Stuhl zwischen Malin und Lutz fallen. »Neben der guten Nachricht von der Spurensicherung gibt es auch eine schlechte«, verkündete er.

»Raus damit.«

»Leon Bär ist gestorben.«

»Was?«, entfuhr es Malin.

Lutz strich sich mit der Hand über die Augen. Der Tag hatte so gut begonnen. »Wann?«

»In der Nacht auf heute. Doktor Haab vermutet, dass gleich mehrere Organe versagt haben. Am frühen Abend klagte Leon Bär über starke Schmerzen an der Eintrittsstelle der intravenösen Infusion in seiner linken Hand. Wenig später bekam er Fieber, erbrach sich mehrmals, hatte einen stark erhöhten Puls und einen niedrigen Blutdruck. Die Ärzte wollten ihn auf die Intensivstation ins Universitätsspital Zürich verlegen, doch er starb, bevor der Krankenwagen überhaupt losfahren konnte. Der Doktor, Thomas Haab, war ziemlich aufgeregt, als er vorhin anrief. Es scheint, dass keiner der anderen drei MPTP-Konsumenten ähnliche Symptome zeigt, weshalb er darum ersucht hat, dass die Gerichtsmedizin Leon Bärs Leichnam obduziert. Er fürchtet, dass bei seinem Tod jemand nachgeholfen hat.«

Lutz hatte Doktor Haab bisher als zurückhaltend erlebt, was seine Diagnosen anging. Wenn er es wagte, so deutlich von Fremdeinwirkung zu sprechen, dann musste etwas an der Sache dran sein.

»Ein dritter Mord?« Malin wirkte geplättet. »Langsam wird mir echt unwohl. Wenn jetzt noch rauskommt, dass auch hier der gleiche Täter dahintersteckt, dann …« Sie beendete den Satz nicht, denn Salomon Dubois streckte den Kopf zur Tür hinein.

»Lutz?«, sagte der schnauzbärtige Stadtpolizist. »Telefon für dich. Eine Frau namens Emily Hauenstein.« Die Hände knetend schob er seinen muskellos scheinenden Körper in den Raum und warf Lutz einen interessierten Blick zu. »Sag mal, ist diese Hauenstein die Frau des Erhängten? Des Kaminfegers Dario Hauenstein?«

Lutz ging nicht auf die Frage ein. Salomon Dubois' Neugierde hatte etwas Sensationslüsternes, das er nicht mochte. Kümmere dich um deinen eigenen Kram, dachte er, stellte die Kaffeetasse in die Spülmaschine, ging in sein Büro und ließ die Tür hinter sich zufallen. Was konnte Emily Hauenstein von ihm wollen? Trost wohl nicht. Den erhielt sie von einer Fachperson, die mehr vom Umgang mit Trauer verstand als er.

Als er eine halbe Stunde später auflegte, fühlte sich sein Schädel an, als hätte er am Abend zuvor ein Bier zu viel getrunken. Hinter seinen Augenhöhlen brannte und stach es unheilverkündend, sodass er sich gleichzeitig gereizt und etwas weggetreten fühlte.

Die bedauernswerte Frau. Als wenn der Mord an ihrem Mann nicht schon schlimm genug wäre!

Nachdem Emily Hauenstein vom Tod ihres Mannes erfahren hatte, sah sie sämtliche seiner Dokumente durch, überprüfte die Bankkonten und durchforstete seinen Computer. Sie hoffte, einen Hinweis zu finden, der erklärte, warum der Vater ihres Kindes sterben musste. Und sie wurde fündig. Im Papierkorb von Dario Hauensteins Computer befand sich eine Nachricht. Versendet hatte er sie nicht, aber ausgedruckt, und zwar am Samstag vor drei Wochen. Die Nachricht lautete:

```
Ich habe gesehen, was du getan hast. Doch ich
bin weder Richter noch Henker. Ich bin nur
ein Schatten im Dunkeln, der vergessen will.
Deshalb hier mein Angebot.
```

Fünfzigtausend Franken sollte der Empfänger zu einer bestimmten Stunde unter einer Parkbank in Hombrechtikon deponieren, stand im Anschluss an die Nachricht. Fünfzigtausend Franken, damit der Schatten vergaß, was er gesehen hatte.

»Mein Mann war ein Erpresser!«, hauchte Emily Hauenstein. Ihre Stimme schien von weither zu kommen und war so leise, dass Lutz Mühe hatte, sie zu verstehen. Sie wisse nicht, an wen ihr Mann diese Nachricht geschickt habe, erklärte sie mit zittriger Stimme. »Aber ich habe das ganze Haus durchsucht und sämtliche unserer Bankkonten überprüft; es gibt nirgends einen Hinweis auf das Geld. Dario scheint also nicht erhalten zu haben, was er gefordert hat. Denken Sie, dass er deswegen sterben musste?«

Die Erpressung ließ den Tod von Dario Hauenstein in einem ganz neuen Licht erscheinen. Dieser Ansicht war auch die Imhof.

Das Rapperswiler Team hatte sich im Sitzungszimmer versammelt. Einige der zehn anwesenden Kantonspolizisten hatten sich einen Stuhl geangelt, die meisten aber lehnten an der Fensterbank, wie Lutz, oder standen, wie Schmidt.

Munteres Geraune, Malin lachte über etwas, das Ted sagte, Barbara schob mit einem strafenden Blick Sebastians Füße vom Tisch, die Atmosphäre war entspannt. Sie alle, auch Lutz, spürten die leise Hoffnung, dass ein Durchbruch nahe war, dass sie nicht länger gezwungen waren, auf die sich überschlagenden Ereignisse zu reagieren, sondern das Geschehen wieder aktiv beeinflussen konnten.

Die Imhof wartete, bis Ruhe eingekehrt war. »Wie ihr von Lutz und Schmidt bereits gehört habt, hat der getötete Kaminfeger Dario Hauenstein jemanden erpresst. Eine Person, die er bei etwas Unrechtmäßigem beobachtete.« Sie hielt einen Ausdruck des Erpresserbriefs in die Höhe und reichte ihn dann an Carlo weiter. »Den Empfänger kennen wir nicht. Aber was er getan hat, muss so gravierend sein, dass Dario Hauenstein davon ausging, für sein Schweigen fünfzigtausend Franken zu erhalten.« Sie stützte die zur Faust geballten Hände auf dem Tisch ab und blickte entschlossen in die Runde. »Mit anderen Worten, wir haben endlich ein Motiv für den Mord am Kaminfeger und einen möglichen Täter: den Empfänger seines Erpresserbriefs.«

Ted räusperte sich. »Haltet ihr es für möglich …« Er stockte und verschränkte die Arme vor der Brust. Ein Schutzmechanismus, hatte Lutz gelernt. Im privaten Rahmen pfefferte Ted die Unterhaltung gerne mit witzigen Anekdoten und ließ gutmütig Spott wegen seiner Tonsur über sich ergehen, doch vor einem größeren Publikum war ihm unbehaglich zumute. »Haltet ihr es für möglich«, wiederholte er, »dass der Kaminfeger beobachtet hat, wie Fiona Bär umgebracht wurde, und sich daraufhin entschloss, ihren Mörder zu erpressen?«

Der gleiche Gedanke war Lutz auch schon gekommen. Dario Hauenstein hatte den Erpresserbrief am Samstag verfasst, vier Tage nach dem gewaltsamen Tod von Fiona Bär. Es war durchaus möglich, dass er den Mord gesehen und kurz darauf entschieden hatte, Kapital daraus zu schlagen.

»Ein guter Gedanke«, stimmte die Imhof zu. »Fiona Bärs Mörder unternimmt naturgemäß alles, um unerkannt zu bleiben. Und da er einmal gemordet hat, tut er es womöglich auch ein zweites Mal.«

»Der Mörder von Fiona Bär ging nicht auf die Erpressung des Kaminfegers ein, weil er befürchtete, dass der Hauenstein wieder und wieder mit Forderungen kommen würde«, spann Barbara Teds Theorie weiter. »Stattdessen sorgte er dafür, dass Dario Hauenstein für immer schwieg.«

175

»Der Erpresste, ob er Fiona Bär nun ermordet hat oder nicht, hatte also ein plausibles Motiv, den Kaminfeger zu beseitigen«, fasste die Imhof zusammen. »Wer noch?«

»Die Kunden des Kaminfegers«, antwortete Schmidt wie aus der Pistole geschossen. Er machte einen Schritt zum Tisch heran und ließ seine Fingerkuppen darauf prasseln – aufgeregt wie ein kleines Kind. Lutz schüttelte innerlich den Kopf.

In den folgenden Minuten setzte Schmidt dem Team in aller Ausführlichkeit auseinander, mit welchem Rezept der korrupte Kaminfeger Fiona Bär betrogen und sich vielleicht auch bei weiteren seiner Kunden ein zusätzliches Einkommen verschafft hatte. Er war in seinem Element, Auftritte wie diesen liebte er, wusste Lutz.

»Und Fiona Bär war tatsächlich die Einzige, die sich über diese Abzocke beschwert hat?«, wunderte sich Sebastian.

Schmidt bejahte. »Dass sich keiner gewehrt hat, liegt wohl daran, dass kein Hausbesitzer wirklich sicher sein kann, dass nicht irgendwer aus dem gleichen Haushalt – versehentlich oder nicht – einmal ein Stück Plastik, einen Hochglanzprospekt oder Altholz ins Feuer wirft«, erklärte er. »Wenn Dario Hauenstein also behauptete, Hinweise auf illegale Abfallentsorgung gefunden zu haben, und den Hausbesitzern mit langwierigen Analysen und einer kostspieligen Strafe drohte, dann waren sie gerne bereit, diese Schwierigkeiten mit einer kleinen Sondergebühr zu umgehen.«

Und wer nicht parierte, musste wohl damit rechnen, dass der Kaminfeger die Aschereste manipulierte und ihnen illegale Abfälle unterjubelte, spekulierte Lutz. Aber dennoch: Konnten der Amtsmissbrauch von Dario Hauenstein und die erhobene Sondergebühr tatsächlich ein Motiv sein, jemanden umzubringen? Eher nicht, es sei denn, einer der Kunden hatte Schlimmeres verbrannt als nur Müll. Eine Leiche zum Beispiel.

Aus den Augenwinkeln sah Lutz, wie Schmidt den Rücken durchdrückte und wichtig in die Runde blickte. »Ich schlage vor, dass wir uns die Kundenliste anschauen. Ich bin überzeugt, dass wir weitere Hausbesitzer finden, die Grund zu einer Beschwerde über den Kaminfeger haben.« Er klopfte mit dem Zeigefinger auf den Tisch. »Gut möglich, dass sich der Mörder von Dario Hauenstein unter seinen Kunden befindet.«

Die Imhof ließ sich nicht anmerken, was sie von Schmidts neuester Theorie und seinem altklugen Vortrag hielt. »Schön«, sagte sie bloß, »Auftrag erteilt.«

Die langwierigen Erklärungen machten Lutz ungeduldig, und er atmete geräuschvoll aus. Neben dem Erpressungsopfer und den verärgerten Kunden gab es noch einen weiteren Tatverdächtigen. Doch der war in der Diskussion nicht zur Sprache gekommen. Der Unbekannte nämlich, der die Gartenparzelle des Kaminfegers in einen Endzeitschauplatz verwandelt hatte. Dass es sich dabei um den Erpressten handelte, war wenig wahrscheinlich, denn Dario Hauenstein hatte den Erpresserbrief erst am Samstag darauf ausgedruckt, sein Garten jedoch war schon am Dienstag verwüstet worden. Es war also durchaus möglich, dass es sich beim Garten-Terminator um einen angefressenen Kunden handelte. Falls das jedoch nicht der Fall war, mussten sie sich etwas einfallen lassen, um dem Zerstörer und potenziellen Mörder auf die Spur zu kommen. Nur was? Es war ein aussichtsloses Unterfangen, alle Personen zu überprüfen, die in Rapperswil oder Umgebung eine Kettensäge besaßen, kürzlich gekauft oder gemietet hatten. Alles, was sie tun konnten, war, die restlichen Gartenpächter zu fragen, ob sie am Dienstag vor drei Wochen, als Fiona Bär ums Leben gekommen und Dario Hauensteins Parzelle verwüstet worden war, irgendetwas Verdächtiges gesehen oder gehört hatten – mit guter, alter Fußarbeit.

23

Freitag, 19. August

Mit Barbara unterwegs zu sein, war etwas anderes, als mit Schmidt – und dies nicht nur wegen der Schrittlänge, bei der Lutz endlich mithalten konnte. Es gab keinen, der rummeckerte und ihn infrage stellte, niemanden, der sich peinlich benahm, zum falschen Zeitpunkt taktlose Fragen stellte oder Auskunftspersonen erschreckte, indem er sie in unverständlichem Fachjargon über ihre Rechte belehrte. Den ganzen Morgen über musste sich Lutz kein einziges Mal ärgern.

»Deine Physiotherapeutin wird zufrieden sein. Du hast bereits am Morgen mehr als dein tägliches Trainingspensum absolviert«, schmunzelte Barbara. Sie waren in dreißig Minuten von der Innenstadt ins Lenggis-Quartier hochspaziert und standen jetzt vor dem Volg-Laden, in dessen Räumlichkeiten eine Poststelle integriert war. Laut seiner Frau Emily hatte Dario Hauenstein regelmäßig hier eingekauft und seine Post aufgegeben. Es war also möglich, dass er am Samstag vor zwei Wochen hergekommen war, um seinen Erpresserbrief aufzugeben. Lutz und Barbara hatten die vage Hoffnung, dass sich vielleicht jemand vom Verkaufspersonal an den Hauenstein und seinen Brief erinnerte oder dass es Überwachungskameras gab, die einen Blick auf die Adresse ermöglichten. Doch sie hatten keinen Erfolg. Zwar gab es Kameras, die alle Vorgänge im Laden aufnahmen, doch die Aufzeichnung des betreffenden Tages zeigte weder den Kaminfeger noch seinen Brief.

»Vielleicht hat er die Drohung auch persönlich überbracht«, überlegte Lutz laut.

»So hätte ich es gemacht«, stimmte Barbara zu, als sie vor Emily Hauensteins Haustür standen und klingelten.

Die Witwe des Kaminfegers hatte tiefe Ringe unter den Augen und Falten um die Mundwinkel, die Lutz bei ihrem letzten Besuch noch nicht gesehen hatte. Eine Hand in die Seite gestützt, ging sie ihnen voran ins Wohnzimmer, setzte sich schwerfällig auf die Couch und starrte auf das Aquarellbild an der gegenüberliegenden Wand, das einen Holzschopf und blühende Obstbäume zeigte. Lutz konnte sich vorstellen, dass sie den ganzen Morgen schon so dagesessen und vor sich hin gebrütet hatte.

»Haben Sie jemanden, der heute noch vorbeikommt und nach Ihnen sieht?«, erkundigte sich Barbara vorsichtig.

Mehrere Sekunden vergingen, bis Emily Hauenstein ihren verschleierten Blick vom Bild löste und sich der Polizistin zuwandte. Ein tiefer Seufzer entrang sich ihrer Brust. »Gegen Mittag kommt eine Nachbarin vorbei.«

Schmidt hätte wohl einfach damit begonnen, die hochschwangere Frau mit Fragen zu löchern, schätzte Lutz und war erleichtert, dass der Junge nicht dabei war. Doch so behutsam Barbara bei der Befragung auch vorging; sie förderte nichts Entscheidendes zutage.

»Wissen Sie vielleicht, welche Route Ihr Mann jeweils nahm, wenn er mit Senta spazieren ging?«

Emily Hauenstein dachte nach. Nein, das wisse sie nicht, sagte sie schließlich matt. Sie glaube aber, dass Dario keine feste Route gehabt, sondern Senta jeden Tag woanders ausgeführt habe.

Lutz kaute grübelnd auf seiner Unterlippe. Diese Information erlaubte ihnen zwar, den ungefähren Radius zu bestimmen, in dem sich der Kaminfeger aufhielt, als Fiona Bär getötet wurde, doch den exakten Ort konnten sie so natürlich nicht bestimmen. Vorausgesetzt, es war überhaupt der Mord an Fiona Bär, den der Hauenstein am fraglichen Dienstag beobachtet hatte. Noch war nicht klar, ob sich der Erpresserbrief des Kaminfegers tatsächlich auf dieses Ereignis bezog.

Wie sich herausstellte, hatte Emily Hauenstein überdies keine Ahnung, dass ein Unbekannter das Mobiliar in der Gartenparzelle ihres Mannes dem Erdboden gleichgemacht hatte. Lutz berührte es unangenehm, der jungen Frau etwas erzählen zu müssen, das ihr Mann ihr offensichtlich hatte verheimlichen wollen. Doch die Mitteilung erschreckte sie nicht. Den Kopf schicksalsergeben in die Hand gestützt, sagte sie traurig: »Vielleicht hat er ja noch andere erpresst.«

Barbara und Lutz sahen sich stumm an, einig, dass es wohl nichts brachte, nachzuhaken und die Frau noch mehr zu belasten.

Obwohl die Befragungen im Volg und bei Emily Hauenstein sie nicht weitergebracht hatten, waren die Ermittlungen geschmeidig vonstattengegangen, fand Lutz. Kaum aber war er zurück im Büro bei Schmidt, wurde es wieder mühsam. Die Schwierigkeiten fingen damit an, dass Lutz Schwierigkeiten hatte, durch die Tür des Büros zu kommen. Und das lag nicht an seiner Wampe. Nicht ausschließlich zumindest.

»Tammisiech, Schmidt. Was tust du da?«, reklamierte er und versuchte, sich an der verkeilten Tür vorbei ins Innere zu zwängen.

»Ich habe uns ein dreiflügeliges, elektronisches Whiteboard besorgt«, erwiderte dieser, verwundert, dass er das Offensichtliche erklären musste. »Denn auf unseren einen Flipchart passen zwei Morde nicht drauf. Und drei schon gar nicht.«

»Als ich ging, waren es noch zwei«, brummte Lutz missmutig, während er sich zu seinem Schreibtisch durchkämpfte. Ein Whiteboard – so was auch. Früher hatte man das als Stellwand oder Tafel bezeichnet. Und es hatte auch funktioniert.

Schmidt breitete die Hände aus, um anzuzeigen, dass die neuen Erkenntnisse nicht auf seinem Mist gewachsen waren. »Die Gerichtsmediziner glauben, dass der Tod von Leon Bär keine natürliche Ursache hat. Entweder hat er sich selbst umgebracht, oder er wurde ermordet.«

Ein Bericht lag noch nicht vor, jedoch hatte die Gerichtsmedizin Aiva über die ersten Resultate der Obduktion informiert, und diese hatte die provisorischen Befunde unverzüglich an Schmidt weitergeleitet.

Trotz des geplatzten Dates sprechen die beiden also noch miteinander, konstatierte Lutz. Immerhin.

Wie die Ärzte im Linth-Spital vermutet hatten, war Leon Bär gestorben, weil gleich mehrere seiner Organe, darunter Herz, Leber und Nieren, den Dienst versagt hatten. Die Laborwerte zeigten zu wenig rote und weiße Blutkörperchen, einen gestörten Elektrolythaushalt sowie eine Harnvergiftung. Obwohl keine äußerlichen Anzeichen wie Verletzungen oder Einstichstellen darauf hinwiesen und in Leon Bärs Habseligkeiten keine entsprechenden Substanzen gefunden wurden, tippten die Gerichtsmediziner auf eine Vergiftung.

»Allerdings haben sie bisher nicht enträtseln können, welche Substanz dafür verantwortlich ist, und suchen weiter«, sagte Schmidt. Er setzte sich auf seinen Schreibtisch und ließ den Marker für das Whiteboard in der Hand rotieren. »Willst du wissen, was ich denke? Ich glaube, Leon Bär wollte nicht länger leben und hat sich selbst umgebracht.«

»Was bringt dich auf diese Idee?«

»Ich habe recherchiert: Der Erste, der dieses MPPP synthetisiert und versehentlich MPTP produziert hat, war ein Zweiundzwanzigjähriger namens Barry Kidston, der in Maryland an der amerikanischen Ostküste Chemie studierte. Er entwickelte schwerste Parkinson-Symptome und entschied sich deshalb, seinem Leben ein Ende zu setzen. Mit einer Überdosis Kokain.«

»Du denkst also, dass Leon Bär Suizid beging, weil er wusste, dass kein Heilmittel ihn vor dem zunehmenden Zerfall retten würde?«

»Also ich würde mich sofort umbringen, wenn mir ein solch grausames Schicksal bevorstünde.«

Lutz wunderte es nicht, dass Schmidt das glaubte. Die jungen Leute waren immer radikal, das lag in ihrer Natur, die nach Umbruch dürstete, und an den Hormonen, die ihnen vorgaukelten, Schlimmes widerfahre höchstens den Alten. Und mit knapp dreißig Jahren war Schmidt der Pubertät ja kaum entwachsen. Lutz selbst hatte allerdings gelernt, dass die Menschen sich bei einem Schicksalsschlag trotz gegenteiliger Vorsätze, von Therapie zu Therapie, von Hoffnungsschimmer zu Hoffnungsschimmer hangelten. Deshalb wagte er zu bezweifeln, dass Leon Bär sich so kurz nach seiner Diagnose umbringen würde. Selbst Barry Kidston hatte dafür zwei Jahre gebraucht. Lutz richtete den Blick auf die Tafel, auf der Schmidt Felder in unterschiedlicher Farbe eingezeichnet hatte.

»Verdächtige im Mordfall Fiona Bär«, stand oberhalb des ersten Feldes in Rosa, wie es wohl der Schublade für »Frau« in Schmidts Gehirn entsprach.

- Bianca von Arx, Nichte, Alibi bestätigt
- Theo Szalai, Ehemann, Alibi bestätigt
- Max Vogt, Nachbar, Alibi bestätigt

- Elias Zuppiger, politischer Feind und Stadtrat, Alibi bestätigt
- Dario Hauenstein (verstorben), Kaminfeger, zum Tatzeitpunkt angeblich am Spazieren oder in den Familiengärten. Als Täter eher unwahrscheinlich, denn Teppichfaser deutet darauf hin, dass er von der gleichen Person ermordet wurde wie Fiona Bär
- Leon Bär (verstorben), Neffe, Aufenthaltsort zum Tatzeitpunkt unbekannt. Als Doppelmörder unwahrscheinlich, da im Spital, als Kaminfeger ermordet wurde
- Pächter des Familiengartens Holzwies-Ost: Die meisten haben ein Alibi für den Tatzeitpunkt oder kommen rein physisch nicht als Mörder infrage, sieben Einvernahmen stehen noch aus.

Schmidts Farbschema entsprechend war das Feld mit der Überschrift **»Verdächtige im Mordfall Dario Hauenstein«** blau umrahmt.

- Empfänger Erpresserbrief von Dario Hauenstein: unbekannt
- Zerstörer seines Familiengartens: unbekannt
- Kunden, die dem Kaminfeger Schmiergeld bezahlten

Hinter den letzten Punkt der blauen Verdächtigenliste setzte Schmidt in seiner peniblen Schrift jetzt den Namen der Tourismusdirektorin Jael Ammann und drehte sich mit strahlendem Gesicht zu Lutz um.

»Weshalb grinst du wie ein verdammtes Honigkuchenpferd?«, brummte der, während er darüber nachdachte, wie er in die Küche und an den dringend benötigten Kaffee gelangen sollte, wenn das ganze Zimmer mit diesem Whiteboard verstellt war.

»Jael Ammann hat gelogen!«, teilte Schmidt ihm voller Genugtuung mit. Er baute sich vor der Tafel auf wie ein Offizier vor den neuesten Stellungsplänen und tippte mit dem Marker auf den Namen der Tourismusdirektorin. »Sie kannte den Kaminfeger nicht nur vom flüchtigen Sehen in den Familiengärten, wie sie uns gesagt hat, sondern sie war eine seiner Kundinnen! Sieh selbst!« Das eifrige Kind in Schmidt übernahm das Kommando. Er griff nach einem Papier, das auf seinem Schreibtisch lag, und hielt es Lutz vor die Nase.

»Bin ich ein Adler?«, beschwerte sich Lutz, nahm Schmidt das Papier ab und betrachtete es in der altersentsprechenden Sehdistanz von einem knappen halben Meter.

Es war die Liste mit den Kunden, die Schmidt heute Morgen von Emily Hauenstein erhalten hatte, stellte er fest. Zuoberst stand der Name von Jael Ammann.

»Sie pachtet einen Familiengarten, wusste um die Krankheit von Fritz Steinbach und wäre kräftig genug, Fiona Bär umzubringen und zu verbuddeln«, sagte Schmidt, übermütig auf den Fersen wippend. »Und jetzt stellt sich heraus, dass Jael Ammann den Kaminfeger besser kannte, als sie zugab. Wenn Dario Hauenstein sie erpresste, wie er das bei jenem anderen tat, dann hätte sie ein gutes Motiv gehabt, ihn umzubringen!«

Lutz ließ sich auf dem Bürostuhl nach hinten kippen, verschränkte die Arme hinter dem Kopf und dachte nach. Falls der Kaminfeger Geld gefordert hatte, dann war es wohl nicht um große Summen gegangen. Deshalb zweifelte er, dass einer seiner Kunden den Kaminfeger getötet hatte. Hinzu kam, dass die an den Tatorten gefundenen Teppichfasern für einen Doppelmord sprachen und Jael Ammann ihrem aktuellen Wissensstand zufolge keinen Grund gehabt hatte, auch Fiona Bär umbringen zu wollen.

Schmidts Theorie war nicht mehr als eine Brotkrümelspur. Und dennoch: Die Tourismusdirektorin hatte über ihre Bekanntschaft mit dem Kaminfeger gelogen, ohne einen ersichtlichen Grund dafür zu haben, und das war schon sehr eigenartig.

»Bestell Jael Ammann für eine Befragung auf die Station«, befahl Lutz deshalb. »Wir werden sie ein wenig ins Schwitzen bringen.«

»Was ist denn hier los?«, erklang von außerhalb der Tür Sebastians verärgerter Bariton. Der junge Polizist drückte erfolglos gegen die zugestellte Tür des Büros. »Besprecht ihr hier Sachen, die wir nicht mitkriegen sollen?« Die Holztür gab ein unangenehm knarzendes Geräusch von sich, das klang, als würde sie splittern, und Sebastian fluchte.

»Lutz?«, bellte er und zwängte die Hälfte seines muskulösen Körpers durch den Türspalt. »Hier sind die Dossiers, die du wolltest. Der Bericht über die Obduktion des Drogenopfers Luca Kappeler und das Protokoll zur Durchsuchung seiner Wohnung.«

Er streckte Lutz einen braunen Schnellhefter hin, den dieser dankend entgegennahm.

»Wozu brauchst du Informationen über den Kappeler?«, fragte Schmidt. Er klang entrüstet. »Wir haben doch hier schon zwei Morde zu bearbeiten. Möglicherweise drei!«

Lutz fand nicht, dass er Schmidt eine Erklärung schuldete, und verstaute den Hefter in seiner Ledermappe. Er würde sich die Dossiers morgen ansehen, wenn er frei hatte.

Das erste Mal, seit er für die Kriminalpolizei Sankt Gallen arbeitete, fiel einer seiner Ruhetage auf ein Wochenende, und er freute sich darauf, Zeit mit Hanna zu verbringen. Doch um dieses Dossier zu studieren, würde er sich einige Minuten freischaufeln. Es war nicht mehr als ein vages Gefühl, etwas übersehen zu haben, das ihn bewog, Luca Kappeler und seine Wohnung genauer unter die Lupe zu nehmen. Aber es ließ ihm keine Ruhe.

24

Freitag, 19. August

Das rote Heft, 1998

F, ein Bekannter von C, hat mich mit seinem Dealer bekannt gemacht. Gab ihm zwanzig Gramm Gras dafür. Papa bekam Herzrasen von Ecstasy, wir wiederholen es nicht. Heroin wirkte geraucht okay, gespritzt besser. Papa war euphorisiert, die Schmerzen verschwanden, wenn auch nur für vier Stunden. Insgesamt ein Misserfolg: zu teuer, zu kurz anhaltend.

Am Nachmittag nahm ihm die Imhof Barbara wieder weg. Die einfühlsame und unkomplizierte Polizistin musste mit ihren Kollegen die restlichen sieben Gartenpächter auf der Liste abklappern und sie zu allfälligen Beobachtungen befragen. Fiona Bärs Tod war noch immer ein Rätsel. Niemand hatte etwas gesehen, niemand etwas gehört, und alle bisher Befragten hatten für den Tatzeitpunkt ein Alibi.

Für den Besuch bei Bianca von Arx an diesem Nachmittag musste Lutz demnach mit Schmidt vorliebnehmen.

Kurz nach vierzehn Uhr machten die beiden sich mit dem Wagen auf den Weg ins Südquartier, in dem die Apothekerin wohnte. Ihr Haus befand sich eine Querstraße vom See entfernt inmitten eines Wohnquartiers mit neueren Einfamilienhäusern, unterschied sich von diesen jedoch durch auffällige hellblaue

Fensterläden und eine ehemals weiße Fassade, die einen An-
strich dringend nötig hatte. Im Garten vor dem Haus lagen
zwei rosafarbene Kinderfahrräder mit weißen Körben, und auf
einer mageren Buche thronte ein überdimensioniertes Baum-
haus. Das Grundstück war von einem durchgehenden Holz-
zaun umgeben, woraus Lutz schloss, dass die von Arx' entweder
einen Hund hatten oder aber ihre Kinder gerne ausbüxten.

Ein etwa sechsjähriges blondes Mädchen öffnete die Tür. Sie
trug ein rosa Feenkostüm und hielt einen Glitzerstab in der
Hand. »Hoi, Polizisten«, begrüßte sie Lutz und Schmidt selbst-
bewusst. Sie kamen nicht dazu, die Begrüßung zu erwidern,
denn im nächsten Augenblick drehte sich das Mädchen um und
rief in wenig feenhafter Lautstärke: »Mama!«

Lutz erkannte auf den ersten Blick, dass es Bianca von Arx
nicht gut ging. Die offenen blonden Haare der sonst so vitalen
Frau wirkten trocken und stumpf, und ihre Mundwinkel schienen ihren Befehlen nicht gehorchen zu wollen.

Sie sprachen der Apothekerin ihr Beileid zum Tod ihres Bruders aus, folgten ihr ins Wohnzimmer und setzten sich auf ihren
Wink hin an einen großen Glastisch.

Mit müden Augen sah Bianca von Arx sie an. »Sie bringen
Neuigkeiten?«

Lutz blickte sich um. Auf dem Boden im Wohnzimmer lagen
Ponypuppen, Schachteln mit Glitzerkram, Bastelutensilien und
Bilderbücher, doch das Mädchen selbst war verschwunden —
vermutlich in die obere Etage. Was Schmidt und er mit der
Apothekerin zu bereden hatten, war nichts, was kleine Feen hö-
ren sollten.

»Unser Verdacht, von dem wir Ihnen heute Morgen am Tele-
fon erzählt haben, hat sich bestätigt«, begann Schmidt, »Ihr
Bruder starb in der Nacht auf heute an einer Vergiftung. Die
Analyse per Schnelltest, die jedoch noch durch eine massen-

spektrometrische Untersuchung verifiziert werden muss, hat ergeben, dass es sich beim Gift um Rizin handelt.«

Lutz faltete die Hände auf dem Tisch und sah Bianca von Arx aufmerksam an. »Ich nehme an, dass Sie sich über die Wirkung dieses Gifts im Klaren sind?«

Die Apothekerin stützte in einer müden Geste die Ellenbogen auf den Tisch und legte die Hände übers Gesicht.

Also kennt sie sich aus mit Rizin und seiner Wirkungsweise, dachte Lutz. Außerdem scheint ihr gerade klar geworden zu sein, dass ihr Bruder einen qualvollen Tod erlitten hat, und es ist ihr nicht egal. Die berechnende, spöttische Apothekerin, die bei der Befragung zu Fiona Bärs Tod so lieblos über ihren arbeitslosen Bruder hergezogen war, hatte sich in einen normalen Menschen verwandelt.

Schmidt wand sich auf seinem Stuhl und holte Luft, was ein gefährliches Zeichen war, wie Lutz wusste. Mit einer Handbewegung bedeutete er Schmidt, noch zu warten, bevor er die Frau mit einer Salve an Fragen bombardierte. Er war sicher, dass die Apothekerin auf Distanz ging, wenn sie ihr nicht die Zeit ließen, sich zu sammeln. Schmidt warf sein Gesicht in irritierte Falten, hielt zum Glück aber die Klappe.

Als Bianca von Arx ihre Hände vom Gesicht nahm, schien sie sich halbwegs gefasst zu haben. »Rizin ist ein Pflanzengift aus der Bohne des Wunderbaums«, erklärte sie mit belegter Stimme. »Man gewinnt es aus den Nebenprodukten bei der Herstellung von Rizinusöl. Es ist leicht erhältlich und wirkt subkutan, intravenös oder inhalativ schon in geringsten Mengen tödlich.«

Wie Lutz und Schmidt von Thomas Haab erfahren hatten, war Rizin in der Vergangenheit mehrfach für Anschläge verwendet worden. 1978 zum Beispiel stach ein Mitglied der bulgarischen Geheimpolizei dem Schriftsteller Georgi Markov in London mit einem Regenschirm in die rechte Wade und injizierte ihm eine winzige Kugel, die mit Rizin präpariert war. Der Regimekritiker starb vier Tage später an Herzversagen. 2013 erhielten der damalige US-Präsident Barack Obama und der New Yorker Bürgermeister Michael Bloomberg – 2020 auch Donald Trump – Briefe mit Rizin, die jedoch entdeckt wurden, bevor sie Schaden anrichteten. 2018 konnte die Kölner Polizei gerade noch verhindern, dass ein Mitglied der Terrormiliz Islamischer Staat einen Sprengsatz zündete, der eine mit Rizin präparierte Splitterladung enthielt.

Rizin war laut Thomas Haab besonders deshalb ein beliebtes Gift, weil es schwer nachweisbar war, kein Mittel dagegen existierte und es – richtig dosiert und verabreicht – sicher zum Tod führte. »Das ideale Gift, um jemanden unbemerkt zu ermorden«, hatte der Arzt geschlossen.

Bianca von Arx sah ausdruckslos auf ihre Hände hinunter, die auf dem Tisch lagen, als gehörten sie nicht zu ihrem Körper. »Hat er das Rizin absichtlich genommen oder wurde er …« Sie schien es nicht übers Herz zu bringen, das Wort auszusprechen, und sah gequält auf.

Lutz stutzte. Viel mehr, als von Selbstmord zu hören, schien sich die Frau vor einem Mord zu fürchten. Ahnte sie womöglich, wer daran interessiert war, Leon Bär zum Schweigen zu bringen?

»Die starken Schmerzen und die Nekrosen auf seiner linken Handoberfläche deuten darauf hin, dass jemand den Tropf entfernte und das Gift über den Infusionszugang in die Handvene injizierte«, entgegnete Lutz. »Die Ärzte sind sich einig, dass er selbst nicht dazu fähig gewesen wäre.«

Schmidt trommelte mit den Fingerkuppen auf dem Tisch. »Mit anderen Worten, Ihr Bruder wurde ermordet. Jemand, der ihn am Mittwoch oder Donnerstag im Krankenhaus besuchte, hat ihm eine tödliche Dosis Rizin gespritzt.«

»Es sollte wohl so aussehen, als sei sein Tod eine natürliche Folge der verpfuschten Droge«, ergänzte Lutz. »Einem aufmerksamen Arzt ist es zu verdanken, dass wir überhaupt merkten, dass ihr Bruder vergiftet wurde.«

»Mein Gott«, hauchte Bianca von Arx.

Lutz betrachtete ihr bleiches Gesicht. Ob er der Frau nun traute oder nicht – ihre Erschütterung schien echt zu sein. Über die Ursache war er sich weniger im Klaren. Trauerte sie um ihren Bruder und machte sich Vorwürfe, ihn im Stich gelassen zu haben? War sie einfach nur schockiert darüber, dass jemand ihm nach dem Leben getrachtet hatte? Oder war sie entsetzt, weil aufgeflogen war, dass es sich um einen Mord handelte? Fürchtete sie am Ende, dass der Giftmischer oder die Giftmischerin – und das schloss auch sie selbst mit ein – enttarnt werden könnte? Trotz ihrer offensichtlichen Betroffenheit über den Tod ihres Bruders hatte Lutz das Gefühl, dass die Apothekerin mehr wusste, als sie zugab.

Schmidt setzte ein strenges Gesicht auf und beugte sich vor, um eine Frage zu stellen, die ihm auf der Zunge zu brennen schien. »Ihr Bruder wurde in der Nacht von Montag auf Dienstag ins Spital eingeliefert. Wie oft und wann haben Sie ihn dort besucht?«

»Ich war am Dienstagmorgen da und noch einmal am Donnerstagmorgen«, antwortete Bianca von Arx nach kurzem Überlegen. Lutz machte sich innerlich eine Notiz, zu überprüfen, ob sich diese Angaben mit den Daten der Überwachungskameras im Spital Linth deckten.

Schmidts Kopf schoss triumphierend vor. »Sie, Frau von Arx, hätten also sowohl die Gelegenheit als auch das Wissen gehabt, das Rizin zu verabreichen.«

Zwischen Bianca von Arx' Brauen erschienen zwei tiefe Falten. Sie stand so plötzlich von ihrem Stuhl auf, dass er krachend umfiel, und stützte die Hände zornig auf dem Tisch ab. »Sie denken, ich hätte meinen Bruder vergiftet? Meinen eigenen Bruder! Wie können Sie das nur glauben! Und überhaupt: Wieso sollte ich das tun? Er war ohnehin am Ende! Er hätte nichts mehr sagen, niemanden verraten können!«

Schmidt ließ sich nicht beeindrucken. »Wen oder was genau hätte Ihr Bruder nicht verraten können?«, bohrte er nach. »Wer ihm diese verheerende Droge verkaufte? Wer statt Super-Demerol versehentlich MPTP fabrizierte? Vielleicht waren es ja Sie, Frau von Arx. Als Apothekerin kennen Sie sich schließlich mit so was aus!«

Vor Wut schäumend starrte Bianca von Arx Schmidt in die Augen. »Sie suchen am falschen Ort.«

Keine Minute später fanden Lutz und Schmidt sich auf der Straße wieder. Lutz schwankte zwischen Ärger und Belustigung. Langjährige Erfahrung hatte ihn gelehrt, jeden Menschen, der in Zusammenhang mit einem Verbrechen stand, zuerst als unverdächtige Auskunftsperson zu betrachten. Bei einem wohlwollenden Gespräch in einer vertrauten Umgebung und entspannter Atmosphäre gaben die Befragten oft mehr preis als bei einer offiziellen Befragung auf dem Posten. Denn im nüchternen Einvernahmeraum, in Anwesenheit ihres Anwalts und im Bewusstsein, dass die Polizei sie als tatverdächtig einstufte, schalteten selbst Unschuldige auf Abwehr und ließen sich Informationen nur nach zähem Ringen entlocken.

Schmidt hatte seine bewährte Strategie der unverkrampften Befragung gerade zunichtegemacht, denn das Erste, was Bianca von Arx jetzt tun würde, war natürlich, einen Anwalt hinzuzuziehen, und das Zweite, zukünftige Aussagen sorgfältig abzuwägen. Seltsamerweise aber nahm Lutz dem Jungen die Provokation nicht übel. Denn der aufrichtige Zorn der Apothekerin hatte zumindest eine Erkenntnis geliefert: Vermutlich war es nicht sie, die ihrem Bruder Rizin gespritzt hatte. Denn sie glaubte, dass es sich nicht gelohnt hätte, weil er ohnehin bald gestorben wäre.

Dass Bianca von Arx etwas über MPPP und seine Herkunft wusste, ließ sich jedoch nicht ausschließen. Die Tatsache, dass sie die Wendung »er hätte niemanden verraten können« nutzte, war ziemlich aufschlussreich. Die Apothekerin glaubte offensichtlich, dass ihr Bruder etwas zu verraten hatte – dass er wusste, wer die Schuld an der verpfuschten Droge und an seinem Verfall trug. Und es schien Lutz, als machte sie denjenigen dafür verantwortlich, dass Leon sterben musste.

»Jetzt stellt sich noch die Frage, weshalb nur Leon Bär vergiftet wurde und nicht auch die anderen Opfer des misslungenen MPPP«, merkte Lutz nachdenklich an, während er mit Schmidt zum Auto zurückging.

Der Junge setzte eine Miene auf, die nach Schwerarbeit aussah. Plötzlich blieb er stehen. »Die Apothekerin scheint anzunehmen, dass ihr Bruder vergiftet wurde, weil er etwas wusste. Etwas, worüber die anderen Drogenopfer keine Kenntnis hatten.« Er stockte. »Vielleicht war Leon Bär mehr als bloß ein Konsument, Lutz. Möglicherweise fungierte er als Zwischendealer und kannte die Lieferanten und Produzenten!«

Lutz kniff die Augen zusammen und blickte seinen jungen Kollegen prüfend an. »Ab und zu, Schmidt, habe ich den Eindruck, du seist nicht ganz so dumm, wie du aussiehst. Möglich, dass du recht hast. Jetzt müssen wir nur noch herausfinden, was wir mit diesem Wissen anfangen.«

25

Samstag, 20. August

»Stellen Sie sich mit leicht geöffneten Beinen und gebeugten Knien aufrecht hin. Spannen Sie Ihre Rumpfmuskulatur an, und atmen Sie ruhig ein und aus. Strecken Sie jetzt abwechselnd erst den linken, dann den rechten Arm nach oben, als griffen Sie nach Äpfeln.«

»Ich komme mir alt vor, wenn ich die verdammten Anweisungen nur schon lese«, knurrte Lutz verdrießlich, kickte die Broschüre »Fit sein und bleiben« unters Bett und griff widerwillig nach den imaginären Äpfeln. Vielleicht sollte er die Physiotherapeutin wechseln. Eine aussuchen, die ihn behandelte, als wollte sie ihn als Kunden behalten. Oder wie wäre es mit Boxen? Dabei würde er sich deutlich maskuliner fühlen als bei diesem weichgespülten Pseudoyoga. Obwohl er jetzt, nach dreißig Äpfeln, tatsächlich seine Oberarmmuskeln spürte. Er prustete frustriert.

Hanna war schon länger im Bad und machte irgendetwas Kompliziertes mit ihren Haaren für den Besuch bei seinem Kumpel Koni und ihren gemeinsamen Freunden heute Abend. Das konnte dauern, wusste er, kroch ächzend unters Bett und holte »Fit sein und bleiben« wieder darunter hervor. Hanna tat etwas für ihr Aussehen, also musste er das wohl auch.

Durch das offene Fenster strich kühle Luft über seine nackten Arme, und die Sonne wärmte sein Gesicht, während er mit den Schultern kreiste, den Schwebebalken machte, um die Balance zu trainieren, und sein Gewicht mit angespannter Bauchmuskulatur abwechselnd von den Zehenspitzen zu den Fußballen verlagerte. Ein wahres Kunststück für Menschen mit meiner Gewichtsverteilung, stellte Lutz selbstironisch fest. Auf das Hüftkreisen verzichtete er – dabei kam er sich komisch vor, und die Standwaage war zu anstrengend für einen Tag, der zur Erholung gedacht war. Deshalb setzte er sich mit ausgestreckten Beinen auf den Boden und streckte seine Hände Richtung Zehen aus. Dehnübungen hatten den großen Vorteil, dass man dabei auch lesen konnte.

Lutz war nicht klar, was er in den Unterlagen über Luca Kappeler zu finden hoffte, doch er wusste, wann das Ausmaß an Zufällen die Grenze des Normalen überschritt. Und jetzt war es so weit. Jahrelang hatte sich die Polizei in Rapperswil nicht mit Dealern, Drogengeschäften und Konsumenten herumschlagen müssen, bis aus heiterem Himmel innert drei Wochen zwei Rauschmittelkonsumenten – wenn auch aus unterschiedlichen Gründen – starben und drei weitere im Spital dahinsiechten. Im gleichen Zeitraum waren im beschaulichen Städtchen am Zürichsee mehrere Menschen ermordet worden, darunter Leon Bär, der – ein weiterer Zufall – selbst zu den Tatverdächtigen im Tötungsdelikt Fiona Bär gehört hatte.

Die Geschichte mit den Drogen hing in irgendeiner Form mit den Morden zusammen, davon war er überzeugt. Nur wie? Während er seine Beine dehnte, nahm Lutz den Obduktionsbericht von Luca Kappeler zur Hand. Der junge Mann war zwar an einer Überdosis Heroin gestorben, doch sie hatten auch Xanax und LSD bei ihm gefunden, was bedeutete, dass er, wie viele Raver, gerne mit Substanzen experimentierte. Möglicherweise gehörte dazu auch MPPP.

Nur einen Monat, nachdem er einen schweren Motorradunfall überlebte, hatte sich der Mann den goldenen Schuss gesetzt.

Sein Herzschlag verlangsamte sich, die Lunge versagte den Dienst, der Atem kam zum Stillstand, das Gehirn erhielt keinen Sauerstoff mehr, und er lief blau an, während er einsam und allein in seiner Wohnung verendete.

Neu war, was die Gerichtsmediziner in Luca Kappelers Schädel vorgefunden hatten. Bei einem Schnitt quer durch das Mittelhirn entdeckten sie, dass die Substantia nigra, ein bedeutendes motorisches Zentrum im Kernkomplex des Gehirns, nicht mehr schwarz, sondern ausgebleicht erschien. Ein Großteil der Dopamin-Neuronen in der Substantia nigra, die das schwarze Pigment Neuromelanin produzieren und den Botenstoff Dopamin freisetzen, waren zerstört und konnten Bewegungsimpulse nicht mehr richtig weitergeben. »Luca Kappeler hat demnach womöglich unter Parkinson gelitten«, lautete das Fazit der Obduktion.

Lutz war schon länger zu passivem Dehnen übergegangen und lehnte mit angezogenen Beinen lesend an der Bettkante.

»Nein«, sagte er jetzt laut, »nicht Parkinson.«

Hanna, die gerade mit frisch getöntem, schick frisiertem Haar und einer Dose Creme in der Hand aus dem Bad trat, blickte ihn fragend an.

»Luca Kappeler, unser erstes Drogenopfer, mag sich wohl mit Heroin umgebracht haben«, erklärte Lutz und seufzte, »aber vorher hat er sich wie die anderen drei sein Gehirn mit dem verpfuschten MPPP ruiniert.«

»Denkst du, dass er sich deswegen das Leben genommen hat? Weil er wusste, dass er nie wieder gesund werden würde?«, erkundigte sich Hanna, ließ sich neben ihm auf dem Boden nieder und verrieb Creme in ihrem Gesicht.

»Gut möglich.« Lutz blickte sie von der Seite her anerkennend an. »Was auch immer du mit deinem Haar angestellt hast – es gefällt mir.«

Hanna lächelte und griff nach den Bildern, die die Spurensicherung von Luca Kappelers Wohnung gemacht hatte. Es war offensichtlich, wofür sich der junge Mann am meisten interessiert hatte: Motorräder, schnelle Boote und Frauen. Die Wohnung war mit preiswerten Ikea-Möbeln eingerichtet und wirkte, wenn auch nicht gerade gepflegt, doch so, als hätte hier jemand gewohnt, dem seine Umgebung nicht völlig egal war. »Es scheint, als habe er sein Leben unlängst noch im Griff gehabt.«

Lutz gab keine Antwort. Verblüfft starrte er auf das Foto von Luca Kappelers Balkon. Er bot gerade genug Platz für einen abgewetzten Lounge-Sessel und einen Ficus im Endstadium. Auf dem Sims neben den vertrockneten Blättern der bedauernswerten Topfpflanze saß ein Gartenzwerg. Ein weißbärtiger Gnom mit roter Zipfelmütze, über dem Bauch gespannter Weste, leuchtend blauen Augen und einer Axt in der Hand. Er hatte diesen Zwerg schon einmal gesehen. Wo war das nur gewesen?

»Ich hätte nicht gedacht, dass heute noch jemand Gartenzwerge aufstellt«, wunderte sich Hanna, während sie über seine Schulter hinweg das Foto des Balkons betrachtete.

»Keiner mit Geschmack und gesundem Menschenverstand«, gab Lutz ihr recht, und plötzlich fiel ihm wieder ein, wo ihm dieser Zwerg das erste Mal aufgefallen war: vor dem Küchenfenster in der Wohnung von Leon Bär. Dort hatte er gestanden und genauso fehl am Platz gewirkt wie auf diesem Balkon. Ein eigenartiger Zufall.

»Warum besitzen zwei so junge Männer einen Gartenzwerg?«, murmelte Hanna stirnrunzelnd. »Irgendwie verbinde ich Gartenzwerge eher mit Menschen unseres Alters.«

»Und sie genieren sich nicht einmal, diese hässlichen Dinger gut sichtbar draußen aufzustellen«, stimmte Lutz zu. Handelte es sich bei diesem Gartenzwerg womöglich um eine Art Werbegeschenk? Um ein Zeichen der Zugehörigkeit zu einer Lehrlings- oder Studentenverbindung – oder in welchen Gruppen die jungen Leute sich heutzutage auch herumtrieben? Was ihn zur Frage führte, ob Luca Kappeler und Leon Bär sich vielleicht gekannt hatten. Oder hatte der Zwerg irgendetwas mit den Drogen zu tun, die sie konsumierten? Lutz fuhr sich mit Daumen und Zeigefinger übers Kinn, während sich in seinem Kopf eine verrückte Idee formte, eine Theorie, wozu diese verdammten Gartenzwerge nütze sein mochten. »Möglicherweise verstecken die Dealer den Stoff, dieses MPPP, im hohlen Inneren der Zwerge«, sprach er den Gedanken laut aus. »Ja«, fügte er nachdenklich hinzu, »so könnte es sein.«

Sie mussten diese verflixten Zwerge ins Labor schicken und auf Spuren von Betäubungsmittel untersuchen lassen. Bis das Ergebnis feststand – was jetzt, am Wochenende, dauern konnte –, konnten sie versuchen herauszubekommen, wer diese Zwerge vertrieb. Und wenn sie die Lieferanten ausfindig machten, erhielten sie vielleicht einen Hinweis auf die Rauschmittel-Produzenten. Es war ein Plan.

Hanna lächelte ihn halb resigniert, halb bedauernd an. »Spür diese Scheusale auf, bevor sie noch mehr junge Menschen vergiften«, sagte sie. »Wir lassen den Stadtbummel in Zürich aus und treffen uns heute Abend dann direkt bei Koni.«

Sanft legte Lutz seine Hand auf Hannas und drückte sie. »Du bist fitter als ich mit dem Computer. Ich könnte deine Hilfe gebrauchen.«

Doch Hanna schüttelte den Kopf. »Ich bin nicht die Richtige. Ruf Ruben an, er wird dir mit Freuden helfen.«

»Den Elefanten im Porzellanladen?« Lutz bedeckte theatralisch seine Augen. »Ganz bestimmt nicht. Er wäre imstande, den Drogenkoch anzurufen, ihm seine moralischen Verfehlungen vorzuhalten und ihn ungehindert abtauchen zu lassen.«

»Sag mir eins, mein Lieber«, entgegnete Hanna ernst. »Gab es in den letzten Wochen Momente, in denen er dich erstaunt hat?«

Lutz grunzte.

»Eben. Vielleicht solltest du dein Schubladensystem einmal überdenken und gründlich ausmisten. Du bist doch der Mann, der dafür eintritt, dass jeder eine zweite Chance erhält, erinnerst du dich?«

26

Samstag, 20. August

Das rote Heft, 1999

Über G, einen Bekannten von L, kann ich die Chemikalien für das Super-Demerol beziehen. Papa schätzt es. G stellt keine Fragen, dafür überwache ich N, seine Ex-Frau, und melde ihm, was sie treibt und mit wem sie sich trifft.

Hätte Lutz nicht gewusst, dass es Schmidt sein musste, der vor ihm stand, er hätte ihn kaum erkannt. Der Junge leuchtete förmlich. Normalerweise trug er die schwarzen ledernen Kampfstiefel der Uniformierten, obwohl er als ziviler Ermittler nicht länger dazu verpflichtet war. Die Turnschuhe in diesem grell strahlenden Orange mussten sein Tribut ans Wochenende sein, das, wie Lutz ohne den winzigsten Anflug von schlechtem Gewissen feststellte, nach seinem Anruf vor einer Stunde allerdings nicht länger frei war. Wie erwartet, schien es Schmidt wenig zu kümmern.

»Ich wusste gar nicht, dass Gartenzwerge so beliebt sind«, sagte der Junge etwas außer Atem, während er sein Fahrrad vor dem großen Baufachmarkt im Industriequartier von Jona an einen Laternenpfahl kettete. »Denk nur, Lutz, es gibt sogar eine Organisation, die sich auf die Fahnen geschrieben hat, Gartenzwerge zu befreien. Im Jahr 2005 hat die Gartenzwergefront siebenundsiebzig Zwerge entführt und am Murtenlauf in die freie Natur ausgewildert, weil sie da angeblich hingehören.« Schmidt rüttelte am Fahrradschloss, um sich zu versichern, dass es auch wirklich zu war.

»Die mögen vielleicht keine anderen Probleme haben, Schmidt, wir aber schon«, entgegnete Lutz pampig. »Und jetzt lass dieses verdammte Schloss in Ruhe, sonst kommt mir die Idee, dass du unter einer Zwangsneurose leidest.«

Wie Schmidt bei seiner Internetrecherche entdeckt hatte, boten in der ganzen Schweiz mehrere Dutzend Firmen exakt die tönernen blauäugigen Gartenzwerge mit Axt an, die sie in Luca Kappelers und Leon Bärs Wohnung gefunden hatten. Der Brutalo-Zwerg, den Liebhaber unter dem Namen Horst kannten, schien sogar zu den meistgekauften Gartenzwergen überhaupt zu gehören. Umso seltsamer kam es Schmidt und Lutz vor, dass ausgerechnet die einzigen beiden Firmen in Rapperswil und Jona, die online Gartenzubehör inklusive Zwerge anboten, diesen Horst nicht im Sortiment führten.

Eine dieser beiden Firmen war die Marty Gartenbau GmbH an der Feldistraße in Jona. Lutz blickte sich um. Die Lagerhalle, vor der er und Schmidt jetzt standen, war hoch und geräumig wie eine Turnhalle. Durch das offene Kipptor erspähte Lutz lange Reihen von Regalen, auf denen sich Gartenwerkzeuge, Säcke mit Dünger und Erde, Benzinkanister und allerlei Maschinenteile stapelten – vermutlich Ersatzteile für die Rasenmäher, Bagger, Häcksler, Laubbläser und Schneekanonen, die rechts in der Halle parkten, und die Schneidemaschinen, Kettensägen und Trimmgeräte, die an den Wänden hingen. Im hinteren Teil der Halle befand sich ein verglastes Büro, das bis zur Decke mit hochformatigen Pappschachteln vollgestellt war und mehr Lager- als Arbeitsort zu sein schien. Das bunte Sammelsurium an Kisten und Gerätschaften wirkte chaotisch, sodass Lutz zweifelte, dass der Besitzer von Marty Gartenbau den Horst, sollte er ihn doch verkaufen, überhaupt finden würde.

»Hallo?«, fragte Schmidt in die Halle hinein. »Jemand da?« Hinter dem Pick-up, der vor der Halle parkte, erhob sich ein mittelgroßer stämmiger Mann und warf einen Werkzeugbeutel auf die Ladefläche. Sein Gesicht war braun gebrannt, als verbringe er viel Zeit im Freien, er trug grüne Cargohosen mit ausgebeulten Taschen, ein ärmelloses Shirt und eine blaue Baseballkappe, die Lutz' Ansicht nach für seinen Schädel deutlich zu groß war.

»Kann ich helfen?«, fragte der Mann nicht unfreundlich, wischte sich die Hände an einem schmutzigen Lappen ab und trat näher. Auf ihre Frage hin stellte er sich als Renzo Marty vor, Inhaber der Gartenbaufirma Marty und Mieter der Lagerhalle.

Schmidt zeigte auf die Regale. »Wie wir auf Ihrer Website gelesen haben, verkaufen Sie in Ihrem Versandhandel Gartenzwerge. Wir würden gerne wissen, welche Modelle Sie im Angebot haben.«

Der Mann grinste und entblößte zwei Reihen weißer Zähne, die wie die Baseballkappe etwas zu groß geraten schienen. »Seit wann interessiert sich die Polizei für Gartenzwerge?« Lutz seufzte. Wenn Schmidt sich derart forsch aufführte, brauchte man nicht gerade ein Übermaß an emotionaler Intelligenz, um sie als Polizisten zu erkennen.

»Hier drüben, kommt«, forderte Renzo Marty sie auf, ohne eine Antwort abzuwarten, und winkte sie zu einem Regal vorne am Eingang. Mit raschen Bewegungen ergriff er einige Pappschachteln, die alle das gleiche hohe Format hatten, und stellte sie vor Lutz und Schmidt auf einen Klapptisch. »Bitte sehr.«

»Haben Sie irgendwo vielleicht noch einen Zwerg mit einer Axt?«, erkundigte sich Lutz, nachdem sie sich sieben verschiedene Zwerge und ein Schneewittchen angesehen hatten – allesamt unbewaffnet.

»Den Horst, meinst du? Nein, die Zwerge, die ich verkaufe, die sind etwas Besonderes. Nicht die Nullachtfünfzehn-Zwerge, die jeder Händler verkauft, wenn du verstehst, was ich meine.« Er stützte seine Hände auf dem Klapptisch ab und blickte Lutz mit unbewegter Miene an. »Neben den Zwergen habe ich auch unterschiedlich gebaute Wildbienenhotels im Angebot, Samenmischungen für Schmetterlinge sowie eine große Auswahl an Gartenbeleuchtungen. Wollt ihr die auch sehen?«

Hörte er hier einen ironischen Unterton? Lutz konnte es nicht sagen. Nachdenklich betrachtete er die Muskelstränge an den Armen des Gartenbauers, als dieser die Pappschachteln mit den Zwergen an ihren Platz zurückstellte. Die Unterarme waren von einem dichten Netz blauer Venen durchzogen und wirkten, als könnte der Mann schwere Gartengeräte bedienen wie andere Leute einen Mixer. Schmidt und er waren zwar hergekommen, weil sie vermuteten, dass einer der beiden Gartenbauer in Jona neben Zwergen auch Drogen herstellte und verkaufte, doch dieser Mann verfügte zu alledem über Gartengeräte wie zum Beispiel eine Kettensäge oder Axt. Geräte, mit denen man einen Garten wie jenen von Dario Hauenstein umpflügen könnte. Und die nötige Kraft dafür hätte er auch. Wenn man bedachte, wie sehr alles zusammenhing – Rauschgift, Gartenzwerge, Tötungsdelikte, die Verwüstung der Gartenparzelle des Kaminfegers –, dann konnte man schon auf gewisse Ideen kommen … Doch das ist natürlich ein Schuss ins Blaue, überlegte Lutz.

In diesem Augenblick fragte Schmidt unvermittelt: »Kennen Sie einen Mann namens Dario Hauenstein, Herr Marty? Er ist … er war der örtliche Kaminfegermeister.«

Dem Jungen war also der gleiche Gedanke gekommen.

Renzo Marty runzelte die Stirn. »Du meinst den Mann, der am Donnerstag im Wald tot aufgefunden wurde? Nein, den kannte ich nicht. Warum?«

»Sein Garten wurde verwüstet«, erklärte Schmidt und baute sich breitbeinig vor ihm auf. »Mit einer Kettensäge vermutlich. Und Sie führen hier nicht nur Kettensägen, sondern sehen auch so aus, als könnten Sie damit umgehen.«

Lutz hatte gerade ein sehr lebhaftes Bild von sich selbst vor Augen, wie er Schmidt mit beiden Händen würgte. Mit zusammengebissenen Zähnen wartete er darauf, wie Renzo Marty die Provokation aufnahm.

Die Augen des Gartenbauers verengten sich, und Lutz befürchtete das Schlimmste. Doch dann kräuselten sich dessen Mundwinkel zu einem grimmigen Schmunzeln. Mit zwei, drei Schritten war er an der Wand, nahm eine Kettensäge vom Haken und hielt sie Schmidt unter die Nase.

»Um deine Frage zu beantworten, Bulle: Ja, ich kann mit einer Kettensäge umgehen, aber nein, ich habe mich nicht ausgetobt im Garten dieses Kaminfegers, denn ich kannte ihn nicht, verstehst du?«

Schmidt blieb furchtlos stehen und würdigte die Kettensäge keines Blickes, sodass Lutz sich innerlich an den Kopf fasste. Der Junge stellte gerne sein Misstrauen zur Schau, vermutlich, weil er irgendwann gehörte hatte, dass sich dies für einen Polizisten so gehörte, doch es entsprach nicht seiner Natur. Schmidt war so naiv, dass es wehtat, und seine Gutmütigkeit verlieh ihm das irrationale Urvertrauen, dass ihm nichts passieren könne. Er würde sich erst dann aus der Ruhe bringen lassen, wenn Renzo Marty damit anfing, ihm mit laufender Kettensäge die Halsschlagader zu durchtrennen. Eine gefährliche Eigenschaft für einen Polizisten.

Deshalb wunderte sich Lutz nicht, als der Junge völlig ungerührt noch einen draufsetzte. »Wo waren Sie eigentlich am vergangenen Mittwochabend, Herr Marty?«

Der Angesprochene hängte die Kettensäge an ihren Platz zurück. »Am Mittwochabend war ich bis zur Sperrstunde im Al
Porto. Ich habe dort bis drei Uhr mit Freunden zusammengeses-
sen«, antwortete er gelassen. »Wir haben gespielt und geredet.
Die Wirtin kann euch das bestätigen.«

»Und am Dienstagabend, dem zweiten August?« Schmidt
hatte nicht vor, lockerzulassen.

»Da war ich unterwegs«, entgegnete Renzo Marty, lehnte sich
ans Regal neben ihm, kreuzte die Arme vor der Brust und ließ
seine großen weißen Zähne sehen. »Eine Lieferung nach Wald,
eine nach Eschenbach, eine nach Rüti. So spare ich mir die
Portokosten für die Versandartikel. Anschließend traf ich mich
mit einem alten Schulkollegen – wieder im Al Porto.« Er lachte
trocken auf. »Ihr kennt ihn sogar, den Schulkollegen. Sein
Name ist Salomon Dubois.«

»Aha«, machte Schmidt. »Und wie steht es mit Leon Bär,
kennen Sie den?«

Der Mann hielt den Blick auf Schmidt gerichtet und schien zu
überlegen. »Ja, den kenne ich«, erwiderte er schließlich. »Ich bin
mit Bianca von Arx zur Schule gegangen. Leon ist ihr kleiner Bruder. Hab ihn schon Jahre nicht mehr gesehen. Warum fragst du?«

Ein Kaff, dachte Lutz mit grimmiger Belustigung, dieses
Rapperswil ist ein verdammtes Kaff, in dem einfach jeder jeden
kennt. Als einer, der in der Stadt Zürich aufgewachsen war, fand
er das dichte Netz an Bekanntschaften nicht nur befremdlich;
es beunruhigte ihn.

»Mir sind die Pappschachteln in Martys Büro aufgefallen«, er-
wähnte Schmidt etwas zusammenhangslos, während Lutz und

er zu Fuß der Rapperswiler Innenstadt zustrebten. Da er sein Fahrrad schieben musste, verkürzten sich seine Schritte auf ein Maß, das Lutz nicht ganz so unerträglich fand wie sonst immer.

Dennoch geriet er ein wenig ins Schnaufen. »Eigenartige, hochformatige Pappschachteln, die aussehen wie jene mit den Zwergen, die er uns gezeigt hat?«, stieß er leicht abgehackt hervor. »Ja, die sind mir auch ins Auge gefallen. Aber nur, weil wir vermuten, dass sich in diesen Schachteln ein Zwerg namens Horst verbirgt, erhalten wir keinen Durchsuchungsbefehl. Die Argumentationskette vom Zwerg bis zum Drogentransportvehikel ist noch zu dürftig.«

Schmidt trommelte auf den Fahrradlenker. »Wir sollten uns die Halle nochmals ansehen – am besten, wenn Pokerface Renzo Marty nicht anwesend ist.«

Lutz warf dem Jungen einen erstaunten Blick zu. War das tatsächlich Schmidt, der das vorschlug; der überkorrekte Frischling, der sich strikter an die Weisungen hielt als jeder Vorgesetzte? Sollte ihn das beunruhigen, weil es ziemlich sicher auf seinen Einfluss zurückging? Andererseits, was konnte er dafür, wenn Schmidt beschloss, kreativ zu ermitteln? Soweit er sich erinnerte, war es lediglich seine Aufgabe, dafür sorgen, dass der Junge dabei keine Dummheiten machte.

Nachdenklich kratzte sich Lutz an der Wange. »Wenn ich raten müsste, dann würde ich sagen, dass Malin sich mit Schlössern auskennt«, sagte er schließlich. Dann glitten seine Gedanken zu Hanna und ihrer neuen Frisur. Er konnte sie heute Abend bei der Verabredung mit seinem alten Kumpel Koni und den ganzen Freunden nicht im Stich lassen, sie hatte sich darauf gefreut. Zum ersten Mal bedauerte er, dass die Abendessen bei ihren gemeinsamen Freunden in Zürich immer bis weit nach Mitternacht dauerten. Doch dann fiel ihm ein, dass das möglicherweise gar nicht so schlecht war.

»Um drei Uhr vor Renzo Martys Lagerhalle«, schlug er deshalb vor.

Schmidt grinste. »Drei Uhr. Mission Horst. Ich werde Malin anrufen und fragen, ob sie mitkommt.«

Tammisiech, dieser Schmidt. Zwei Worte und sein bescheuertes Grinsen reichten, dass man sich vorkam wie auf einer Schnitzeljagd im Kindergarten.

Ein fahler Halbmond leuchtete über der Feldistraße, als sich Lutz in einem nahen Busunterstand niederließ, um Schmiere zu sitzen – bestens getarnt mit einem alten Mantel, der nach Suffkopf aussah, und einem Atem, der nach Konis gutem Grappa roch. Tauchte jemand auf, würde er herumkrakeelen und auf diese Weise von den beiden jungen Polizisten ablenken, die sich jetzt am Tor zu Renzo Martys Gartenbaufirma zu schaffen machten. Das Schloss schien für Malin kein großes Hindernis darzustellen. Es verging keine Minute, bis sie und Schmidt im Inneren der Lagerhalle verschwunden waren. Und Lutz wunderte sich einmal mehr, welche Karriere Malin wohl eingeschlagen hätte, wäre sie nicht Polizistin geworden.

Eine ganze Weile passierte nichts. Lutz bereute bereits, dass er nicht tatsächlich eine Flasche Grappa mitgenommen hatte, um sich die Zeit zu vertreiben, als beim Aldi vorne plötzlich eine Gestalt auftauchte. Er kniff die Augen zusammen, um besser erkennen zu können, wer das sein mochte, und erschrak, als die Gestalt die Straßenseite wechselte und zielstrebig auf ihn zusteuerte. Es war ein Mann, groß und athletisch gebaut, so viel konnte er im spärlichen Licht der Straßenlaternen ausmachen. Tammisiech, das durfte nicht wahr sein! Was wollte der Typ um diese Uhrzeit hier? Busse fuhren nicht mehr. Wollte er ihn ausrauben? Während Lutz angespannt zwischen halb geschlossenen Lidern hervorlinste und rollengetreu Sinnloses vor sich hin brabbelte, erkannte er zu seiner Erleichterung, dass der Mann einen Gurt mit Utensilien und die dunkelblaue Uniform eines Zürcher Sicherheitsunternehmens trug. Niemand also, der ihn überfallen würde.

In diesem Moment hörte er aus der Richtung von Renzo Martys Gartenbaufirma einen Knall und fuhr zusammen. Die Tür war ins Schloss gefallen, und Lutz sah zwei Gestalten weghuschen – Malin und Schmidt. Aufgeschreckt drehte der Sicherheitsmann den Kopf, doch die beiden jungen Polizisten hatten sich bereits ins Dunkel neben der Gartenbaufirma gedrückt und waren nicht mehr zu sehen. Zu Lutz' ungeheurer Erleichterung entschied sich der Sicherheitsmann, dem Knall keine weitere Beachtung zu schenken. Seine Schicht war zu Ende. Außerhalb seines Arbeitsgebietes obskuren Geräuschen nachzugehen, dafür war er nicht zuständig.

»Hé, Alter, hast du Feuer?«, erkundigte er sich, an Lutz herantretend.

»Nee«, brummelte Lutz undeutlich, worauf der Sicherheitsmann enttäuscht grunzte und sich mit federnden Schritten Richtung Geberit davonmachte.

Vorsichtig nach allen Seiten spähend traten Schmidt und Malin aus ihrer Ecke und gesellten sich zu Lutz in seinen Busunterstand.

»Na endlich«, beschwerte sich dieser. Für die Art Nervenkitzel, bei der man Ruf und Karriere aufs Spiel setzte, fühlte er sich entschieden zu alt.

»Und?«, setzte er ungeduldig hinzu.

»Bingo«, sagte Malin selbstzufrieden, und sie und Schmidt klatschten sich ab. »Wir haben den Horst und seine Zwillingsbrüder gefunden. Etwa hundertzwanzig Zwerge aus Ton mit Axt und einem Hohlraum, der genügend Platz aufweist, um ein paar Gramm Illegales zu verstecken!«

207

Ein grimmiges Lächeln lief über Lutz' Gesicht. Sie hatten ihn. Renzo Marty war der skrupellose Rauschgifthändler, der das gefährliche MPPP anderen Dealern oder direkt an ahnungslose Abhängige verkaufte, davon konnten sie jetzt ausgehen. Er war es, der das Leben von fünf jungen Menschen und vermutlich noch einigen mehr auf dem Gewissen hatte.

Wie der Gartenbauer selbst erzählt hatte, lieferte er in der Umgebung regelmäßig Versandartikel aus, hätte also neben Wildbienenkästen und Gartenbeleuchtung problemlos auch mit Rauschmittel gefüllte Zwerge zustellen können. Was ihn definitiv an die Spitze ihrer Verdächtigen-Liste katapultierte, war jedoch die Tatsache, dass er abgestritten hatte, die beliebten Gartenzwerge mit Axt zu vertreiben. Hätte Marty nichts mit den Drogen zu schaffen, dann wäre es schwer verständlich, warum er ihm und Schmidt Zwerg Horst vorenthielt.

»Allerdings haben wir keine Spur des Stoffs entdeckt«, wandte Schmidt ein. Das erstaunte Lutz nicht. Nachdem alle Zeitungen die Geschichte über das verpfuschte synthetische Heroin und seine tragischen Folgen aufgenommen hatten, musste jeder halbwegs gescheite Dealer und Produzent im Umkreis von zehn Kilometern seine Ware an einen Spürhund-sicheren Platz gezügelt haben.

»Und jetzt?«, wollte Malin wissen. »Geben wir der Staatsanwaltschaft einen Tipp und überlassen den ganzen Mist der Drogenfahndung?«

Lutz nickte. Sollten die Spezialisten für Betäubungsmitteldelikte die Halle von Renzo Marty, seine Wohnung und mögliche weitere Immobilien auseinandernehmen; sie hatten momentan genügend damit zu tun, drei Mordfälle aufzuklären. Was er aber nicht anderen zu überlassen gedachte, war der Hintergrundcheck von Renzo Marty. Stimmten seine Alibis, denen zufolge er sich zum Zeitpunkt der Morde im Al Porto und in Gesellschaft von Salomon Dubois aufgehalten hatte? Traf es zu, dass er weder Dario Hauenstein noch Fiona Bär gekannt und Leon Bär jahrelang nicht gesehen hatte? Man würde sehen.

27

Sonntag, 21. August

Wie die Staatsanwaltschaft es argumentativ hingebogen hatte, wusste Lutz nicht. Aber als er am Sonntagnachmittag für die Einvernahme von Jael Ammann auf den Posten kam, schmorte Renzo Marty schon zwei Stunden in der Einstellzelle, während die aus Sankt Gallen angereisten Drogenfahnder in Begleitung des Rapperswiler Stadtweibels seine Lagerhalle an der Feldistraße in Jona, seine Wohnung in der Rapperswiler Innenstadt sowie einen Schuppen in Rüti durchkämmten, den der Gartenbauer als Lagerraum für größere Landmaschinen nutzte.

Wie es schien, hatten die Drogenfahnder vor, Renzo Marty erst mürbe zu machen, bevor sie ihn in die Zange nahmen. Lutz war gespannt auf das Ergebnis.

Im Gegensatz zu Renzo Marty, der entspannt und mit ausgestreckten Beinen auf einem Stuhl saß und Dreck unter seinen Fingernägeln hervorpulte, war Jael Ammann alles andere als gelassen.

»Konnte das nicht bis Montag warten?«, fauchte die Tourismusdirektorin Lutz und Schmidt an, als sie an ihnen vorbei in den Einvernahmeraum rauschte. »Ich weiß ja nicht einmal, was mir vorgeworfen wird!« Sie platzierte ihre übergroße Handtasche neben sich auf dem Tisch und blieb stehen, um anzuzeigen, dass sie nicht vorhatte, lange zu bleiben.

»Sie stehen unter Verdacht, Dario Hauenstein und Fiona Bär ermordet zu haben, und Ihre mangelnde Kooperationsbereitschaft spricht nicht zu Ihren Gunsten«, stellte Schmidt klar und klopfte, seine Worte unterstreichend, mit der flachen Hand auf den Tisch. »Wenn ich Sie wäre, Frau Ammann, dann würde ich das schleunigst ändern. Und jetzt setzen Sie sich bitte.«

Eines musste man dem Jungen lassen. Mit ihm wurde es nie langweilig. Lutz war gespannt auf den weiteren Verlauf der Vernehmung, die er – Hannas mahnende Worte im Hinterkopf – dieses Mal Schmidt zu überlassen gedachte.

Jael Ammann presste die Lippen zusammen, und ihre Augenlider zitterten verunsichert. Schmidts Ansage war nicht ohne Wirkung geblieben.

»Beginnen wir mit dem Tod von Dario Hauenstein«, sagte Schmidt. »Laut Ihrer Auskunft hielten Sie sich am Mittwochabend um neunzehn Uhr auf dem Vitaparcours im Joner Wald auf – dem Zeitraum also, in dem Dario Hauenstein umgebracht wurde. Sie sind kräftig genug, um ihn erwürgen und danach an der Vitaparcours-Station mit den Ringen aufhängen zu können. Doch das ist noch nicht alles: Sie haben uns schamlos angelogen, denn Dario Hauenstein war Ihnen nicht nur von einer oberflächlichen Diskussion über Gartenbeleuchtungen bekannt. Sie waren eine langjährige Kundin seines Kaminfegerunternehmens. Verraten Sie mir also, Frau Ammann, weshalb wir Sie nicht augenblicklich in Untersuchungshaft nehmen sollen.«

Eine steile Falte zwischen den Brauen, blickte Jael Ammann Schmidt wütend an. »Wie können Sie es wagen, mich derlei Dingen zu beschuldigen! Wissen Sie nicht, mit wem Sie es zu tun haben? Ich bin nicht irgendeine hergelaufene Ziege, sondern die Tourismusdirektorin dieser Stadt!«

Lutz fuhr sich mit der Hand über die Augen. Diese Art Mensch weckte in ihm stets das Bedürfnis, sich ganz unprofessionell zu verhalten, was in diesem Fall darauf hinausliefe, der Dame mitzuteilen, dass er die Gesellschaft einer Ziege jederzeit vorzog. Doch er wusste, wann der Schaden den Nutzen überstieg, und riss sich zusammen.

»Beantworten Sie meine Frage«, forderte Schmidt ungerührt. »Es sei denn, Sie wollen einen Anwalt beiziehen.«

»Wissen Sie was? Das sollte ich tun! Ich habe Rechte!« Jael Ammann schnaubte empört. »Andererseits will ich nicht noch mehr Aufsehen erregen. Man schaut auf mich, ich habe ein Ansehen. Fragen Sie also, was Sie fragen müssen, damit ich hier schnell raus bin.« Sie wedelte ungeduldig mit der Hand.

»Warum haben Sie, Frau Tourismusdirektorin, uns angelogen, was Ihre Bekanntschaft mit dem Kaminfeger betrifft?«, fragte Schmidt. Fast glaubte Lutz, hinter der förmlichen Anrede einen Funken Ironie zu erkennen, doch da es sich um Schmidt handelte, musste er sich wohl täuschen.

Jetzt, da Jael Ammann sich großmütig entschlossen hatte zu reden, sprudelten die Worte wie aus einer ergiebigen Quelle. Bei der letzten amtlichen Kontrolle habe Dario Hauenstein festgestellt, dass sie in ihrem Cheminée Hausmüll entsorge, erzählte sie. Daraufhin habe er ihr angeboten, eine Gebühr zu zahlen, um eine Anzeige zu vermeiden.

»Das fand ich höchst merkwürdig. Denn ich war mir sicher, dass ich nie Kehricht in meinem Cheminée verbrannt hatte. Das ist klimaschädlich, und wie gesagt, man schaut auf mich. Ich warf dem Hauenstein also vor, dass er seine Kontrollergebnisse frisiere, woraufhin er mir drohte, mich wegen illegaler Müllverbrennung anzuzeigen. Nach einer längeren Diskussion einigten wir uns schließlich darauf, die Waffen ruhen zu lassen. Es wäre für uns beide fatal gewesen, zu viel Aufsehen zu erregen.« Sie verzog den Mund zu einem unechten Lächeln. »Es war eine sehr lästige und peinliche Geschichte. Bestimmt verstehen Sie jetzt, weshalb ich nicht gerade erpicht darauf war, Ihnen von unserer Bekanntschaft zu erzählen. Und wenn Sie keine weiteren Fragen mehr haben, dann gehe ich jetzt.« Sie erhob sich und griff nach ihrer Handtasche.

»Doch, doch, wir haben noch weitere Fragen, Frau Tourismusdirektorin«, sagte Schmidt aufgeräumt und bedeutete Jael Ammann mit einer Handbewegung, sich wieder zu setzen. Sie blieb trotzig stehen, und ihre Hand, mit der sie den Griff umklammerte, wurde weiß.

»Es ist sogar so«, fuhr Schmidt fort, »dass die wichtigen Fragen erst noch kommen. Wie sich herausgestellt hat, sind Sie nämlich gut bekannt mit Theo Szalai, dem Wittwer von Fiona Bär, und wir würden gerne wissen, wo Sie sich aufgehalten haben, als seine Ehefrau ums Leben kam.«

»Wo ich mich aufgehalten habe?« Gereizt klemmte sich Jael Ammann die Handtasche unter den Arm. »Wissen Sie was? Sie können mich hier nicht festhalten. Wenn Sie mich noch einmal sprechen wollen, dann nur in Anwesenheit meines Anwalts.«

Maliziös lächelnd drehte sie sich um und verließ den Einvernahmeraum, ohne noch einmal das Wort an sie zu richten. Die Quelle war versiegt.

»Nehmen wir sie fest?«, wollte Schmidt wissen, zückte die Handschellen und ließ sie erwartungsvoll klappern.

»Es wäre reizvoll«, gab Lutz zu, »aber da weder Verdunklungs- noch Wiederholungsgefahr besteht, hat der Staatsanwalt zum jetzigen Zeitpunkt keine Handhabe, sie einzusperren, und abtauchen wird sie wohl nicht.«

»Nein, denn das würde ja ihrem Ansehen schaden«, meinte Schmidt grinsend – diesmal eindeutig ironisch.

Spätestens nach der Konferenzschaltung mit Aiva eine Stunde später bedauerte Lutz, dass Jael Ammann sich frühzeitig vom Acker gemacht hatte. Denn Aiva hatte ein paar höchst brisante Details über die Direktorin zu Tage gefördert. Wie sie das geschafft hatte, das wollte Lutz gar nicht wissen.

Laut Aivas Recherchen schien es zuzutreffen, was Jael Ammann über ihre erste und letzte Begegnung mit Fiona Bär gesagt hatte: Die beiden waren nur gerade an dieser einen Stadtratssitzung aufeinandergetroffen, als es um die Pläne für den Stadttunnel ging. Die Tourismusdirektorin kannte Fiona Bär also nur flüchtig. Umso besser allerdings Theo Szalai, ihren Ehemann. Wie Aiva erzählte, hatten Jael Ammann und Theo Szalai vor knapp dreißig Jahren ein gemeinsames Bankkonto unterhalten, von dem sie die Miete für eine Wohnung in Zürich bezahlt hatten. Nach sieben Jahren hatte Theo Szalai das Bankkonto aufgelöst und sich in Zürich abgemeldet, um ein paar Tage später im Register des Einwohneramtes von Jona aufzutauchen – unter der gleichen Adresse wie Fiona Bär.

Schmidt gluckste. »Theo Szalai, der verknorzte Professorentyp, hatte also einst eine Beziehung zu Jael Ammann?«

Es musste ja nicht gleich eine Beziehung sein, fand Lutz; die beiden konnten auch einfach zusammen in einer Wohngemeinschaft gelebt haben. Interessant war jedoch die Tatsache, dass sich Jael Ammann und Theo Szalai erst kürzlich in einem Restaurant in der Enge wiedergesehen hatten. Ließen sie gerade das, worin ihre Bekanntschaft einst bestanden hatte, wieder aufleben? Wenn das zutraf, dann war es gut möglich, dass Fiona Bär ihnen im Weg gewesen war. Ehefrauen oder Ehemänner hatten das bei Zweitbeziehungen so an sich.

Das andere, das Aiva herausgefunden hatte, war kaum weniger spektakulär. Jael Ammann fuhr einen silbernen Landrover Defender – mit Ganzjahresreifen. Diese Art Reifen vereinte die

Profile von Sommer- und Winterreifen: große Längsrillen und zickzackförmige Lamellen, wobei Letztere sich im Unterschied zu den Winterreifen ausschließlich in der Mitte befanden. Da die Reifen zwar nicht gewechselt werden mussten, sich jedoch schneller abnutzten, einen höheren Rollwiderstand hatten und mehr Sprit verbrauchten, entschied sich nur gerade ein Viertel aller Autofahrer für diese Art von Bereifung.

»Und jetzt kommt's«, verkündete Aiva mit kaum unterdrückter Erregung. »Das Reifenprofil von Jael Ammanns Landrover Defender ist genau das gleiche, das die Gerichtsmediziner und Kriminaltechniker auf Fiona Bärs totem Körper und ihren Kleidern gefunden haben. Wenn das mal kein Zufall ist!«

War es Jael Ammann gewesen, die Fiona Bär – getrieben von Liebe, Eifersucht, Hass oder einer Mischung aus alledem – überfahren hatte? War es ihre und Theo Szalais Idee gewesen, die Ehefrau aus dem Weg zu räumen? Und wusste Theo Szalai womöglich doch Bescheid über die Machenschaften des Kaminfegers und den Streit zwischen ihm und seiner Frau?

Keine Frage, dachte Lutz; Jael Ammann muss noch einmal antanzen, und zwar gleich am Montag. Ebenso Theo Szalai, der vielleicht gar nicht so untröstliche Wittwer.

»Und teil dem Staatsanwalt bitte mit, dass er sich diesmal nicht vor der Befragung drücken kann«, sagte Lutz, bevor Aiva die Konferenzschaltung beendete. Im Normalfall war er ganz froh, dass Magnus Obrecht es vorzog, alles zu vermeiden, was nach Arbeit aussah. Aber dieses Mal war die Anwesenheit des Staatsanwalts zwingend. Falls sich Theo Szalai oder Jael Ammann als schuldig erweisen sollten, brauchten sie die Schnapsgurgel, um bei Gericht Untersuchungshaft zu beantragen.

»Glaubst du, dass es Jael Ammann war?«, erkundigte sich Schmidt und ruckelte nervös mit den Füßen. »Hat die Tourismusdirektorin einen Doppelmord begangen – womöglich mit Theo Szalai als Komplizen?«

»Du bist es doch, der für alles eine Theorie hat«, erwiderte Lutz flapsig. In der Vergangenheit hatten sich Schmidts abstruse Verschwörungstheorien oft als zuverlässige Indikatoren für das Gegenteil erwiesen. Dass der Junge sich so zurückhaltend gab und seine unausgereiften Ideen nicht wie sonst ungefiltert in die Welt posaunte, erstaunte ihn. Beinahe konnte man meinen, er habe etwas gelernt.

»Na ja, dieses Mal bin ich mir eben nicht ganz sicher«, gab Schmidt zu. Die Welt war nicht länger, was sie einst war.

Renzo Marty, sahen Lutz und Schmidt, als sie nach Hause aufbrachen, saß noch immer im Einvernahmeraum und wartete auf seine Befragung. Die Fingernägel schienen so weit sauber geworden zu sein, dass er es sich erlauben konnte, etwas zu dösen.

Barbara und Ted waren nicht gerade begeistert von ihrer Aufgabe, den Gartenbauer zu bewachen. »Jetzt sind es bald drei Stunden«, murrte Ted. »Das ist die gründlichste Durchsuchung aller Zeiten. Ich hoffe, dass die Spürnasen aus Sankt Gallen wenigstens etwas finden.«

Schmidt gähnte ausgiebig, und seine Augenlider bewegten sich auf halbmast. Er sah aus, wie Lutz sich fühlte.

Barbara, die einen Kugelschreiber zwischen ihren Fingern rotieren ließ, hielt mitten in der Bewegung inne und richtete den Stift wie eine Waffe auf Lutz und Schmidt. »Kann es sein, dass wir das ganze Spektakel mit den Drogenfahndern euch verdanken? Von irgendwo scheinen die nämlich einen Tipp gekriegt zu haben. Gleichzeitig seht ihr so aus, als hättet ihr euch die Nacht mit einem … ähm … interessanten Ausflug um die Ohren geschlagen.«

»In meinem Alter?«, winkte Lutz gespielt verwundert ab. »Da macht man nachts doch keine Ausflüge mehr.«

Barbara und Ted schmunzelten. Sie versprachen, Bescheid zu geben, falls sich etwas ergab.

28

Sonntag, 21. August

Das rote Heft, 2010

B hat bei den Abrechnungen Geld unterschlagen. Jetzt hat sie Angst, dass es auffliegt, und will es erstatten. Ich leihe ihr fünftausend Franken, rückzahlbar in einem Jahr, dafür besorgt sie mir eine Einladung zur Party von V.

Das Netz zog sich zusammen. Dieser Polizist, Lutz, stellte unangenehme Fragen, bohrte nach, gab nicht auf und drang immer tiefer in das sorgfältig gesponnene Geflecht aus viel verzweigten Beziehungen und raffiniert eingefädelten Deals ein. So zumindest lautete die Einschätzung der Quelle, die im Herzen der Rapperswiler Polizei entsprang, seit Jahren zuverlässig sprudelte und niemals versiegen würde, dafür war gesorgt.

Doch es gab einen Weg, den Verdacht umzulenken, den lästigen Polizisten von der Spur abzubringen oder ihn sogar zu stoppen. Die Person, die mit Abstand die heikelste Position im Machtgefüge bekleidete – der Störfaktor –, musste aus dem Verkehr gezogen werden. Für immer verschwinden. Noch heute.

»Pack deine Sachen. Du wirst tun, was ich sage.«
    »Und wenn ich mich weigere?«

»Mittlerweile sollte dir klar sein, was mit Menschen geschieht, die es wagen, sich mir zu widersetzen.«

Das waren die letzten Worte, die der Störfaktor vernahm, bevor sich die Tür zum feuchten Kellerraum schloss und er alleine in der Dunkelheit zurückblieb. Ins Ausland gehen. Für immer. Oder sterben. Das war die Wahl.

29

Montag, 22. August

Lutz erwachte mit dem unguten Gefühl, etwas Entscheidendes verpasst zu haben.

»Lass mich raten«, sagte Hanna und warf ihm über den Garderobenspiegel hinweg einen süffisanten Blick zu, »könnte es sich dabei um dein freies Wochenende handeln?«

»Ach«, antwortete Lutz nur, während er eines seiner karierten Hemden zuknöpfte.

»Ich hoffe sehr, dass das ein ›Ich-hole-es-nach-Ach‹ war«, kommentierte Hanna und griff nach den Hausschlüsseln. »Du solltest auf dich achtgeben, weißt du? Bis später. Wenn Janine und du heute Abend euer Schachspiel beendet habt, komme ich vielleicht noch schnell vorbei.« Sie umarmte ihn und gab ihm einen Kuss, dann brach sie zum Bahnhof auf, um den Halb-sieben-Uhr-Zug auf die Arbeit zu erwischen.

Ein Gefühl der Wärme stieg in Lutz auf. Es gab lose Verabredungen, feste Dates, einige Verpflichtungen in seiner Beziehung zu Hanna, man sorgte sich umeinander, diskutierte, stritt, und doch führte jeder von ihnen ein eigenes Leben – bislang war keine seiner Befürchtungen wahr geworden. Das Zusammenwohnen fühlte sich gut an. Aber wer wusste schon, was kam? Das Debakel mit Brigitte hatte ihn gelehrt, dass nichts wirklich sicher war, sich das ganze Leben von der einen auf die andere Sekunde ändern konnte.

Sich die Augen reibend schleppte sich Lutz in die Küche und warf einen Blick auf die Frontseite des Rapperswiler Anzeigers. Da er nicht im Geringsten masochistisch veranlagt war – die Wampe ließ grüßen –, hatte er es in den letzten Tagen vermieden, Zeitung zu lesen. Jetzt aber erregte eine Schlagzeile seine Aufmerksamkeit: »Lokaler Unternehmer kauft Schwanen auf«.

»Das ging schnell«, murmelte Lutz. Nur vier Tage nach der öffentlichen Ausschreibung hatten die Polen offenbar jemanden gefunden, der das Hotel an bester Lage zu übernehmen bereit war und den Vertrag dafür bereits unterzeichnet hatte. Und dieser jemand, so hieß es im Artikel, war niemand Geringerer als Max Vogt, Transportunternehmer und Nachbar der verstorbenen Fiona Bär.

»Ich wollte vor allem vermeiden, dass das Hotel Schwanen wieder so lange leer steht, und freue mich, neben meinem Transportunternehmen einen ganz neuen Geschäftszweig aufbauen zu können«, zitierte der Rapperswiler Anzeiger Max Vogt.

Zu Aussagen über das künftige Gastro- und Beherbergungskonzept, über den neuen Pächter oder gar einem Interview, das dieser spektakulären Neuigkeit angemessen gewesen wäre, hatte sich Max Vogt nicht hinreißen lassen. So wortkarg, bescheiden und großherzig hatte Lutz ihn gar nicht in Erinnerung. War es vielleicht der Kranunfall vor drei Wochen, der den Transportunternehmer bewogen hatte, sich nach einem neuen Gewerbe umzusehen? War ihm das Risiko zu groß geworden, oder hatte er mit dem Kauf des Hotels einfach eine gute Gelegenheit ergriffen? So oder so – die Nachricht war überraschend, fand Lutz. Und auch ein wenig merkwürdig.

Im Gegensatz zu Max Vogt nahm der Stadtrat Elias Zuppiger die Plattform, sich zu profilieren, gerne wahr: »So leid es uns um die gemeinsame Geschichte mit unseren Freunden, den Polen, tut, die auf die Aufstände Ende des neunzehnten Jahrhunderts gegen die russische Herrschaft zurückgeht; wir müssen akzeptieren, dass sie sich zurückziehen wollen. Angesichts des Kriegs an den Toren ihres Landes ist es verständlich, dass der polnische Staat seine Prioritäten neu definieren muss.«

Zu den zwei Morden – vom dritten an Leon Bär wusste die Presse bislang nichts – gab es lediglich eine Kurzmitteilung in der Seitenspalte. Christine Imhof ließ verlauten, dass die Polizei alle ihre Kräfte auf die Aufklärung der Tötungsdelikte konzentriere, aus ermittlungstaktischen Gründen momentan jedoch keine weiteren Auskünfte erteilen könne. Damit implizierte sie geschickt, dass die Polizei durchaus neue Erkenntnisse hatte, diese der Öffentlichkeit aber vorenthalten musste, da die Lösung des Falls unmittelbar bevorstand.

Lutz legte die Zeitung beiseite, trank seinen Kaffee aus und schlüpfte in seine ledernen Schnürschuhe. Er grunzte unzufrieden. Dass Schmidt und er gestern von Barbara und Ted nichts mehr zum Ergebnis der Hausdurchsuchung bei Gartenbauer Renzo Marty gehört hatten, beunruhigte ihn. Es war kein gutes Zeichen.

Die Miene der Imhof, die heute für die Teamsitzung nach Rapperswil gekommen war, bestätigte dies. Sie wirkte selbstbeherrscht wie immer, doch Lutz spürte deutlich ihre Anspannung, als sie sich im Sitzungszimmer an die Runde wandte. Anwesend waren die üblichen Verdächtigen: Carlo, Schmidt, Malin, Sebastian, Barbara, Ted und ein paar weitere Kantonspolizisten. Es roch nach Kaffee und aus nicht nachvollziehbaren Gründen nach alten Büchern und Zeitungspapier.

Christine Imhof stützte sich auf dem Sitzungstisch ab und holte Luft. Sie war nicht der Typ, eine Standpauke zu halten, aber sie rief ihnen in ihrem üblichen Stakkato an kurzen Sätzen eindringlich in Erinnerung, dass die Bevölkerung ein Recht auf Antworten hatte.

»Drei Menschen sind tot, etliche vergiftet. Durch eine Droge, die ausschließlich in Rapperswil und der unmittelbaren Umgebung im Umlauf ist.« Sie presste für einen Augenblick die Lippen zusammen, dann räusperte sie sich und nahm jedes Teammitglied einzeln ins Visier. »Die Bevölkerung von Rapperswil macht sich Sorgen. Täglich gehen Anrufe und E-Mails ein. Die Menschen wollen wissen, ob Rapperswil noch eine sichere und lebenswerte Stadt ist.«

Sie warf Lutz einen Seitenblick zu, der alles andere als freundlich war: »Und falsche Alarme wie der gestrige sind unserem Ansehen nicht förderlich. Unsere Drogenfahnder und ihre Hunde haben sämtliche Immobilien dieses Renzo Marty auf den Kopf gestellt und nicht die kleinste Spur von synthetischem Heroin oder anderen Betäubungsmitteln gefunden. Das nächste Mal werden sie genau überlegen, ob sie wirklich aus Sankt Gallen anrücken wollen.«

Lutz akzeptierte den Vorwurf stillschweigend. Er hatte ihm nichts entgegenzusetzen. Das Resultat sprach für sich und gab der Imhof recht.

Er wusste es zu schätzen, dass weder Barbara und Ted, die ihren Sonntag geopfert, noch Malin und Schmidt, die auf Schlaf verzichtet hatten, um mit ihm Martys Lagerhalle zu besuchen, eine Miene verzogen.

»Damit zurück zu den Morden«, kommandierte die Imhof. »Was haben die Überwachungskameras im Spital Linth aufgezeichnet?«

Das Spital Linth habe am Haupteingang, in der Empfangshalle und der Tiefgarage Videokameras installiert, erklärte Malin, nicht aber in den Korridoren. Wer außer den Ärzten und dem Pflegepersonal sonst noch in Leon Bärs Zimmer gewesen war, das lasse sich also nicht eruieren. »Doch die Kamera in der Empfangshalle zeigt, dass Bianca von Arx am Dienstagmorgen, am Donnerstagmorgen und am Donnerstagnachmittag zu Besuch war.«

»Laut ihrer Aussage war sie aber nur zwei Mal da«, korrigierte Schmidt. »Am Dienstagmorgen und am Donnerstagmorgen.«

»Behauptet sie«, gab Malin zurück. »Du kannst dir die Standbilder der Aufzeichnungen gerne ansehen. Ich bin überzeugt, dass auf allen drei die Apothekerin zu sehen ist.«

Eigenartig, grübelte Lutz. Hatte Bianca von Arx sie angelogen? Er hatte nicht den Eindruck gehabt. Dem mussten sie auf jeden Fall nachgehen.

Der Hauptfokus jedoch lag heute auf Jael Ammann und Theo Szalai. Sie würden um fünfzehn beziehungsweise sechzehn Uhr mit ihren Anwälten erneut zur Einvernahme erscheinen. Auf diese Befragungen mussten sie sich gut vorbereiten. Die beiden waren die Einzigen auf ihrer Verdächtigenliste, die noch übrig geblieben waren.

Die Teamsitzung hatte alle ernüchtert. Schmidt und Malin verschwanden, um sich die Überwachungsvideos vom Spital Linth ein weiteres Mal anzusehen, Barbara und Ted nahmen sich die drei verbliebenen Gartenpächter vor, und Sebastian und ein junger Polizist namens Benny hatten den Coiffeur und Hobbygärtner Francesco Zaugg zur Befragung einbestellt, um ihm nochmals auf den Zahn fühlen.

»Er hat nur unter Druck preisgegeben, dass er wusste, wann Dario Hauensteins Garten verwüstet wurde. Vielleicht unterschlägt er noch mehr. Oder er verfügt über eine Information, deren Relevanz ihm gar nicht bewusst ist«, sagte Sebastian, und Lutz zollte ihm im Stillen Anerkennung für die Hoffnung, die in seiner Aussage mitschwang. Auch Sebastian musste klar sein, dass sie hier in einer Pfütze fischten, die trüber nicht sein konnte.

Die Imhof und er blieben alleine im Sitzungszimmer zurück.

»Du bist noch immer überzeugt, dass es dieser Gartenbauer Renzo Marty ist, der die Drogen vertickt, nicht wahr?«, fragte seine Chefin seufzend.

Eine gute Menschenkennerin, stellte Lutz nicht zum ersten Mal fest. Trotz des Misserfolgs bei den Durchsuchungen war er sich sicher, dass dieser Marty irgendwie in die Drogengeschichte verstrickt war.

»Der Zwerg mit der Axt ist der Schlüssel zum ganzen Schlamassel«, erwiderte er. »Und wenn mich mein Instinkt nicht trügt, dann auch zu mindestens einem der Morde. Alles hängt zusammen, und ich werde herausfinden, wie. Bald. Vertrau mir.«

Die Imhof sah ihn mit ihren stahlblauen Augen durchdringend an, dann rang sie sich ein schiefes Lächeln ab. »Mir bleibt wohl nichts anderes übrig.«

Gewissen Neuerungen muss man sich fügen, dachte Lutz, als er kurze Zeit später sein Büro betrat. Nie im Leben würde er weiße Sneaker anziehen, sich in den sozialen Medien herumtreiben oder alkoholfreies Bier trinken, aber mit dem elektronischen Whiteboard konnte er sich anfreunden, zumal es ja ohnehin schon im Büro stand. Doch wo, zum Teufel, startete man dieses Ding?

Er musste sich einen Überblick über die Geschehnisse der letzten Wochen verschaffen. Zusammentragen, filtern und kombinieren. Zu dumm, dass Schmidt nicht da war. Nur sein rotes Fahrrad stand wieder einmal im Weg herum.

Ihre Verdächtigen-Liste für den Doppelmord war mit Jael Ammann und Theo Szalai sozusagen auf eineinhalb Personen zusammengeschrumpft. Theo Szalai zählte nicht voll, da er zum Tatzeitpunkt an einer virtuellen Konferenz teilgenommen hatte und damit am Mord seiner Frau zumindest nicht direkt beteiligt war. Alle anderen, die einst auf ihrer Liste standen, hatten Alibis, kein ersichtliches Motiv, zwei Morde zu begehen, oder sie waren tot. So erfreulich es auch war, nur noch eineinhalb Tatverdächtige im Rennen zu haben, und so unsympathisch Jael Ammann auch auftrat: Waren die Tourismusdirektorin und ihr Freund, Theo Szalai, wirklich imstande dazu, zwei Menschen umzubringen? Das typische Kribbeln im Bauch, die leichte Nervosität und Genugtuung, einen Fall in Kürze aufzuklären, wollten sich bei Lutz dieses Mal nicht einstellen. Stattdessen plagte ihn noch immer das beunruhigende Gefühl, dass sie etwas Entscheidendes verpasst oder übersehen hatten. Selbst wenn sich herausstellen sollte, dass Jael Ammann und Theo Szalai die Stadtplanerin und den Kaminfeger auf dem Gewissen hatten, waren da immer noch die undurchsichtige Drogengeschichte und eine Menge Zufälle, die einfach nicht zusammenpassten.

Der erste Punkt in diesem Katalog an Merkwürdigkeiten war, dass sich nur schwer Gründe für die Tötung von Fiona Bär finden ließen. Niemand der Verdächtigen besaß ein Motiv, das Lutz wirklich überzeugte. Möglich, dass ihr Tod ein Unfall war. Doch wer machte sich dann die Mühe, ihre Leiche verschwinden zu lassen, und warum?

Ebenso undurchsichtig war der Tod von Dario Hauenstein. Am Dienstag vor drei Wochen hatte jemand seinen Garten verwüstet. Am gleichen Abend war Fiona Bär ums Leben gekommen, und der Kaminfeger hatte etwas gesehen, das ihn dazu veranlasste, einen Erpresserbrief zu schreiben. Vier Tage später hatte ihn jemand erdrosselt und aufgeknüpft.

Irgendwie passte die Verwüstung des Gartens nicht in diesen Dreiklang aus Verbrechen, Erpressung und Mord.

Lutz wurde den Eindruck nicht los, dass der Kaminfeger neben der Erpressung und der Abzocke an seinen Kunden noch an weiteren kriminellen Machenschaften beteiligt gewesen war. An Machenschaften, die eine Drohung oder Racheaktion rechtfertigten, die schwer zu ignorieren war.

Worin war der Kaminfeger neben der Erpressung noch verwickelt?, schrieb Lutz auf das Whiteboard, nachdem er endlich herausgefunden hatte, wie man es startete.

In Gedanken ließ er die verschiedenen Personen Revue passieren, mit denen sie in den vergangenen Wochen zu tun gehabt hatten. Da war natürlich Theo Szalai, frischgebackener Wittwer, der gar nicht so unglücklich darüber schien, dass seine Frau tot war. Und jetzt stellte sich heraus, dass er in Beziehung zu einer Frau stand, die für den Doppelmord infrage kam. »Ein Zufall?«, fragte Lutz in Richtung von Schmidts Fahrrad.

Ein weiterer eigenartiger Punkt war, dass Theo Szalais Neffe, Leon Bär, nicht nur die verstorbene Fiona Bär beerbte und Grund gehabt hätte, sie umzubringen, sondern dass er gleichzeitig in die Drogenaffäre verwickelt war. Und jemand hatte es für nötig befunden, ihn mit Rizin zum Schweigen zu bringen. Nur ihn, nicht aber die anderen Opfer des falsch synthetisierten MPPP, was nahelegte, dass er mehr über die Drogengeschäfte wusste als ein normaler Konsument. Oder war es doch andersherum und sein Tod hing mit dem Mord an seiner Tante zusammen?

»Die Morde, die Rauschgiftaffäre – alles ist miteinander verknüpft und verbunden«, erklärte Lutz Schmidts rotem Fahrrad und schrieb: Leon Bär ist das Verbindungsglied zwischen Morden und Drogen.

Auch Leon Bärs Schwester, die Apothekerin Bianca von Arx, erbte von Fiona Bär. Das Verhältnis zu ihrem Bruder war schwer durchschaubar: Sie hatte ihn in die Arbeitslosigkeit abdriften und im Drogensumpf versinken lassen, doch seit er im Spital lag, schien sie tief betroffen, sogar verstört zu sein und hatte ihn zwei, eventuell sogar drei Mal besucht.

Apropos Spitalbesuche, wo steckte eigentlich Schmidt? Schauten Malin und er sich die Überwachungsvideos der vergangenen Tage vielleicht in voller Länge an?

Als habe man ihn gerufen, quetschte sich der Junge durch die Bürotür. »Du benutzt das Whiteboard«, stellte er fest und zog verwundert die Brauen hoch. »Das hätte ich jetzt nicht gedacht. Wie hast du überhaupt den Anschaltknopf gefunden?«

»Wofür hältst du mich eigentlich?«, blaffte Lutz.

»Na, für hoffnungslos altmodisch«, gab Schmidt prompt zurück.

Lutz beschloss, nicht darauf einzugehen. »Und, Resultate?«

»Jawoll, Boss. Bianca von Arx war, wie sie gesagt hat, am Dienstag- und Donnerstagmorgen im Spital und am Donnerstagabend auch. Vielleicht.«

Lutz sah Schmidt strafend an. »Was soll denn das jetzt wieder heißen?«

»Schwierig zu sagen, aber es könnte sein, dass sich am Donnerstagabend jemand anderer als Bianca von Arx ausgegeben hat. Jemand, der lange, blonde Haare hat wie sie. Doch es scheint mir, als sei die Person in der Aufzeichnung etwas kleiner und kräftiger als Bianca von Arx.«

Lutz fiel etwas ein – eine Bemerkung, die Bianca von Arx gegenüber Janine und ihm gemacht hatte, als sie sich im Al Porto begegnet waren. »Was für eine Art Schuh trug die Frau, die am Donnerstagabend auf der Überwachungskamera zu sehen ist?«

Schmidt überlegte einen Augenblick. »Sneaker, denke ich, allerdings ohne Schnürsenkel.«

»Dann können wir davon ausgehen, dass es sich um Bianca von Arx handelt. Entweder hat sie den Besuch am Donnerstagabend vergessen oder ihn unterschlagen«, sagte Lutz. Als er Schmidts ratlosen Blick bemerkte, erklärte er: »Sie trägt entweder Slipper oder schnürlose Turnschuhe, weil sie es nicht mag, Schnürsenkel zu binden. Aber um zu bestätigen, dass auf dem Video wirklich sie zu sehen ist, müssen wir natürlich nochmals mit ihr sprechen.« Lutz streckte sich, drückte Schmidt den Marker für das Whiteboard in die Hand und setzte sich in seinen Bürostuhl – wie immer eine Wohltat. »Was ist uns sonst noch Merkwürdiges aufgefallen in den letzten Tagen?«

In der nächsten Stunde vervollständigten sie die Liste mit den eigenartigen Vorkommnissen, und Lutz musste zugeben, dass ihm ohne Schmidt wohl einiges nicht mehr eingefallen wäre. Obwohl der Junge seine Rolle als die eines Quizmoderators missverstand, taugte er als Sparringpartner doch mehr als sein Fahrrad.

»Was ist mit Max Vogt?«, fragte Schmidt.

Der Mann hatte – scheinbar aus einem Impuls heraus – das Hotel Schwanen erworben und beabsichtigte, zusätzlich zu seinem Transportunternehmen einen Gastronomiebetrieb zu führen. Das war eigenartig, hatte aber, wie Schmidt richtig anmerkte, nichts mit ihrem Fall zu tun. Sein Alibi für die Nacht, als Fiona Bär starb, war wasserdicht: Tanja Rüegg hatte bestätigt, dass sie zum fraglichen Zeitpunkt mit ihm zusammen gewesen war.

»Was sie an diesem Kerl bloß findet?«, rätselte Schmidt stirnrunzelnd.

Das hatte sich Lutz auch schon gefragt und war zum boshaften Schluss gekommen, dass es nur sein Reichtum sein konnte. Vielleicht griff Max Vogt der alleinerziehenden Tanja Rüegg finanziell unter die Arme.

Schmidt schob das Kinn vor, als ob er nachdenken würde, dann pflichtete er Lutz bei. »Eine Kellnerin kann sich eine solch luxuriöse Eigentumswohnung im Zentrum von Jona im

Normalfall nicht leisten – und auch nicht Urlaub auf den Malediven, teure Möbel und den Pizzakurier.«

Dann gab es da noch Renzo Marty, der sie angelogen hatte, was Horst, den Zwerg, anging. Wenn es zutraf, dass der Gartenbauer in diesen Zwergen MPPP transportierte und vertickte, hatte Leon Bär möglicherweise als sein Zwischendealer fungiert? Musste der junge Mann sterben, weil Renzo Marty fürchtete, dass er der Polizei sein Netzwerk und die Drogen-Produzenten verraten würde? Lutz seufzte. Renzo Marty hatte angegeben, Leon Bär nur als kleinen Jungen – den Bruder seiner Schulkollegin Bianca von Arx – gekannt zu haben, und solange er bei dieser Version blieb und sie keine Gegenbeweise auftreiben konnten, war es müßig zu spekulieren.

Auch sein Alibi für die Mordnächte war wasserdicht: Die Wirtin Sofia Keller und der Stadtpolizist Salomon Dubois hatten auf ihre Nachfrage hin bestätigt, dass Renzo Marty den Dienstagabend, als Fiona Bär starb, und den Mittwochabend, als Dario Hauenstein starb, im Al Porto verbracht hatte.

»Was überlegst du gerade, Lutz?«, holte Schmidt ihn aus seinen Gedanken. Der Junge war dazu übergegangen, nur noch Stichworte zu schreiben, und dies in einer Schriftgröße, die an kaum mehr sichtbar grenzte. Lutz stand auf und setzte sich auf Schmidts Schreibtisch, um besser aufs Whiteboard blicken zu können.

Ein weiterer Punkt in ihrem Katalog an Merkwürdigkeiten war, dass kein Protokoll über die Schlichtung des Streits zwischen Fiona Bär und Dario Hauenstein existierte, obwohl die Vermittlerin Sofia Keller angab, ein solches Dokument verfasst zu haben.

Und natürlich das Verhalten des Coiffeurs Francesco Zaugg, der geflohen war, als er die Polizei schon nur von Weitem sah.

»Nicht zu vergessen Jael Ammann«, warf Schmidt ein und hielt unter ihrem Namen fest, was sie belastete: Hat fälschlicherweise behauptet, die beiden Toten nur oberflächlich gekannt zu haben. Besitzt kein Alibi für den Zeitraum, als der Kaminfeger starb. Fährt ein Auto mit Ganzjahresreifen, an denen womöglich Fiona Bärs Blut klebt.

Offensichtlich zufrieden mit der dramatischen Formulierung trat Schmidt einen Schritt zurück und begutachtete, was er notiert hatte.

Gibt es in diesem Fall eigentlich auch irgendjemanden, der nichts zu verbergen hat, nicht lügt, betrügt oder manipuliert?, fragte sich Lutz. Die einzigen Beteiligten, die Lutz aufrichtig vorkamen – und es bis jetzt geblieben schienen –, waren Stadtrat Elias Zuppiger, die verwitwete Emily Hauenstein und – trotz ihrer undurchsichtigen Beziehung zu Max Vogt – auch Tanja Rüegg. Doch wer wusste schon, welche düsteren Geheimnisse in ihren Seelen moderten? Wäre Lutz nicht bereits ein misstrauischer Mensch gewesen – in diesem Augenblick wäre er es geworden.

»Und was machen wir jetzt?«, erkundigte sich Schmidt, während er den Marker ans Whiteboard klippte.

Tammisiech, dieser Junge und seine Unselbständigkeit. »Staple ein paar Bauklötze, räum die Puppenecke auf und klecks was mit den Fingerfarben«, knurrte Lutz und strich sich mit Daumen und Zeigefinger über die Nasenwurzel. War er ein verdammter Kindergärtner, oder was?

Schmidt kniff die Augen zusammen. Ein Abbild lebendig gewordener Irritation.

Lutz grunzte resigniert. »Du bereitest die Fragen für Jael Ammanns Einvernahme vor, ich jene für Theo Szalai.«

30

Montag, 22. August

Das rote Heft, 2010

D erhält Drohungen wegen seiner Wettschulden beim Pferderennen. Ich übernehme zwanzigtausend Franken und bewahre seinem Arbeitgeber gegenüber Stillschweigen. Als Gegenleistung versorgt mich D mit Aufträgen und hält die Ohren offen.

Dass ausgerechnet Jael Ammann mit ihrem dominanten Auftreten und dem aufbrausenden Wesen eine tragische Liebesgeschichte zu erzählen hatte, damit hätte Lutz nicht gerechnet. Schmidt und Staatsanwalt Magnus Obrecht hingegen war nicht anzumerken, ob sie überrascht waren. Schmidt, weil er vermutlich länger brauchte, um das Gehörte zu verarbeiten, und Obrecht, weil er sich darauf konzentrieren musste, Haltung zu bewahren. Doch als Statussymbol machte sich die Schnapsgurgel in der Ecke des Sitzungszimmers ganz gut, fand Lutz. Tatverdächtige, die ihn nicht kannten, konnten sein Schweigen als bedrohlich interpretieren.

Der Anwalt von Jael Ammann – ein älterer Mann mit über die Glatze gekämmtem, schütterem Haar – hatte ihr offenbar geraten, mit Informationen nicht zu geizen, und daran hielt sie sich. Lutz hätte die Version bevorzugt, bei der sie nicht gleich ihr ganzes, mit Wut und Kummer gefülltes Herz auf den Tisch gelegt und vor ihren Augen seziert hätte. Aber unterbrechen wollte er den Redefluss dann doch nicht.

Interessanterweise sah die Bekanntschaft zwischen dem Wittwer und der Tourismusdirektorin aus Sicht von Theo Szalai ganz anders aus.

Kennengelernt hatten sich Jael Ammann und Theo Szalai, als sie zweiundzwanzig, er reife dreißig Jahre alt war. Jael besuchte die Tourismusfachschule an der Josefstraße in Zürich, Theo begann gerade sein zweites Postdoc in Entomologie an der Uni und strebte eine Assistenzprofessur an. Als der zweite Mitbewohner seiner Wohngemeinschaft davondackelte, um mit der Freundin zusammenzuziehen, entschied sich Theo für diejenige Bewerberin für die Nachfolge, von der er annahm, dass sie ihn nicht so bald allein auf der Miete sitzen lassen würde: eine große, etwas steif wirkende Tourismusstudentin aus Luzern, die in Zürich keinerlei soziales Netzwerk hatte und wenig erpicht darauf schien, ein solches aufzubauen.

Ihre Gründe, das freie WG-Zimmer zu mieten, waren weniger pragmatisch: Der dünne und schüchtern wirkende angehende Professor gefiel ihr, und zwar seit dem Augenblick, als er ihr in der WG-Küche zum ersten Mal einen Rooibuschtee servierte. Da er häufig Tee trank und sie nach ihrem Einzug auch und man in der engen Küche kaum aneinander vorbeikam, ergab sich zwangsläufig ein gewisser Körperkontakt, den Jael Ammann gezielt herbeiführte und ausbaute, bis sie eines Abends ganz zivilisiert zusammen ins Bett stiegen. Wenn Theo nicht bis spät nachts an der Uni blieb, dann kochten sie zusammen, doch ausgehen oder sich mit Freunden treffen – dazu kam es nie. »Er war völlig auf mich fixiert und hatte gar kein Interesse, andere zu treffen«, erzählte Jael Ammann.

Zu dieser Zeit habe er sich voll und ganz auf seine Forschungen über die Verbreitung von Malaria konzentriert, widersprach Theo Szalai eine Stunde später bei der Einvernahme im gleichen Raum.

»Es war die pure Leidenschaft«, erklärte Jael Ammann mit einer Stimme, die angespannt war vor angestauter Emotion.

»Ein bequemes Arrangement«, sagte Theo Szalai spröde.

Wie gegenseitig und leidenschaftlich das Zusammensein auch immer gewesen sein mochte: Nach sieben Jahren war Schluss.

Denn eines Abends traf Theo Szalai bei einer Versammlung der Zürcher Sozialdemokraten auf Fiona Bär und stellte fest, dass dies genau die Frau war, die zu ihm passte. Zwei Monate später zogen sie zusammen ins Einfamilienhaus an der Paradiesstraße, das ihrer verstorbenen Tante gehört hatte.

»Ich wusste, dass dieses Biest ihn unglücklich machen würde; sie war zu aggressiv und dominant für ihn«, knurrte Jael Ammann. »Und ich hatte recht! Schauen sie ihn sich an – verhärmt und elend, wie er heute aussieht. Dabei war er so ein schöner Mann.«

Schön? So sah wohl wahre Liebe aus. Lutz bemühte sich, sein Pokerface aufrechtzuerhalten, und erkundigte sich, ob Jael und Theo miteinander in Kontakt geblieben waren.

»Nein, nachdem er bei dieser Frau eingezogen war, brach er den Kontakt ab«, sagte Jael Ammann, und um ihren Mund bildeten sich verärgerte Fältchen. »Um ihm nahe zu sein, nahm ich nach der Ausbildung einen Job in Rapperswil an. Ich war mir sicher, dass er diese Frau irgendwann verlassen und zu mir zurückkehren würde, wenn er erkennt, dass ich nicht länger eine kleine Tourismusstudentin, sondern intelligent und fähig bin, in meiner Branche Karriere zu machen.«

Hat es irgendwann, irgendwo schon einmal funktioniert, mit einer steilen Karriere die Liebe eines Abtrünnigen zurückgewinnen – zumindest, wenn derjenige oder diejenige nicht auf Geld aus ist?, fragte sich Lutz, spürte jedoch leises Mitgefühl. Jahrelang hatte sich Jael Ammann an ihre Hoffnung geklammert und auf ihre Liebe gewartet, nur um schließlich einsehen zu müssen, dass sie nie eine Chance hatte. Denn wie sich bei der Einvernahme herausstellte, hatte Theo Szalai seine frühere Mitbewohnerin all die Jahre hindurch kaum wahrgenommen.

»Fiona hat mir einmal erzählt, dass Jael die Stelle als Direktorin der hiesigen Tourismusorganisation erhalten hat, aber das hat mich, ehrlich gesagt, nicht besonders interessiert«, erwiderte Theo Szalai, als Lutz und Schmidt ihn danach fragten. Er saß in sich zusammengesunken da, die Hände unbeholfen auf die Beine gelegt.

»Ich war mit meinen Forschungen beschäftigt, außerdem gingen Fiona und ich durch schwierige Zeiten«, sagte er und wirkte so müde und kraftlos wie bei ihrer ersten Begegnung. »Wir hatten uns so sehr ein Kind gewünscht, mussten aber feststellen, dass sie nicht schwanger werden konnte.« Seiner Brust entrang sich ein Seufzer, so tief, als bemühten sich Luftreste aus den hintersten Lungenbläschen an die Oberfläche. Er stockte einen Moment, ehe er fortfuhr. »Fiona lenkte sich damit ab, dass sie sich in ihrem Beruf und der Politik stark engagierte. Und obwohl wir so verschieden waren und ich manchmal nicht verstand, weshalb sie so auf Konfrontation aus war, führten wir, solange es währte, ein gutes Leben zusammen.«

Schmidt rasselte mit den Fingerkuppen. Sentimentale Geschichten waren nicht sein Ding, wusste Lutz; sie machten ihn nervös. Er warf ihm einen bösen Blick zu. Immerhin für die Dauer dieser Vernehmung müsste sich der Junge zusammenreißen können. Sollte er sich ein Beispiel nehmen an Magnus Obrecht, der stumm wie eine Heiligenfigur in seiner Ecke saß und keinen Piep von sich gab – aus welchen Gründen auch immer.

Der grimmige Gesichtsausdruck wirkte. Schmidts Trommelfeuer verstummte.

»Sie sagen, Sie und Ihre Frau hatten ein gutes Leben zusammen«, nahm Lutz den Faden wieder auf, »dennoch haben Sie nur zehn Tage, nachdem Ihre Frau verschwunden war, den gepflasterten Platz vor Ihrem Haus gereinigt und damit einen Vorsatz zunichtegemacht, den sie über Jahre hinweg aufrechterhalten hat. Wie wir erfahren haben, legte sie Wert auf die natürliche Patina des Platzes und lag deswegen sogar in Streit mit Max Vogt, Ihrem Nachbarn. Kaum aber ist Ihre Frau von der Bildfläche verschwunden, geben Sie seinen Forderungen nach.«

»Kommt mir etwas rückgratlos vor«, kommentierte Schmidt, einfühlsam wie eine Abrissbirne im Endanflug.

Theo Szalai breitete traurig die Hände aus. »So mag es für Sie aussehen. Für mich verhält es sich anders. Der ganze leidige Streit um den Vorplatz hat mich schon immer gestört, denn er entsprach so gar nicht Fionas Wesen. Sie konnte halsstarrig und aufmüpfig sein, wenn sie ihre Positionen vertrat, aber sie war eine offene, freundliche und großzügige Person und – außer in diesem einen speziellen Fall – niemals nachtragend.« Theo Szalai schloss für einen kurzen Moment die Augen, als überwältigte ihn die Erinnerung. Es war ganz still im Sitzungszimmer. Niemand, nicht einmal Schmidt, wollte den Wittwer drängen. »Dass ich an diesem Tag den Hochdruckreiniger in die Hand nahm, war eine Eingebung«, fuhr er irgendwann fort. »Ich hatte plötzlich das Gefühl, dass der zugewucherte Vorplatz und die Kleinlichkeit, die daraus sprach, mein Andenken an Fiona trüben würde. Wenn ich diese schmutzige Stelle beseitige, so meinte ich, könnte ich Fiona in Erinnerung behalten, wie sie wirklich war. Ich wusste schon damals, dass sie nicht zurückkehren würde. Sie wäre niemals verschwunden, ohne mir etwas zu sagen.«

Es war das erste Mal, dass Theo Szalai ihnen einen Blick hinter seine nüchterne Fassade gewährte, und Lutz war überzeugt, dass er die Wahrheit sprach. Der Tod seiner Frau hatte ihn mehr mitgenommen, als sie geahnt hatten.

Schmidt maß diesem Detail, wie erwartet, keine Bedeutung zu. Er setzte sein offizielles Vernehmungsgesicht auf und faltete die Hände vor sich auf dem Tisch – eine Geste, von der er wohl annahm, dass sie seriös wirkte.

»Wann haben Sie Jael Ammann zuletzt gesehen?«

Theo Szalai überlegte. »Das muss wohl am sechzehnten August gewesen sein«, sagte er dann. »Wir waren im Weißen Rössli in der Enge, um etwas zu essen.«

Das stimmte mit den Kreditkartendaten überein, die Aiva aus dem Netz gezogen hatte.

»Und weshalb?«, bohrte Schmidt nach.

»Ich kann mich nicht mehr erinnern, weshalb ich einwilligte, mich mit Jael zu treffen, wenn es das ist, was Sie wissen möchten«, sagte Theo Szalai. »Vermutlich wollte ich nach Fionas Tod einfach mit jemandem sprechen, der mich gut kennt. Ich bereute es in dem Moment, als ich merkte, dass Jael annahm, wir nähmen unsere Beziehung wieder auf.«

Der Insektenforscher zog unbehaglich die Schultern hoch. Das Treffen mit Jael Ammann schien ihm nicht in guter Erinnerung geblieben zu sein.

»Sie gaben ihr also einen Korb.«

»Natürlich. Wir hatten früher zwar ein Arrangement, aber dabei ging es ausschließlich um Sex. Geliebt habe ich Jael nie.«

Schmidt beugte sich vor. »Herr Szalai, halten Sie Jael Ammann für fähig, einen Mord zu begehen?«

Der Wittwer runzelte erschrocken die Stirn. »Sie meinen, dass Jael meine Frau ermordet hat? Um mit mir zusammen zu sein? Bin ich deshalb hier? Um sie anzuklagen?«

»Ich stelle hier die Fragen.«

»Nein, natürlich halte ich sie nicht für fähig, einen Mord zu begehen! Denken Sie, ich hätte sonst so lange mit ihr zusammengewohnt?«

Ob man des Professors Menschenkenntnis nun trauen will oder nicht – es scheint, als hätte er zumindest keine gemeinsame Sache mit seiner Ex gemacht, dachte Lutz. Wenn Jael Ammann Fiona Bär umgebracht hatte, dann alleine.

Wie zu erwarten, stritt auch Jael Ammann strikt ab, etwas mit Fiona Bärs Tod zu tun zu haben: »Wieso sollte ich die Frau gerade jetzt umbringen, nachdem ich so lange auf Theo gewartet habe?«, fuhr sie Lutz böse an. Ein Einwand, der nicht ganz unberechtigt war. »Ein Mord hätte für immer zwischen uns gestanden. Das würde ich niemals riskieren!«

»Dann haben Sie bestimmt ein Alibi für den Abend, an dem diese Frau, ähm, wie hieß sie noch, ums Leben kam, nicht wahr?«, mischte sich Magnus Obrecht ein, der die Befragung offensichtlich etwas beschleunigen wollte. Der sinkende Pegelstand schien nach Auffüllung zu rufen.

»Ich weiß nicht, was Sie das angeht«, fuhr Jael Ammann Magnus Obrecht an, bevor ihr Anwalt beschwichtigend eingreifen konnte. »Vermutlich war ich an diesem Abend zu Hause. Alleine. Wie immer.« Sie klang frustriert. Ihr Anwalt sackte sichtbar in sich zusammen und fuhr sich fahrig durch sein dünnes Haar.

»Besten Dank für Ihre Aussage«, sagte Magnus Obrecht, wuchtete seine massige Gestalt aus dem Stuhl und wandte sich Lutz und Schmidt zu. »Die Dame kommt vorläufig in Untersuchungshaft. Lasst ihren Landrover von den Forensikern auf Spuren untersuchen. Um herauszufinden, ob sie etwas mit dem Tod dieses Kaminfegers zu tun hat, startet ihr einen Zeugenaufruf. Alle, die sich am Mittwochabend im Joner Wald aufgehalten haben, sollen sich bei uns melden, selbst wenn sie meinen, nichts gesehen zu haben. Und überprüft bei der Durchsuchung von Frau Ammanns Wohnung, ob ihr irgendwo den Erpresserbrief des Kaminfegers findet.«

»Jawoll, Herr Obrecht«, schmetterte Schmidt und streckte den Rücken durch, während Lutz sich im Stillen amüsierte. Trotz seiner Faulheit durfte man den Staatsanwalt offensichtlich nicht unterschätzen.

Magnus Obrecht, der bei Schmidts lautstarker Zustimmung kurz zusammengezuckt war, nickte ihnen mit unergründlicher Miene zu, dann verdrückte er sich in Richtung Küche. Einige Sekunden später hörten sie die Kaffeemaschine mahlen – für den klarsten Kafi Luz aller Zeiten, schätzte Lutz.

Es wunderte ihn nicht, dass Magnus Obrecht Jael Ammann in Untersuchungshaft verfrachtete. Es war üblich, einen Tatverdächtigen einzusperren, wenn auch nur die geringste Gefahr bestand, dass er sich mit anderen abzusprechen oder Beweise verschwinden zu lassen gedachte. Nur die wenigsten Staatsanwälte verordneten Ersatzmaßnahmen, wenn sie glaubten, den Schuldigen an der Angel zu haben. Und das glaubte Magnus Obrecht offensichtlich. Und er war nicht der Einzige.

»Gut gemacht«, rief Malin strahlend, während sie sich am Whiteboard vorbei in Lutz' und Schmidts Büro schob, dicht gefolgt von Sebastian, Barbara, Ted und dem unvermeidlichen Salomon. »Scheint, als hättet ihr eine Doppel-, wenn nicht gar Dreifachmörderin gefasst!«

»Ich wusste, dass mit der Frau etwas nicht stimmt«, sagte Sebastian mit grimmiger Befriedigung. »Sie hatte die unangenehme Angewohnheit, so dicht vor ihren Gesprächspartner hinzustehen, dass man um seine Zehen fürchten musste.«

»Eigentlich schon tragisch, wie das Leben so laufen kann, oder?«, sagte Barbara fröhlich. »Jael Ammann überfährt ihre

Rivalin, um die Liebe ihres Lebens zurückzugewinnen. Da der Kaminfeger sie dabei beobachtet und erpresst, muss sie ihn ebenfalls beseitigen, und wir erwischen sie. Statt ihres Theos wird sie nun für lange Zeit nur Gitter sehen.«

»Schön zusammengefasst«, kicherte Malin, während Schmidt das üblich trottelige Grinsen zur Schau trug.

Doch als die anderen wieder abgezogen waren, wirkte er nachdenklich. »Man muss jemanden schon sehr hassen, um ihn zu überfahren und danach mit Beton zu übergießen«, sagte er langsam. »Ich traue Jael Ammann einfach nicht zu, ihre Konkurrentin auf diese Weise verschwinden zu lassen. Und du?«

»Mmh«, brummte Lutz unbestimmt, während er auf das Whiteboard mit ihrer Liste starrte.

Was, zum Henker, hatten sie übersehen? Wo in diesem immensen Knäuel an ungeklärten und seltsamen Vorkommnissen war der Anfang des roten Fadens versteckt, an dem man den Fall entwirren und ihm bis ans Ende folgen konnte? Die beste Möglichkeit war wohl, nach dem Fadenende zu greifen, das am eigenartigsten in der Landschaft stand.

Lutz zog das Telefon zu sich heran und wählte. Sein Gegenüber nahm nach zweimaligem Klingeln ab.

»Hallo, Aiva. Könntest du etwas für mich abklären?«

31

Montag, 22. August

Lutz versicherte sich, dass er die richtige Klingel erwischt hatte, und läutete erneut. Doch die Eingangstür des schmucken Mehrfamilienhauses im Joner Zentrum blieb verschlossen. Tanja Rüegg und ihr kleiner Sohn Cédric waren nicht zu Hause. Ein schlechtes Zeichen, ahnte Lutz, und in seinem Magen machte sich ein unbehagliches Gefühl breit. Er stieg die Treppe hinunter und versuchte sein Glück einen Stock tiefer bei einer Frau, die dem Türschild zufolge Anne Heierle hieß.

Tanja Rüegg? Die sei gestern Abend verreist, sagte die alte Dame, die Lutz die Tür öffnete. Mit zwei Koffern. Und ihr Sohn Cédric, so ein liebenswürdiges Bürschtli, der sei kurz vorher von den Großeltern abgeholt worden.

»Hat Tanja Rüegg Ihnen mitgeteilt, wo sie hinfährt?«, erkundigte sich Lutz.

»Ja, auf irgendeine Insel. War es Mallorca? Oder Korsika? Ich weiß es nicht mehr.« Anne Heierle lächelte entschuldigend, bevor sie besorgt anfügte: »Ich hoffe, sie hat nicht vergessen, dem Pizzakurier Bescheid zu geben wie auch schon, sonst kommt der morgen vergeblich vorbei.«

Lutz dankte ihr. Vermutlich wusste Tanja Rüeggs Arbeitgeberin, Sofia Keller, wo sie sich aufhielt und wie sie zu erreichen war. Er war ohnehin mit Janine im Al Porto verabredet und konnte die Wirtin bei der Gelegenheit gleich fragen.

Der heutige Abend war deutlich kühler als die vergangenen, und so setzten sich Lutz und Janine zum Schachspielen das erste Mal in die Gaststube. Lutz gefielen die vom Alter dunkel getönten Eichentische und die schwarzen Horgen-Glarus-Stühle, die ihn an die Schule erinnerten. Als Lehrerin hatte wohl auch Janine einst auf diesen bequemen Stühlen Platz genommen.

Der Rest des Interieurs war für Lutz' Geschmack zu sehr darauf angelegt, dem Namen des Restaurants gerecht zu werden: Der Boden war mit teakähnlichem Holz wie ein Schiffsdeck geplankt. An den Wänden prangten Gemälde von Segelschiffen im Sturm, ein ramponiertes Paddel, ausgestopfte Fische aus der Südsee, und über den Tischen hingen alte Steuerruder mit elektrischen Kerzen, die flackerten, als befänden sie sich in einem schwankenden Schiffsrumpf. Doch die Materialien machten einen wertigen und soliden Eindruck, und die Atmosphäre war ansprechend und gemütlich. Janine holte das Schachbrett hervor, und sie stellten ihre Figuren bereit. Im Gegensatz zum Tag vor einer Woche waren heute nur wenige Gäste da, und Sofia Keller hatte Zeit, Lutz' Frage zu beantworten.

»Tanja ist gestern abgereist«, bestätigte sie mit ihrer kehligen Stimme. »Nach Sardinien. Wo genau sie untergekommen ist, weiß ich nicht, aber ich kann Ihnen gerne ihre Mobiltelefonnummer geben.«

Lutz stellte fest, dass Sofia Kellers weiße Bluse selbst jetzt, nach einem ganzen Tag in der Gaststube, aussah wie frisch gebügelt. Die Wirtin schien immer alles im Griff zu haben.

»Wo wir dich gerade bei uns haben, Sofia«, sagte Janine, »was hältst du davon, dass der Schwanen aufgekauft wurde und du einen neuen Nachbarn erhältst?«

Sofia Keller lächelte, und die Fältchen um ihre Augen vertieften sich. »Fragst du, weil ich einst selbst daran interessiert war, ihn zu übernehmen?«

»Wurmt es dich, dass du nicht zum Zug kamst?«, fragte Janine zurück.

»Ich habe mich bloß gewundert, dass alles so schnell ging«, sagte Sofia Keller kopfschüttelnd. »Am achtzehnten August hieß es noch, das Hotel sei zum Verkauf ausgeschrieben, und heute hat es schon einen neuen Besitzer. So schnell wird in Rapperswil selten ein Immobiliengeschäft abgewickelt.« Sie blickte sich kurz um, doch da keiner der Gäste ihrer Aufmerksamkeit bedurfte, rückte sie einen Stuhl heran und setzte sich zu ihnen.

»Kennen Sie diesen Max Vogt, der den Schwanen gekauft haben soll?«, fragte Lutz, während er die beiden Türme und die letzten Bauern auf dem Schachbrett in Position brachte.

Sofia Keller schlug die Beine übereinander, legte das Tuch darüber, mit dem sie vorhin Wein serviert hatte, und strich es glatt. »Max Vogt ist ab und zu Gast bei uns, daher weiß ich, wer er ist. Der Mann hat mit seinem Transportunternehmen ein Vermögen gemacht und scheut sich nicht, das auch zu zeigen. Kürzlich war er in den Schlagzeilen wegen eines Kranunfalls. Doch Tanja wüsste wohl mehr über ihn zu sagen. Soweit ich informiert bin, verabredet sie sich ab und zu mit ihm.«

»Hat ein Unternehmer, der sich in der Gastronomie nicht auskennt, bei dieser Konkurrenz hier unten am See überhaupt eine Chance?«

»Daran besteht kein Zweifel«, beantwortete Sofia Keller die Frage und nickte bedächtig. »Legt Max Vogt Hotel und Restaurant in fähige Hände, lässt sich aus dem Schwanen eine Goldgrube machen.«

Lutz wunderte sich, dass Sofia Keller sowohl den Verkauf ihres Traumobjekts wie auch die künftige Konkurrenzsituation so gelassen hinnahm. War es möglich, dass es sich bei diesen »fähigen Händen«, von denen sie sprach, um ihre eigenen handelte?

Er kam nicht dazu, sie zu fragen, denn eben trafen neue Gäste ein: eine Gruppe von Männern, bei denen es sich den Trainingsanzügen mit Logo zufolge um Trainer des FC Rapperswil-Jona handeln musste.

»Ciao, Sofia, c'è un tavolo libero per noi?« Der Mann, der nach einem freien Tisch fragte, war ein muskulöser Fünfzigjähriger mit Dreitagebart. Er begrüßte die Wirtin mit einem strahlenden Lachen und Küsschen auf die Wange.

»Ma certo«, bejahte Sofia Keller lächelnd, und Lutz konnte einmal mehr beobachten, wie verpflichtend ihr Charme wirkte. Mit Schalk in den Augen und einem Schmunzeln in den Mundwinkeln zeigte sie zur hinteren linken Ecke des Lokals, auf dem bereits Gläser und ein Dutzend Birra Moretti standen.

»Heute geht es um das Endspiel«, erklärte Janine. »Darum, den feindlichen Anführer in die Zange zu nehmen und schachmatt zu setzen. Bist du bereit?«

»Ich hoffe es«, gab Lutz zurück und hörte konzentriert zu, wie sie ihm die elementaren Mattführungen sowie das Turm- und Damenendspiel erklärte. »Endspiele folgen simplen und wiederkehrenden Strukturen. Mehr noch als bei der Eröffnung und dem Mittelspiel ist es hier von Vorteil, wenn man die technischen Stellungen auswendig kennt.«

Das ist es wohl, was so viele Menschen zum Schachspiel hinzieht, überlegte Lutz. Feste Strukturen und Vorhersehbarkeit. Jede Figur wandert in kalkulierbaren Schritten über das Schachbrett und erfüllt unsere Sehnsucht nach Ordnung und Verlässlichkeit. Um im richtigen Leben etwas von dieser Ordnung herzustellen, klammern wir uns an eine Religion, erschaffen Rituale, folgen Gewohnheiten.

Plötzlich klang in Lutz eine Saite an. Eine Saite, die mit den Worten Ritual und Gewohnheiten zu tun hatte und mit etwas, das die nette Nachbarin von Tanja Rüegg heute gesagt hatte. Wie war nochmals ihr Name? Anne Heierle, genau. Sie hatte erwähnt, dass Tanja Rüegg und ihr Sohn Cédric jeden Dienstag Pizza bestellten. Ein wiederkehrendes Ritual.

Lutz fiel der König aus der Hand. Er rollte über das Brett und stieß Janines Dame um, die mit einem hellen Tock über die Schachbrettkante ging und auf dem Holzboden landete. Einen Moment lang sah Lutz die auf dem Boden liegende Königin so befremdet an, als überlegte er ernsthaft, ob sie sich selbst über die Tischkante gestürzt habe. Dann bückte er sich, hob sie auf und drückte sie Janine in die Hand.

»Ich muss los«, sagte er entschuldigend. »Soeben hat das End-spiel begonnen.«

Behänder, als Janine ihn je gesehen hatte, stand er vom Tisch auf, bahnte sich am Stammtisch und der erstaunten Sofia Keller vorbei einen Weg zur Tür und trat in die kühle Abendluft.

»Schachmatt den Mördern«, murmelte Janine zufrieden, während sie die Schachfiguren in ihre Kiste zurücklegte und das Brett in der Handtasche verstaute. »Ich wusste, dass Schachspie-len die Denkweise strukturiert.«

32

Montag, 22. August

Das rote Heft, 2011

B hat mir erzählt, dass H ein Verhältnis mit ihrem Geschäftspartner hat. Diese Information gelegentlich nutzen. B erhält für die Information einen Monat lang gratis Stoff.

»Andy Lutz von der Kriminalpolizei Sankt Gallen am Apparat. Spreche ich mit dem Geschäftsführer des Pizzakuriers Sette?«

»Ciao, cosa posso fare per lei? Was kann ich für Sie tun?«

»Ich möchte wissen, ob eine Frau namens Tanja Rüegg am Dienstag vor drei Wochen Pizza bestellt hat. Können Sie das nachprüfen?«

»Ma certo. Du bist von der Polizei, du befiehlst, giusto? Un attimo. Ja, da haben wir's. Seit einem halben Jahr liefern wir Tanja Rüegg jeden Dienstagabend Pizza. Auch am zweiten August.«

»Zwei oder drei Pizzen?«

»Solo due, immer nur zwei. Una grande Ortolana e una piccola Prosciutto.«

»Grazie mille.«

Am Dienstagabend, als Fiona Bär starb, war Tanja Rüegg zu Hause in ihrer Wohnung gewesen und hatte mit ihrem Sohn Cédric zusammen eine große Pizza Ortolana und eine kleine

Pizza Prosciutto verdrückt. Sie hatte sich nicht, wie angegeben, mit Max Vogt getroffen. Das bedeutete, dass der Transportunternehmer kein Alibi hatte. Tanja Rüegg hatte gelogen. Doch weshalb hatte sie sich bereit erklärt, Max Vogt ein Alibi zu verschaffen – und noch wichtiger: Weshalb brauchte der Mann überhaupt eines?

Tief ins weiche Polster seines Bürostuhls versunken, drehte Lutz sich langsam und geräuschlos im Kreis. Auf der Polizeistation Rapperswil war es dunkel, abgesehen von dem spärlichen Licht, das seine Schreibtischlampe hergab, und einer vergessenen Lampe vorne am Eingang.

Als Lutz merkte, dass ihm von den Drehungen übel wurde, stand er auf und ging zum Kaffeeautomaten. Mit dem dampfenden Gebräu in der Hand setzte er sich an den Tisch zurück, zog das Telefon zu sich heran und wählte.

»Bist du schon fündig geworden, Aiva? Tatsächlich? Großartig. Dann erzähl!«

Als die junge Kriminalpolizistin geendet hatte, schnaubte Lutz zufrieden. Es war, wie er sich gedacht hatte. Das Problem war natürlich, dass die Drogenfahnder nach dem Fehlschlag von vergangenem Sonntag nicht gerade scharf darauf waren, heute Nacht noch einmal aus Sankt Gallen anzurücken. Bedauernd verzog er den Mund. Die Durchsuchung der Scheune in Eschenbach würde bis morgen warten müssen. Anderes hingegen eilte.

Während die Mondaine-Bahnhofsuhr über dem Eingang zum Büro alles andere als geräuschlos vor sich hin tickte, arbeiteten Lutz in Rapperswil und Aiva in Sankt Gallen weiter.

Tanja Rüegg, stellte sich nach Telefonaten mit dem Flughafen Zürich und etlichen Fluggesellschaften heraus, hatte die

Schweiz nicht verlassen. Sie war weder nach Sardinien noch sonst irgendwohin geflogen, und da ihr Auto nach wie vor in der Tiefgarage ihres Wohnhauses stand, war sie auch damit nicht gefahren. Ob sie sich vielleicht ein Auto gemietet oder bei Freunden geliehen hatte, dem würden sie morgen nachgehen müssen.

Wo Tanja Rüegg sich wohl aufhält?, fragte sich Lutz. Dass sie ihre Koffer selbst gepackt und der Nachbarin von ihrem Urlaub erzählt hatte, deutete darauf hin, dass sie aus eigenem Antrieb hatte verreisen wollen. Dennoch war sie auf keinem Flug als Passagierin gelistet. War es möglich, dass sie ihnen allen etwas vortäuschte? Handelte es sich bei dem angeblichen Urlaub um eine Lüge ähnlich der, dass sie am Dienstagabend vor drei Wochen mit Max Vogt zusammen gewesen war?

Ein unangenehmes Kribbeln machte sich in Lutz' Bauchgegend breit, und es stammte nicht vom Kaffee zu später Stunde. Er hatte so seine Ahnung, wo sie sich jetzt aufhalten mochte – und hoffte von ganzem Herzen, dass ihr Sohn Cédric nicht bei ihr war. Nichts hasste er mehr, als wenn bei einem Verbrechen Kinder im Spiel waren.

»Es wäre gut, wenn du morgen dabei wärst«, sagte Lutz, als Aiva und er gegen drei Uhr nachts das letzte Mal miteinander telefonierten. Sie sahen jetzt um einiges klarer, doch Gewissheit erlangen würden sie erst am Folgetag, wenn sie mit der polnischen Botschaft und Mitarbeitenden der Immobilienfirma, die Tanja Rüeggs Stockwerkeigentum verwaltete, gesprochen hatten.

Aiva gähnte herzhaft, brachte trotz der späten Stunde aber ein Lächeln zustande, das von Sankt Gallen bis nach Rapperswil reichte. »Du denkst doch nicht ernsthaft, dass ich mir dieses Spektakel entgehen lasse, oder?«

Gut, dachte Lutz zufrieden, bevor er aufstand und seine Schritte heimwärts wandte. Der Plan ging auf, die Bühne war bereit. Blieb zu hoffen, dass auch der Junge es war.

33

DIENSTAG, 23. AUGUST

Lutz hatte es geahnt: Der Zeugenaufruf zum Mord am Kaminfeger Dario Hauenstein erwies sich als Bumerang der schlagkräftigen Sorte und legte den ganzen Posten lahm. Seit die Rapperswiler heute Morgen die Zeitung aus dem Briefkasten geholt oder den Aufruf auf den Online-Plattformen entdeckt hatten, in dem die Polizei um Mitarbeit bat, schrillte das Telefon ohne Unterlass. Am vergangenen Mittwochabend, so konstatierte Malin nach den ersten zwei Stunden Telefondienst sarkastisch, mussten sich im Joner Wald gut zwei Dutzend Menschen auf den Füßen gestanden haben, ohne dass sie sich gegenseitig wahrnahmen.

Barbara hatte das zweifelhafte Vergnügen, kurz nacheinander drei Mörder am Draht zu haben. Einer wollte den Kaminfeger aufgeschlitzt und danach in der Jona ertränkt haben. Die Polizistin mit dem markanten Kinn machte es sich in ihrem Stuhl bequem, legte die Füße auf den Schreibtisch und fragte im Plauderton, wie er das denn angestellt habe, wo doch die Jona diesen Sommer nur etwa zehn Zentimeter Wasser führe. Und weshalb wollte er den Hauenstein ertränken, wenn er ihn zuvor doch schon aufgeschlitzt hatte? Interessiert hörte sie sich die ausführliche Begründung des Mannes an, dann empfahl sie ihm, doch noch einmal den Zeitungsartikel über den Mord zu studieren und sich mit der Todesart auseinanderzusetzen. »Wenn Sie danach immer noch der Meinung sind, den Kaminfeger getötet zu haben, dann rufen Sie einfach wieder an, okay?«

Der zweite Mörder hatte Dario Hauenstein mit einem Messer abgeschlachtet und dabei ein kolossales Blutbad angerichtet. Einzig der dritte hatte sich eingehend mit dem Zeitungsartikel befasst und behauptete annähernd den Tatsachen entsprechend, einen Menschen erdrosselt und dann aufgehängt zu haben.

»Ich konnte ihr Gemecker einfach nicht mehr ertragen. Verstehen Sie das?«, fügte er beinahe entschuldigend an.

Barbara runzelte die Stirn. »Heißt das, Sie haben eine Frau umgebracht?«

»Nicht irgendeine. Meine.«

»Weißt du, was das Verrückteste am Ganzen ist?«, sagte Barbara, als Lutz und sie im Flur zufällig aufeinandertrafen. »Die Typen klangen am Telefon gar nicht mal so durchgedreht! Was mich zur Frage bringt, wie viele Menschen es gibt, die da draußen rumlaufen und ernsthaft überlegen, Ihre Verwandten und Bekannten abzumurksen.«

Die kurzhaarige Polizistin wirkte etwas weggetreten, und Lutz musste schmunzeln. Vermutlich stellte Barbara sich bereits vor, wie sie die denkwürdigen Gespräche mit all den selbst deklarierten Mördern in ihrem nächsten Auftritt als Komikerin verarbeiten könnte.

Das Klingeln der Telefone nahm kein Ende. Eine Anruferin, mit der Sebastian es zu tun hatte, behauptete, sie habe auf dem Parkplatz eingangs des Vitaparcours Nazis bei einem geheimnisvollen Ritual gesehen. Eine weitere Dame, die anrief, hatte vier Eritreer beobachtet, die sich beim Teich neben der Grillstelle zwischen den Bäumen versteckten.

»Sind sie sicher, dass es sich nicht um Ägypter, Mongolen oder Puerto-Ricaner handelte?«, hatte er todernst nachgefragt und die erstaunliche Antwort erhalten, dass es ganz bestimmt Eritreer gewesen seien. »Diese schlitzäugigen Kerle erkenne ich auf den ersten Blick, das können Sie mir glauben.«

Eine der wenigen Personen, die vertrauenswürdig schien, war eine Frau namens Erna Bürgisser, die mit ihrem Dackel im Wald spazieren gegangen war und um achtzehn Uhr fünfzig »eine große muskulöse Frau« sah, die bei Station fünfzehn, dem letzten Posten des Vitaparcours, Dehnübungen machte, danach auf ihr Fahrrad stieg und davonradelte. Das stimmte zeitlich mit der Angabe von Jael Ammann überein, dass sie um etwa achtzehn Uhr dreißig bei Posten Nummer sechs vorbeigekommen war. Falls sich die Aussage von Erna Bürgisser als zutreffend erwies, war Jael Ammann längst vom Tatort verschwunden gewesen, als der Mord geschah.

Auf Anweisung der Imhof überprüften Malin und Sebastian den Hintergrund der Frau und statteten Erna Bürgisser einen Besuch ab. Sie trafen eine lebhafte siebzigjährige Frau an, die sich als aufmerksame Beobachterin erwies. »Die Sonne geht um diese Jahreszeit genau um zwanzig Uhr zwanzig unter, und da meine Sissi und ich nicht gerne im Wald unterwegs sind, wenn es eindunkelt, sehen wir zu, dass wir gegen neunzehn Uhr zurück sind. Kurz bevor wir aus dem Wald traten, haben wir diese kräftige Frau gesehen. Sie trug ein pinkfarbenes Oberteil, eine schändlich kurze schwarze Hose und stand vor dem letzten Vitaparcours-Posten wie ein Flamingo – auf einem Bein.«

Zur gleichen Zeit, als Erna Bürgisser Jael Ammann durch ihre Aussage entlastete, machte sich der Kriminaltechnische Dienst daran, deren Wohnung zu durchsuchen. Wie Magnus Obrecht gestern angeordnet hatte, hielten die Forensiker Ausschau nach dem Erpresserbrief des Kaminfegers – vergeblich jedoch. Auch die Untersuchung von Jael Ammanns Landrover erwies sich als Fehlschlag: Es gab keinerlei Hinweise, die belegten, dass die Tourismusdirektorin mit ihrem Wagen eine Frau überfahren und getötet hatte. Magnus Obrecht blieb nichts anderes übrig, als sie noch am Vormittag wieder aus der Untersuchungshaft zu entlassen – wenn auch höchst ungern. Vor Wut schäumend verließ Jael Ammann ihre Zelle und drohte Magnus Obrecht mit einem juristischen Nachspiel. Der aber winkte nur ab; das taten alle.

Während die Spurensicherung ihre Arbeit machte, und Barbara, Sebastian, Malin und Salomon versuchten, die Geltungsbedürftigen, Verrückten und Fantasiebegabten von der Handvoll tatsächlich hilfreicher Anrufer zu trennen, telefonierte Lutz mit der polnischen Botschaft. Trotz der Nachtschicht war er in aller Frühe aufgestanden und fühlte sich hellwach.

Botschafterin Anastazja Michalski, ihrer rauchigen Stimme nach eine ältere Dame, nahm den Anruf aus Rapperswil eher widerwillig entgegen, taute aber etwas auf, als Lutz ihr den Hintergrund seiner Frage erläuterte.

»Es gibt mehrere Gründe für den Staat Polen, den Schwanen zu verkaufen«, erklärte sie schließlich in akzentfreiem Schweizerdeutsch, aber ohne die geringste Lust, sich den Zeitformen zu beugen. »In erster Linie verlassen wir Rapperswil, weil uns die Stadt klarmacht, dass sie uns loswerden will. Jemand setzt Ratten in unseren Kellern aus, und wir bemühen uns, sie zu besiegen. Vergeblich. Dazu kommt: Unsere Lebensmittel, die wir für die baldige Eröffnung dort lagern, sind voll von, wie sagt man, von Pilz, der sehr hartnäckig ist. Und das ist noch nicht alles. Elias Zuppiger vom Stadtrat legt uns eine lange Liste mit baulichen Auflagen vor. Die sollen wir erfüllen, ganz plötzlich. Es ist ziemlich, ummh, unmissverständlich, dass wir Polen in Rapperswil nicht länger erwünscht sind. Elias Zuppiger sagt, spätestens seit der Abstimmung zum Polenmuseum im Schloss muss uns das klar sein.« Die Botschafterin gab ein zischendes Geräusch von sich, und Lutz konnte sich lebhaft vorstellen, wie sie an ihrem Schreibtisch saß, die Lippen zusammenkniff und erzürnt ihr Haupt schüttelte. »Wir Polen sind ein stolzes Volk, Herr Lutz, wir lassen uns nicht alles bieten. Als Max Vogt uns ein Kaufangebot unterbreitet, nehmen wir also an.«

Lutz verstand die Gekränktheit der Botschafterin und auch den Entscheid der Polen, das Hotel am See zu verkaufen. Doch was, zum Teufel, hatte Zuppiger geritten, den Polen den Schwanen auf diese dreiste und schamlose Art madig zu machen? Es war ein Rätsel.

Nach dem Telefonat mit Anastazja Michalski suchte Lutz die Immobilienfirma auf, die das Stockwerkeigentum von Tanja Rüegg bewirtschaftete. Sie befand sich mitten im Joner Zentrum und war Anlaufstelle für Hausbesitzende und Wohnungssuchende aus der ganzen Region. Eine Angestellte mit schier unglaublich langen violetten Fingernägeln und einer ebenso langen Leitung klapperte mehrere Minuten lang unmotiviert auf ihrem Computer herum. Dann teilte sie ihm mit, dass Tanja Rüegg Eigentümerin einer Wohnung sei, die teurer war als andernorts ein Einfamilienhaus mit Garten. Wie es schien, hatte die Kellnerin jeden Franken aus ihrem eigenen Konto berappt. Als Lutz aus dem Gebäude trat und von außen einen Blick durch das Schaufenster warf, sah er, wie die Angestellte sich erneut in den Anblick ihrer grässlichen Fingernägel vertiefte.

Die Stirn grimmig gerunzelt, marschierte Lutz die Neue Jonastraße entlang Richtung Rapperswil. Schwere, dunkle Wolken hingen über der Stadt, durchbrochen einzig durch die zwei weißen Dampfsäulen, die über der Firma Weidmann aufstiegen wie Atem aus den Nüstern eines riesigen Drachens und sich über dem Zeughausareal himmelwärts verflüchtigten.

Auf dem Grundbuchamt, das sich zwei Stockwerke über der Polizeistation befand, erhielt Lutz die Bestätigung, die er erhofft und gleichzeitig gefürchtet hatte: Tanja Rüegg hatte weder geerbt noch von anderer Seite Unterstützung erhalten, um die Wohnung finanzieren zu können, in der Cédric und sie seit zwei Jahren lebten. Es gab keinen anonymen Erzeuger, der sein Gewissen beruhigen wollte, keinen unbekannten Gönner. Das Geld stammte von Tanja Rüegg selbst, und er wusste jetzt, wie sie es verdient hatte.

Im Lauf seiner Polizeikarriere hatte Lutz eine ganze Menge unterschiedlicher Menschen angetroffen und verhaftet; von der harmlosen Kleinganovin bis zum durchtriebenen Räuber, vom bemitleidenswerten Unruhestifter bis zur mordenden Geschäftsfrau, und nicht selten hatte ihn das Urteil, welches das Gericht über diese Menschen fällte, sprachlos zurückgelassen. War es sinnvoll, eine klauende Jugendliche, die ohne richtige Familie aufgewachsen war, ins Gefängnis zu stecken? Sollte ein pädophiler Wiederholungstäter tatsächlich wieder freikommen dürfen? Was Recht war, war nicht immer auch gerecht und richtig, damit hatte er leben lernen müssen und sich alle Mühe gegeben, darob nicht bitter zu werden.

Der aktuelle Fall jedoch lag anders. Was hier in seiner neuen Heimatstadt vorging, die auf den ersten Blick so liebenswert und harmlos erschien, zeugte von einer solchen Skrupellosigkeit, Menschenverachtung und Bosheit, dass er nicht die geringsten Zweifel hegte: In der verantwortlichen Person und ihren Komplizen steckte kein Funken Gutes. Sie waren eine Gefahr für die

Gesellschaft, und es war klar, dass sie weggesperrt gehörten, solange es das Gesetz zuließ.

Gleich würde er noch ein paar letzte Telefonate führen, um den verbliebenen Knoten im Knäuel an merkwürdigen Vorkommnissen zu entwirren. Eines ging an Janine. Sie musste ihr schulisches Netzwerk aktivieren und herausfinden, wie sich eine bestimmte Sekundarschulklasse zusammengesetzt hatte.

Und sobald Schmidt von der Mission zurück war, mit der er ihn gestern Nacht noch betraut hatte, galt es zu handeln. Jede Stunde, die sie verstreichen ließen, barg das Risiko, dass ein weiterer Mensch starb.

Zum wiederholten Mal starrte Lutz auf das Display seines Handys. Schmidt hatte eine seiner kryptischen Nachrichten geschickt: das Bild eines Motorbootes und eines muskelbepackten Arms, der in Bodybuilder-Manier gereckt war. Was zum Henker hatte der Junge auf einem Boot verloren?

34

Dienstag, 23. August

Das rote Heft, 2011

D will R loswerden. Ich organisiere bei Z, dass sie abgeworben wird. D schuldet mir im Gegenzug Informationen.

Noch Anfang des Monats, als Schmidt ihm bei ihrem Wiedersehen in Sankt Gallen fast um den Hals gefallen war, hätte Lutz nicht gedacht, dass ein solcher Satz jemals seinen Mund verlassen würde. Jetzt aber, da Schmidt seinen Auftrag erfolgreich erledigt hatte, war es wohl an der Zeit, etwas Anerkennung zu zeigen.

»Nicht schlecht gemacht, Junge«, brummte er deshalb.

Schmidt strahlte über das ungewohnte Kompliment wie ein mit Urandioxid frisch aufgefüllter Brennstab und lieferte Lutz die Kurzfassung der Ereignisse von heute Morgen.

Gegen acht Uhr früh war er mit den Ermittlern aus Sankt Gallen, zwei Drogenspürhunden und drei Uniformierten vor einer neu renovierten und mit Solarzellen vollständig bedeckten Scheune am Dorfrand von Eschenbach vorgefahren. Eine drahtige Bäuerin namens Vreni Bächtiger, der die Verwunderung über den Polizeibesuch deutlich ins Gesicht geschrieben stand, nahm den Durchsuchungsbefehl für die Scheune entgegen.

»Was auch immer ihr sucht, ich glaube nicht, dass ihr das in meiner Scheune findet«, sagte sie und schob das wuchtige Holztor zur Seite. »Da sind nur Boote.« Doch ihre Neugier schien geweckt zu sein, und sie blieb den Drogenfahndern und ihren Hunden während der Durchsuchung dicht auf den Fersen.

In der hohen und geräumigen Scheune, die nach frischem Holz und Farbe roch, standen gut ein Dutzend kleinere und größere Boote in unterschiedlichen Stadien der Renovierung sowie etliche wuchtige Holzgestelle.

»Die sind für die großen Segelschiffe, die wir Ende Oktober bei der Kibag-Marina im Stampf abholen und während des Winters hier aufbocken«, erklärte Vreni Bächtiger.

Die Suche nach möglichen Lagerstätten für Renzo Martys Stoff hatte Aiva all ihr Können abverlangt. Aus einem vagen Bauchgefühl heraus hatte sie die Suche schließlich erweitert und war fündig geworden: Renzo Marty hatte den Bootslagerplatz in Eschenbach nicht unter seinem eigenen Namen gemietet. Er hatte sich den Namen eines Verbündeten geborgt, der mit großer Wahrscheinlichkeit nichts davon gewusst hatte und jetzt auch nie mehr davon erfahren würde – aus dem einfachen Grund, dass er tot war. Leon Bär lautete der Name auf dem Vertrag für den Bootslagerplatz in Vreni Bächtigers Scheune.

Es war klar, was das bedeutete: Renzo Marty hatte sie belogen. Er wusste nicht nur, wie der Bruder seiner Schulkameradin Bianca von Arx hieß, sondern er kannte ihn, hatte ihm das verpfuschte MPPP angedreht und ziemlich sicher auch mit ihm Geschäfte gemacht.

Kaum, dass sie die Scheune betraten, streckten die Spürhunde ihre Nasen witternd in die Luft, und es dauerte keine fünf Minuten, bis sie das Drogendepot gefunden hatten. Es befand sich in einem acht Meter langen und drei Meter breiten Motorboot der Marke Windy 27, älteres Baujahr, ausgelegt für zehn Personen, mit zwei Kabinen und einem sechshundert Liter fassenden Frischwassertank. Über eine hölzerne Trittleiter stiegen Schmidt und die Kollegen aufs Boot und bahnten sich an Eimern mit Kupferfarbe, Pinseln, Reinigungsmitteln, gebrauchten Tauen, Plastikplanen und Angelzeug vorbei einen Weg in die Kajüte.

Die Unordnung auf dem Deck diente der Tarnung, stellten sie im Inneren fest, denn in den Kojen und im aufgeschlitzten Frischwassertank herrschte Ordnung wie in einer Kaserne. Akkurat geordnet, beschriftet und fein säuberlich in Tütchen abgepackt, lagerte hier MPPP, das Opioid, das – falsch synthetisiert – so viele Menschen die Gesundheit gekostet hatte. Sie hatten Renzo Martys Drogenversteck gefunden.

»Nein, so was, nein, so was«, murmelte Vreni Bächtiger mit aufgerissenen Augen. »Und ich hatte angenommen, dass der bloß gerne an seinem Boot herumwerkelt!«

»Wie sieht er denn aus, der Besitzer dieses Boots?«, erkundigte sich einer der Polizisten.

»Er ist breit gebaut und sehr muskulös, hat auffällig lange und weiße Zähne und ein schaurig nervtötendes Grinsen im Gesicht.«

Schmidt wippte auf den Fersen und genoss seinen Triumph. »Damit war Renzo Marty entlarvt«, erklärte er Lutz in ihrem Büro auf der Polizeistation und schilderte, wie die folgende Festnahme verlaufen war. »Der Gartenbauer befand sich in seiner Lagerhalle an der Feldistraße in Jona, als wir kamen. Er wusste sofort, was Sache war, und meinte, er könne sich noch davonmachen, doch wir hatten sicherheitshalber einige Kollegen draußen postiert, die ihn aufhielten. Und weißt du, was wir in seiner Lagerhalle gefunden haben?« Schmidt blickte Lutz erwartungsvoll an.

Der ärgerte sich. Immer diese rhetorischen Fragen. Symptomatisch für die Schnelllebigkeit der heutigen Jugend, die ein Feuerwerk an Cliffhangern benötigte, um einem Gesprächspartner wirklich zuzuhören. Die Fähigkeit war mittlerweile seltener als ein Kassettenrekorder.

»Raus damit«, befahl er.

»Ein zwei auf zwei Meter großes Stück Spannteppich mit grau-weißen Fasern. Und du ahnst nicht, wie er auf seine Festnahme reagiert hat!«

Lutz wartete ergeben.

»Er zitterte, und sein Gesicht lief blau an, blau!«, sagte Schmidt mit großen Augen. »Gleichzeitig grinste er herablassend und benahm sich äußerst arrogant.«

Das wunderte Lutz nicht. Dass der Gartenbauer so lange und völlig ungehindert seinen kriminellen Machenschaften nachgehen konnte, hatte ihn glauben lassen, unantastbar zu sein, und absurderweise vermutlich sogar, ein gewisses Recht auf diese Unantastbarkeit zu besitzen. Von Schmidt wie ein normaler Verbrecher festgenommen zu werden, musste den Gartenbauer schwer gekränkt haben. Was er mit Arroganz kaschierte. Gut möglich, dass er immer noch erwartete, irgendwie davonzukommen. Lange würde er seine überhebliche Fassade nicht mehr aufrechterhalten können, sah Lutz bei einem Kontrollblick auf die Uhr. Mit einem entschlossenen Ruck stieß er sich vom Schreibtisch ab und stand auf.

Augenblicklich hörte Schmidt mit der lästigen Wipperei auf. »Geht's los?«

Lutz bejahte. »Die Kollegen sind informiert und einsatzbereit, Aiva und der Staatsanwalt bereits vor Ort.« Er warf Schmidt aus schmalen Augen einen eindringlichen Blick zu.

»Wir verfahren wie ausgemacht. Bleib sachlich, zäume deine Eitelkeit und verzichte auf Übertreibungen. Du sollst die Schuldigen schuldig aussehen lassen, sie aber nicht bis aufs Blut reizen. Wir wollen niemanden gefährden.«

Auch deinen Auftritt nicht, fügte Lutz im Stillen an. Hoffentlich wusste der Junge die Bühne zu nutzen.

Er beugte sich vor, um aus dem Fenster zu schauen. Drei Minuten noch bis zum Start. Vor der Polizeistation standen seit gut einer Stunde drei zivile Fahrzeuge bereit und, etwas verborgen unter dem Vordach, der schwarze Kastenwagen der Interventionseinheit, die zum Einsatz kam, wenn es um die Verfolgung und Verhaftung von schweren Gewalttätern ging. Die behelmten und mit schwarzen Schutzpanzern ausgerüsteten Polizisten hatten die kleine Küche der Station bereits verlassen und befanden sich auf dem Weg in ihre Fahrzeuge. Zwei von ihnen führten Renzo Marty in Handschellen zwischen sich und bugsierten ihn jetzt unsanft in eines der Zivilfahrzeuge.

Als er sich umdrehte, bemerkte Lutz, wie Schmidt in der spiegelnden Scheibe sein Konterfei betrachtete und mit flacher Hand sein Haar nach hinten strich.

»Was denkst du, Lutz, sitzt mein Scheitel so richtig oder soll ich ihn auf die andere Seite legen?«, fragte er und drehte seinen Kopf nach links und rechts, um sich im improvisierten Spiegel prüfend zu mustern.

Es war Lutz ein Rätsel, wann der Junge die Zeit gefunden hatte, sich die ganze Pomade ins Haar zu pappen – und noch eigenartiger, weshalb ihm dies bis jetzt nicht aufgefallen war. Schmidts blonder Schopf glänzte dermaßen vor Fett, dass er aussah wie ein ölverschmierter Vogel nach einer Umweltkatastrophe. Das war doch nicht etwa das Zeug, mit dem er sein Fahrrad fettete?

Der Junge war wegen des bevorstehenden ersten Treffens mit Aiva offensichtlich nervös.

»Kein Scheitel, keine Pomade«, knurrte Lutz ungehalten. Nicht, dass der Junge den bevorstehenden Auftritt noch verbockte. Ein Auftritt wie von Hercule Poirot, Agatha Christies berühmtem Privatdetektiv, sollte es werden, mit Schmidt in tragender Rolle, wie er vor aller Augen die Lösung des Falls präsentierte – heldenhaft, geistreich, unwiderstehlich. Das war der Plan. Nebenbei konnten sie mit der Aufklärung in Anwesenheit sämtlicher Beteiligter verhindern, dass die Schuldigen Beweise verschwinden ließen oder sich ihrer Verhaftung entzogen. Und wenn Schmidt nicht allzu sehr er selbst war, dann erklärte Aiva sich vielleicht sogar einverstanden mit einem Rendezvous.

35

Dienstag, 22. August

Ein kräftiger Wind blies, als Lutz und Schmidt sich dem Rapperswiler Hafen näherten. Die an der Hafenmauer vertäuten Vergnügungs- und Kursschiffe schaukelten, von unregelmäßigem Wellengang getrieben, knarrend auf und ab und scheuerten an den Fendern. Überraschenderweise klaffte in den bleifarbenen Wolken über der Insel Lützelau ein Riss, durch den schwach ein Stück blauen Himmels blitzte. Noch am Morgen, als Lutz vom Joner Zentrum Richtung Polizeistation marschiert war, hätte er es nicht für möglich gehalten, dass es heute noch aufklarte.

Trotz des verheißungsvollen Wetterumschwungs empfand Lutz die Stimmung am See als bedrohlich. Vielleicht, weil die schweren Wolken so angestrengt versuchten, die Sonne zu behindern, vielleicht, weil die Möwen seltsam schrill kreischten oder weil das grünlich gefärbte Wasser so heftig an den Uferwänden emporpeitschte, dass er nasse Schuhe bekam.

Möglicherweise bin ich angesichts des geplanten Zusammentreffens auch einfach etwas angespannt und nehme die Umgebung überdeutlich wahr, überlegte Lutz. So muss sich ein Trip anfühlen.

Aus den Augenwinkeln bemerkte er, wie Schmidt nach allen Seiten ausspähte und sich, dezent wie ein Flitzer in einem WM-Endspiel, nach den Kollegen umsah, die in Bereitschaft waren.

Als Agent hätte man ihn erschossen, bevor er imstande gewesen wäre, den Finger zu heben und in der Nase zu bohren. Schmidt und wie er sein soziales Umfeld wahrnahm – ein spezielles Thema. Blieb zu hoffen, dass er sich in der nächsten Stunde nicht ganz so ungeschickt anstellte. Es war entscheidend, wollten sie diejenigen aus der Reserve locken und entlarven, welche die Stadt Rapperswil im Würgegriff hielten, Unschuldige unter Druck setzten, sich mit Drogenverkäufen bereicherten und nicht davor zurückschreckten, Morde zu begehen. Drei an der Zahl bis jetzt, weitere würden folgen, wenn sie nicht unverzüglich handelten, da hatte Lutz keine Zweifel.

Die orangefarbene Sturmwarnleuchte am Kapuzinerzipfel leuchtete in rascher Folge auf und kündigte den Bootfahrern und Seglern auf dem Zürichsee Böenspitzen von über einundsechzig Kilometern pro Stunde an. Abgelenkt vom blinkenden Licht merkte Lutz erst jetzt, dass von der Sitzbank am See her zwei Gestalten auf sie zukamen. Die große, stämmige gehörte Magnus Obrecht, der Lutz und Schmidt die Hand entgegenstreckte und sie gewohnt fest drückte.

Der Staatsanwalt war ziemlich fassungslos gewesen, als er am Vormittag von Lutz und der Imhof erfahren hatte, welch mafiöses Netz sich über Rapperswil spannte. Im Gegensatz zu den ersten Malen, als Lutz ihn getroffen hatte, wirkten seine Bewegungen heute entschlossen, und seine Miene war die eines Mannes, der seinen Gegnern gegenüber kein Pardon kannte. Gut so.

Hinter dem stämmigen Staatsanwalt tauchte eine feingliedrige Gestalt mit kurzem braunem Haar auf: Aiva Semjonova, Sachbearbeiterin bei der Kriminalpolizei in Sankt Gallen und Lutz' Geheimwaffe, um an legale und andere Informationen zu gelangen. Ein vorsichtiges Lächeln umspielte ihre Mundwinkel, als sie, gestützt auf zwei blaue Krücken, langsam auf Lutz und

Schmidt zuhumpelte. Schmidts Blick verharrte für einen erwartungsvollen Moment auf ihrem Gesicht mit der schmalen Nase und den ausdrucksvollen braunen Augen, um dann erstaunt zu den Krücken und ihrem rechten Bein hinunterzuwandern.

Sag jetzt bloß nicht das Falsche, Junge, bangte Lutz, während er mit beiden Händen herzlich Aivas Rechte umfasste und sie in Rapperswil willkommen hieß.

»Du hast keinen Unterschenkel mehr!«, stammelte Schmidt und starrte Aivas jeansbekleidetes rechtes Bein an, das unter dem Knie aufhörte. Lutz stöhnte innerlich. Die Zielstrebigkeit, mit der Schmidt immer das tat, was er nicht sollte, war beeindruckend.

Aivas zaghaftes Lächeln wich einer einstudierten Emotionslosigkeit, mit der sie sich, wie Lutz vermutete, vor entsetzten Blicken und taktlosen Bemerkungen wappnete. »Ein Gleitschirmunfall. Eine Windböe fegte meinen Schirm in einen Baum, und mein Bein verfing sich unglücklich in den Leinen«, sagte sie ohne erkennbare Regung. »Es konnte nicht mehr gerettet werden.«

»Wann ist das passiert?«, fragte Schmidt mit betretener Miene.

»Vor drei Monaten«, gab Aiva zurück. »Meine Prothese ist noch in Arbeit.«

Der Junge brauchte einen Moment, um diese Mitteilung zu verdauen. Lutz sah, wie es in seinem Kopf arbeitete, und dann, wie aus dem Nichts, erhellte ein verstehendes Lächeln sein Gesicht. »Also deswegen hast du gesagt, dass du nicht auf die Fahrradtour mitkommst! Hätte ich gewusst, dass dir ein halbes Bein fehlt, hätte ich dich doch gefragt, ob du mit mir ins Kino gehst!«

Schmidts Erleichterung, dass Aiva ihm einzig aus einem so läppischen Grund wie einer Behinderung für die Fahrradtour abgesagt hatte, war so offensichtlich und so echt, dass Aiva lachen musste und Lutz nicht umhin kam zu schmunzeln. Takt bewies der Junge mit seiner Bemerkung nicht gerade, aber immerhin war er unvoreingenommen, authentisch und auf eine verschrobene Art liebenswürdig.

»Bereit?«, wollte Lutz wissen. Schmidt, Magnus Obrecht und Aiva nickten, worauf er sich umdrehte, über die leere Terrasse des Al Porto schritt und entschlossen die Tür zur Gaststube aufstieß.

36

Dienstag, 23. August

Genau in diesem Augenblick machte der Riss im Himmel über der Lützelau den ersten Sonnenstrahlen des Tages Platz. Sie fielen als neblige Lichtstreifen durch die raumhohen Fenster des Al Porto, wanderten die Wände empor und ließen winzige Staubkörnchen tanzen. Den hölzernen Plankenboden unter den Füßen und Auge in Auge mit mehreren ausgestopften Fischen fühlte Lutz sich erneut an eine mediterrane Hafenbeiz erinnert. Ein Eindruck, den der leichte Knoblauchduft, der vom Mittagessen in der Luft hing, noch verstärkte.

Die rund um das Al Porto postierten zivilen Streifen hatten seit einer Stunde diskret darauf hingearbeitet, dass nur jene Gäste das Gasthaus betraten, die geladen waren. Und wie Lutz jetzt feststellte, hatten sich ihre Bemühungen gelohnt. Alle waren gekommen, wenn auch den wenigsten der Anwesenden bewusst war, was sich hier gleich abspielen würde.

An einem der dunklen Eichentische rechts des Eingangs saßen Barbara, Sebastian und Malin, alle drei in Zivilkleidung, vor ihnen die Überreste von zwei Pizza Stromboli sowie ein leerer Teller, auf dem Sofia Keller Malin vor einer Stunde Lasagne serviert hatte. Worüber die drei lachten, war trotz der leisen Hintergrundmusik nicht auszumachen. Vermutlich über einen Scherz von Barbara, die immer etwas Komisches auf Lager hatte.

Unmittelbar hinter ihnen war die Imhof mit einer etwa sechzigjährigen matronenhaften Frau in strengem Deux-Pièce in ein angeregtes Gespräch vertieft. Lutz hatte die Frau noch nie gesehen, konnte sich aber ausrechnen, dass es sich bei ihr um die polnische Botschafterin Anastazja Michalski handeln musste. Ein wenig abgerückt von den beiden Frauen saß Theo Szalai in gespannter Erwartungshaltung, die Lutz in diesem Moment störend verdächtig fand.

Janine und Bianca von Arx hatten am Stammtisch Platz genommen, an dem gestern die Trainer des FC Rapperswil-Jona Birra Moretti getrunken hatten. Statt der üblichen schnürlosen Sneaker trug die Apothekerin heute schicke weiße Ballerinas. Sie fühlte sich unwohl, bemerkte Lutz an ihrer fahrigen Gestik. Der Tod ihres Bruders musste schwer auf ihr lasten. Außerdem rätselte sie vermutlich, weshalb ihre ehemalige Primarlehrerin sie ins Al Porto bestellt hatte. Janine erwiderte Lutz' Blick mit einem Augenzwinkern. Es schien, als ob sie das Spiel mitsamt ihrer Rolle als Lockvogel genießen würde.

Vom Tisch davor ging eine gewisse Unruhe aus. Lutz erkannte einen älteren Herrn in braunen Cordhosen und einem hellgrauen Sakko, das seinen roten Teint ungünstig hervorhob – Max Vogt. Über ihm an der Wand prangte wie ein Damoklesschwert ein Paddel. Der Transportunternehmer und frischgebackene Eigentümer des Hotels Schwanen wirkte erregt und sprach eindringlich auf die Wirtin Sofia Keller ein, die neben ihm stand und seine Predigt mit verschränkten Armen an sich abprallen ließ. Als sie Lutz, Schmidt, Aiva und Magnus Obrecht bemerkte, neigte sich die Wirtin vor, raunte Max Vogt etwas zu, das seinen Redefluss augenblicklich stoppte, und richtete sich wieder auf. Mit dem ihr eigenen fließenden Gang kam sie auf sie zu.

»Heute nicht zum Schachspielen da?«, erkundigte sie sich neckisch und ließ ihren Blick über Schmidt und die beiden ihr unbekannten Personen wandern. »Zu viert? Macht es euch bequem.« Sie zeigte auf einen der freien Tische in der Mitte.

»Es kommen noch mehr«, teilte Lutz ihr mit. »Vier weitere Personen, um genau zu sein, dann sind wir vollzählig.«

In diesem Moment ging hinter ihnen die Tür auf, und sie sahen die hohe schmale Gestalt von Stadtrat Elias Zuppiger das Al Porto betreten, der Mund verkniffen, die Stirn irritiert gerunzelt, was Lutz nicht verwunderte. Der smarte Politiker hatte allen Grund, das beliebte Lokal zu meiden, und als er jetzt im hinteren Teil der Gaststube die polnische Botschafterin entdeckte, kippte seine Stimmung vollends. »Was soll das hier?«, zischte er Lutz zu. »Weshalb haben Sie mich herbestellt?«

»Setzen Sie sich doch«, erwiderte Lutz freundlich, wandte sich um und deutete zum Tisch von Max Vogt. »Am besten dort drüben hin, Sie beide kennen sich ja.«

Lutz ignorierte die harsche Erwiderung von Elias Zuppiger, denn jetzt öffnete sich die Tür zum Al Porto erneut, und Ted und Carlo betraten den Raum, zwischen sich Renzo Marty. Der Gartenbauer trug seine mit Handschellen gefesselten Hände wie im Gebet gefaltet vor sich her und stellte eine reglose Miene zur Schau.

Entweder verfügt der Mann über mehr Selbstdisziplin, als ich ihm zugetraut hätte, dachte Lutz, oder er ist unfähig zu ermessen, was auf ihn zukommt. Seine wenig intelligenten Handlungen sprachen für Letzteres.

Aufmerksam sah Lutz in die Runde. »Ja, jetzt sind alle da«, sagte er, und sämtliche Gespräche kamen zum Erliegen.

Die Köpfe der Anwesenden wandten sich ihm und der Gruppe am Eingang zu. Noch vor wenigen Minuten hatten sie sich scheinbar zufällig im Restaurant aufgehalten, um zu Mittag zu essen oder einen Kaffee zu trinken. In diesem Moment jedoch wurde auch den Letzten im Raum klar, dass man sie aus einem ganz bestimmten Grund ins Al Porto beordert oder eingeladen hatte.

Lutz sah die Apothekerin unruhig aufstehen. In ihrem Gesicht erkannte er Verblüffung, Besorgnis und eine Regung, die er als unterdrückten Zorn interpretierte. Er war gespannt auf ihre Reaktion, wenn sie erfuhr, was Schmidt, Aiva und er herausgefunden hatten.

Im Gegensatz zu Bianca von Arx saß Max Vogt wie festgenagelt auf seinem Stuhl. Sein sonst rotes Gesicht war fahl geworden, und seine Stirn war von kaltem Schweiß überzogen. Es schien ihn Mühe zu kosten, seine übliche souveräne und joviale Fassade aufrechtzuerhalten.

Elias Zuppiger, der sich vorhin nur widerwillig an Max Vogts Tisch gesetzt hatte, stellte eine grimmige Überheblichkeit zur Schau, als hielte er es für ausgeschlossen, dass man ihm irgendetwas anlasten könnte. Gewiefter Politiker, der er ist, glaubt er wohl, sich jeder Situation anpassen und gegebenenfalls herauswinden zu können, ging Lutz durch den Kopf.

Die Spannung im Al Porto war beinahe mit Händen zu greifen, und das Unbehagen stieg, als die beiden Polizisten den Gartenbauer Renzo Marty zu einem der Tische in der Mitte bugsierten und – ihn von beiden Seiten sichernd – neben ihm Platz nahmen. Renzo Marty war ein Verbrecher, und die Polizei hatte ihn gefasst. Hatte er geredet? Etwas verraten? Das mussten sich einige der Anwesenden fragen.

Wirtin Sofia Keller war nach Lutz' Worten reglos und verblüfft neben dem großen Weinfass stehen geblieben. Jetzt aber fiel die Starre von ihr ab, und sie stemmte die Arme in die Seiten. »Darf ich wissen, was hier vor sich geht?«, erkundigte sie sich mit schneidender Stimme, in der nichts von ihrem typisch kehligen Timbre mehr mitschwang.

Lutz nickte ihr zu. »Wir werden Ihnen allen, die hier versammelt sind, von einer Seuche berichten, die vor neun Jahren ihren Anfang nahm, die Stadt Rapperswil vergiftete und schließlich zu drei Morden führte.«

Ungeduldig runzelte Elias Zuppiger die Stirn und erhob sich. »So leid es mir tut, meine Damen und Herren, mein Terminplan ist voll, mir fehlt die Zeit für eine Märchenstunde, weshalb ich Sie jetzt verlasse.«

»Schnauze«, raunte Schmidt, der neben ihm stand, und drückte Elias Zuppiger zurück auf seinen Stuhl.

Der Stadtrat machte Anstalten, sich erneut zu erheben, doch der Junge zückte die Handschellen und hielt sie ihm demonstrativ unter die Nase. Das wirkte. Achselzuckend ließ Zuppiger sich zurück in den Stuhl fallen und kaschierte die Blamage, indem er spöttisch die Mundwinkel verzog.

Lutz hatte Schmidts Intervention mit unergründlicher Miene zugesehen. Jetzt räusperte er sich. »Sie haben es gehört und in der Zeitung lesen können: In Rapperswil und den umliegenden Dörfern ist eine Droge in Umlauf, die an Gefährlichkeit nicht zu überbieten ist und bei den Konsumenten irreparable Schäden anrichtet.«

Vor Lutz' innerem Auge tauchte das Bild von Leon Bär auf, wie er mit verzerrtem Gesicht, verkrümmtem Körper, zuckend und sabbernd in seiner verwahrlosten Wohnung gelegen hatte. Der Anblick des jungen Mannes hatte sich in sein Gedächtnis gebrannt und ging ihm noch immer nahe.

»Zombies nannte der Rapperswiler Anzeiger die vier Süchtigen in seinem Artikel von vergangener Woche«, fuhr er fort. »Und so reißerisch die Bezeichnung auch scheinen mag; sie trifft zu. Die Droge hat das Gehirn dieser Menschen unwiderruflich zerstört. Sie werden für den Rest ihres Lebens unter Zuckungen, Lähmungen und Halluzinationen leiden und nie mehr einer

Arbeit nachgehen können. Letzte Woche hatten wir es mit vier Betroffenen zu tun. Inzwischen sind es bereits elf, die unter den genannten parkinsonähnlichen Symptomen leiden.«

Lutz erkannte gleichgültige, betroffene, hauptsächlich aber erstaunte Gesichter, als er jetzt in die Runde schaute. Dabei mussten, abgesehen von den neun Polizisten und dem Staatsanwalt, mindestens zwei der Anwesenden ganz genau wissen, wovon er hier sprach.

Mit einer Handbewegung übergab Lutz Schmidt das Wort. Der streckte seinen langen Hals und nahm Haltung an. Penibel und in gestochenem Hochdeutsch erklärte er, dass es sich bei der fraglichen Droge um ein synthetisches Heroin namens MPPP handle, die genaue chemische Bezeichnung habe er vergessen. Werde dieses MPPP falsch hergestellt, zu schnell nämlich, das heißt mit zu viel Hitze, verwandle sich die Substanz in den neurodegenerativen Stoff MPTP. Dieser wiederum sei, wie schon seit den Achtzigerjahren bekannt, verantwortlich dafür, dass die Konsumenten Symptome zeigten, die sich folgendermaßen manifestierten …

Lutz fasste sich innerlich an den Kopf. Dieses Herumgeeiere war nicht auszuhalten. Er überlegte sich schon, Schmidt unauffällig auf den Fuß zu treten, als dieser abrupt zu den aktuellen Ereignissen überleitete.

»Wie auch immer. Ich kann Ihnen die frohe Mitteilung überbringen, dass es uns heute Morgen gelungen ist, das Versteck der Drogendealer ausfindig zu machen und den für das ganze Desaster verantwortlichen Drogenring zu sprengen.«

Von einem gesprengten Ring zu sprechen, wo sie bislang nur eine einzige Person festgenommen hatten, war etwas dick aufgetragen, fand Lutz, doch er hielt sich zurück.

Mit großer Geste wies Schmidt auf den gefesselten Renzo Marty. »Dieses Individuum hier ist der Dealer, der die gefährliche Droge unter die Leute bringt und mitverantwortlich dafür ist, die Gesundheit und Existenz von zahlreichen Personen ruiniert zu haben. Sie alle dürften ihn kennen: Renzo Marty, Gartenbauer aus Rapperswil.«

Die Einvernahme heute Morgen hatte gezeigt, dass zutraf, was Lutz vermutet hatte: Renzo Marty versteckte das MPPP-Pulver in den Zwergen und lieferte diese immer dann an die Konsumenten in Rapperswil und Umgebung aus, wenn er ohnehin für seinen Online-Versandhandel unterwegs war. So viel hatte der Gartenbauer gestanden. Da er zu Recht gefürchtet hatte, am Telefon abgehört oder von den Cyberspezialisten der Polizei aufgespürt zu werden, funktionierte sein Bestell- und Vertriebssystem für die Drogen rein analog und denkbar simpel.

Auf der niedrigsten Position des Vertriebsnetzwerks befand sich Leon Bär, der auf den Straßen und Partys in der Umgebung mögliche Interessenten aufgabelte und deren Adressen an Renzo Marty weiterleitete. Kurz darauf erhielten die neuen Kunden ihre erste Lieferung: Der georderte Stoff befand sich im hohlen Inneren eines Gartenzwergs mit roter Mütze, blauen Augen, Bart und Axt – Horst. Und jedes Mal, wenn die Konsumenten Nachschub benötigten, stellten sie den Gartenzwerg gut sichtbar auf den Balkon oder das Fensterbrett, und Renzo Marty lieferte Rausch und Euphorie frei Haus, ohne dass er dabei irgendjemandem aufgefallen wäre. Wahlweise im Bauch des Zwergs oder im Briefkasten.

»Als Gärtner gehörst du sozusagen zum Straßenbild. Keiner nimmt dich richtig wahr«, hatte Renzo Marty bei der Vernehmung lakonisch gesagt.

Wer an der Spitze des Rauschgiftnetzwerks stand, wer die Ware produzierte und Renzo Marty damit belieferte, darüber jedoch hatte der Gartenbauer bei der Einvernahme eisern geschwiegen. Ebenso wenig hatten Schmidt und die Drogen-fahnder zu den Umständen von Leon Bärs Tod erfahren. Alle ihre Fragen waren an einer Mauer des Schweigens und dem stoischen Gesichtsausdruck von Renzo Marty abgeprallt.

Glücklicherweise ist den Anwesenden nicht klar, was der Mann preisgegeben hat und was nicht, ging Lutz durch den Kopf. Er würde ihnen diese Ungewissheit nicht nehmen, im Gegenteil; er hatte vor, sie zu seinem Vorteil zu nutzen.

Sofia Keller, Elias Zuppiger, Max Vogt, Janine Widmer, Bianca von Arx, Theo Szalai und Anastazja Michalski hatten sich Schmidts Erklärungen angehört, ohne etwas zu sagen oder sich eine Blöße zu geben, indem sie offen ihr Unbehagen ausdrückten. Das wunderte Lutz nicht. Ihnen allen, die sich im Al Porto versammelt hatten, war klar, dass das Auftauchen der gefrorenen Zombies und die Aufdeckung des lokalen Rauschgiftnetzwerks nur die Spitze der Ereignisse waren, die sich in Rapperswil zutrugen.

»Seltsame Dinge sind in den letzten Tagen passiert«, sagte Lutz und begann, langsam vor den Tischen auf und ab zu gehen, während die Blicke aller ihm folgten. »Rauschgiftkonsumenten gehen an einer verpfuschten Droge ein, Rauschgiftmittelhänd-ler treiben ihr Unwesen, und an den seltsamsten Orten finden wir Menschen, die ermordet wurden. Ein Zufall? Wie wir fest-stellen mussten, nein. Alle diese Vorkommnisse sind auf eine bizarre und erschreckende Weise miteinander verknüpft.«

Er blieb stehen und überlegte. »Am besten beginnen wir bei den aktuellen Ereignissen, dort, wo es uns gelungen ist, das lose Ende des Fadens zu ergreifen.« Er deutete zum Tisch zu seiner Linken. »Bei Max Vogt nämlich, Transportunternehmer und seit wenigen Tagen Besitzer des Hotel Schwanen.«

»Max Vogt ist … war der Nachbar von Fiona Bär, die am Dienstagabend vor drei Wochen ermordet und eine Woche später in einem Gartenschuppen tot aufgefunden wurde«, ergriff Schmidt das Wort. »Die beiden lagen seit Jahren miteinander im Streit. Man kann durchaus davon sprechen, dass sie sich hassten.«

Lutz nickte. »Max Vogt stand folglich auf unserer Liste an Tatverdächtigen. Als wir ihn befragten, gab er an, sich zum Tatzeitpunkt mit Tanja Rüegg getroffen zu haben, alleinerziehende Mutter und Kellnerin im Al Porto.«

»Tanja Rüegg bestätigte Max Vogts Aussage«, fuhr Schmidt fort, »und wir hatten keinen Grund, an ihrer Darstellung zu zweifeln, bis wir von einer Nachbarin und dem Pizzakurier vernahmen, dass Tanja Rüegg am Abend von Fiona Bärs Ermordung zu Hause war und mit ihrem Sohn Pizza aß, und zwar eine große Ortolana und eine kleine Prosciutto.« Schmidt stockte. Irgendwo zwischen Oliven und Peperoni schien er den Faden verloren zu haben.

»Welchen Grund aber hatte Tanja Rüegg, uns anzulügen?«, kam Lutz ihm zu Hilfe. »Und weshalb benötigte Max Vogt so dringend ein Alibi? Hat er am Ende doch etwas mit dem Mord an Fiona Bär zu tun?«

»Auf die richtige Spur brachte uns eine weitere Merkwürdigkeit, die in Zusammenhang mit Max Vogt steht«, sagte Schmidt, der den Faden wiedergefunden hatte. »Max Vogt hat den Polen« – er deutete eine Verbeugung in Richtung von Anastazja Michalski an – »vor einigen Tagen völlig überraschend das Hotel Schwanen abgekauft. Und dies, nachdem das Hotel über Jahre hinweg keinen neuen Besitzer gefunden hatte. In der Vergangenheit hatte Max Vogt nie auch nur das leiseste Interesse an der Liegenschaft gezeigt. Überdies besitzt er keinerlei Kenntnisse, wie man einen gastronomischen Betrieb führt. Weshalb also erwirbt er dann den Schwanen? Die Antwort ist simpel und kompliziert zugleich: Er begleicht damit eine Schuld.«

Max Vogts Schnauben war durch das ganze Lokal zu hören. »Kaum wagt man sich an etwas Neues, schon steht man in der Kritik, das ist doch mal wieder typisch Rapperswil«, rief er mit wegwerfender Geste. Zustimmung heischend, blickte er in die Runde, doch niemand reagierte. Sich zu verbrüdern schien keinem der Anwesenden ratsam, solange man nicht wusste, woran man war.

»Ich werde Ihnen jetzt eine Geschichte erzählen«, sagte Lutz, verschränkte die Hände hinter dem Rücken und nahm seine Wanderung wieder auf. »Die Geschichte, was am ersten Dienstag dieses Augusts geschah.« Er blieb kurz stehen und machte eine Handbewegung, die den ganzen Raum umfasste. »Es ist kein guter Tag für Max Vogt. Denn an diesem Tag kracht einer der Kräne, die er vermietet, auf ein Einfamilienhaus nieder und macht eine Familie obdachlos. Max Vogt ist aufgebracht, verbittert und nervös. Er sieht sein Lebenswerk in Gefahr und fürchtet Klagen. In diesem Zustand fährt er vom Geschäftssitz der Vogt Transporte GmbH in Mönchaltdorf heimwärts, als aus dem Dunkel beim Joner Höcklistein plötzlich Fiona Bär mit ihren drei jungen Huskys auftaucht. Seine Nachbarin, mit der er seit Jahren verfeindet ist.« Lutz breitete die Arme aus. »Eine Mischung aus Hass, Frust und Wut überkommt Max Vogt, und statt zu bremsen, tritt er aufs Gas. Er überfährt Fiona Bär, die auf der Stelle tot ist.«

Theo Szalai atmete gut hörbar aus, während der Beschuldigte gekünstelt auflachte. »Eine lächerliche Theorie«, schnaubte Max Vogt verächtlich. »Denn Beweise haben Sie natürlich nicht, nehme ich an. Woher denn auch?«

»Von der Spurensicherung«, beantwortete Schmidt die selbstgefällige Feststellung ernsthaft. »In diesem Moment überprüfen die Forensiker Ihren Mercedes-Benz G-Klasse 463 mit den Ganzjahresreifen auf Spuren von menschlichem Blut und Gewebe. Ihr Haus haben wir bereits durchsucht und dabei einen Erpresserbrief gefunden – doch dazu später mehr.«

Lutz sah, wie Schmidts treuherzig vorgebrachte Information und sein aufrichtiger Blick dem Transportunternehmer das Blut in den Adern gefrieren ließen. Sollte sich der Mann bis jetzt vorgegaukelt haben, Fiona Bär mehr oder weniger versehentlich überrollt zu haben; jetzt konnte er sich nicht länger selbst betrügen. Er war ein Mörder. Und er würde dafür ins Gefängnis wandern.

»Max Vogt steht nun also vor einer Frau, deren Tod er verschuldet hat«, setzte Lutz die unterbrochene Erzählung fort. »Als kühler Geschäftsmann überschlägt er, wie lange ihm dieser Mord an Gefängnisjahren einbringt, und kommt zum Schluss, dass er seinen Ruf, sein Vermögen und sein Geschäft, das ihm am Herzen liegt, verlieren würde. Was also tut er?«

»Er ruft die einzige Person an, von der er weiß, dass sie skrupellos genug ist, einen Mörder zu decken und darüber Schweigen zu bewahren«, sagte Schmidt, als hätten sie das Frage-Antwort-Pingpong abgesprochen. »Und diese Person reagiert umgehend. Sie beauftragt ihren Handlanger, Fiona Bärs Leiche so verschwinden zu lassen, dass niemand sie je finden würde. Was ihm, wie wir wissen, nicht gelungen ist.«

Schmidt steckte die Daumen in den Gürtel seiner Cargohose und pflanzte sich breitbeinig vor dem gefesselten Gartenbauer auf. »Der genannte Handlanger ist niemand anders als Renzo Marty, den wir heute Morgen wegen Rauschgifthandels festgenommen haben. Er entschied sich, den Gartenschuppen eines Mannes, von dem er wusste, dass er schwer krank war und den Schuppen nicht mehr nutzte, zu Fiona Bärs letzter Ruhestätte zu machen. Doch der Besitzer des Schuppens starb, und die Stadt schickte Werksarbeiter, um die Gartenparzelle zu räumen. Als diese den Betonboden aufbohrten, entdeckten sie die Leiche von Fiona Bär. Ziemlich schludrig einbetoniert übrigens«, bemerkte Schmidt. Er beugte sich zum sitzenden Renzo Marty hinunter, sodass sich ihre Augen auf gleicher Höhe befanden. »Man sah sogar noch ihre Nase.«

Renzo Marty drehte den Kopf weg, um Schmidt nicht in die Augen sehen zu müssen. »Wen kümmert die verdammte Nase, die Kuh musste weg!«, knurrte er, und seine Kiefermuskeln mahlten wütend. »Konnte doch nicht riechen, dass der alte Sack plötzlich stirbt.«

Lutz tauschte einen Blick mit Magnus Obrecht, der kaum merklich den Kopf neigte. Da war es, das Geständnis, das sie Renzo Marty bei der Einvernahme vergeblich zu entlocken versucht hatten. Er hatte gerade zugegeben, Fiona Bär beseitigt zu haben. Vor sechzehn Zeugen. Wer aber hatte ihm den Auftrag erteilt?

Lutz blieb vor dem Tisch stehen, an dem der Transportunternehmer saß, stützte seine Hände darauf ab und sprach Max Vogt zum ersten Mal direkt an. »Irgendeine Person mit der Macht, dem Personal und dem zweifelhaften Ruf eines Mafiabosses hat Ihnen zugesichert, dass die getötete Fiona Bär für immer verschwinden würde«, sagte er. Bedeutungsvoll setzte er hinzu: »Ein großer Gefallen. Einer, für den Sie sich bei diesem Mafiaboss revanchieren mussten. Und wir sind dahintergekommen, wie dieser Gefallen aussah.« Lutz stieß sich vom Tisch ab, richtete sich auf und blickte Max Vogt prüfend an. »Sie kauften das Hotel Schwanen. Unter Ihrem eigenen Namen – aber im Auftrag des Mafiabosses, der einen wichtigen Anteil des Kaufpreises beigesteuert hat.«

In der sonst lärmerfüllten und betriebsamen Gaststube des Al Porto war kein Schnaufen, kein Hüsteln, kein Füßescharren mehr hörbar. Es war, als hielten alle den Atem an.

Lutz ließ seinen Blick über die Anwesenden schweifen und sah jeden Einzelnen von ihnen eindringlich an. »Wer aber ist diese Person?«, fragte er. »Dieser Mafiaboss, der in Rapperswil dafür bekannt ist, dass er für Geld oder Gefallen Dreck wegkehrt, der bereit ist, einen Mord nicht nur zu vertuschen, sondern auch die Macht und die Skrupellosigkeit besitzt, eine Leiche entsorgen zu lassen?«

Für einen atemlosen Moment blieb die Frage im Raum schweben wie schwerer Zigarrenrauch, füllte scheinbar jede Ecke der Gaststube aus, drang durch die Nasenlöcher in den Mund und hinterließ einen schalen Geschmack, bevor Lutz klärende Luft hereinließ.

Er trat vor Sofia Keller, die mit ausdruckslosem Gesicht gegen das Weinfass gelehnt dastand, und schüttelte den Kopf, als könnte er noch immer nicht fassen, was Schmidt, Aiva und er entdeckt hatten.

»Es ist Sofia Keller, Wirtin dieses Restaurants und Schlichterin beim Vermittlungsamt See. Sie hat Renzo Marty damit beauftragt, die ermordete Fiona Bär verschwinden zu lassen, und im Gegenzug den Gefallen eingefordert, dass Max Vogt für sie den Schwanen erwirbt. Wie auf dem Grundbuchamt beurkundet ist, wird das Hotel nach Ablauf von zwei Monaten als Schenkung an Sofia Keller übergehen.«

Die rundliche, immer tadellos gekleidete Wirtin hatte sich während Lutz' Anklage nicht gerührt und starrte scheinbar unbeteiligt Richtung Tür – als hätte sich ihr Geist nach draußen verflüchtigt und nur die Hülle zurückgelassen. Doch sie schwitzte. Auf ihrer Stirn bildete sich ein klarer Film, und ihre Unterlippe bewegte sich kaum merklich.

Lutz warf der Wirtin einen prüfenden Blick zu und wartete, dass ihre Lippenbewegungen sich in Sprache verwandelten. Als das nicht passierte, wandte er sich achselzuckend ab.

»Ich habe Sofia Keller vorhin als Mafiaboss bezeichnet, und wie Sie gleich sehen werden, trifft dieser Begriff durchaus zu. In den dreizehn Jahren in ihrem Amt als Vermittlerin hat sie ihr Wissen über die Menschen in Rapperswil, ihre Geheimnisse, ihre Begehren und ihre Laster ohne jeden Skrupel ausgenutzt, Gefallen eingefordert, Opfer manipuliert, sie erpresst und ein Netz aus Abhängigkeiten, Betrug und Intrigen gesponnen. Sie wollte reich werden, sie wollte Charlotte Helbling den Schwanen abluchsen, sie wollte sich für gewisse Dinge in ihrer Vergangenheit rächen, vor allem anderen aber ging es Sofia Keller um Macht. Und um diese zu erhalten, schreckte sie vor nichts zurück.«

Lutz bedeutete Schmidt mit einer Kinnbewegung, dass er fortfahren solle. Die Daumen im Gürtel eingehängt, straffte Schmidt sich und blinzelte kurz zu Aiva hinüber, die ihm ermutigend zulächelte.

»An jenem Dienstagabend Anfang des Monats waren Max Vogt und Renzo Marty nicht allein auf der dunklen Straße beim Höcklistein«, erklärte Schmidt, wieder ganz bei der Sache. »Vor Ort war auch Dario Hauenstein, amtlich gewählter Kaminfeger. Er war mit seinem Hund unterwegs und bekam alles mit; wie Max Vogt Fiona Bär überfuhr, wie er anschließend verzweifelt telefonierte und irgendwann ein Mann mit seinem Pick-up auftauchte, die Leiche in einen Teppich einwickelte und mitnahm.«

Einige Tage später habe der Kaminfeger beschlossen, Gewinn aus seinem Wissen zu machen und Max Vogt für sein Stillschweigen bezahlen zu lassen, legte Schmidt dar. »Er forderte fünfzigtausend Franken. So steht es im Erpresserbrief, den wir vorhin bei der Durchsuchung in Max Vogts Haus gefunden haben.«

Der Transportunternehmer aber habe nicht gezahlt, fuhr Schmidt fort. Stattdessen habe er Sofia Keller kontaktiert und sie darüber unterrichtet, dass er vom Kaminfeger erpresst werde. »Was er damit bezweckte und welche Folgen er in Kauf zu nehmen bereit war, das wissen wir nicht.« Schmidt zerteilte mit einer raschen Handbewegung die Luft. »Klar ist, dass die Wirtin versprach, das Problem zu beseitigen, denn der Kaminfeger war in diesem Augenblick gleich aus mehreren Gründen überflüssig geworden.«

Das ist jetzt doch eine ziemlich zynische Wortwahl, dachte Lutz stirnrunzelnd, aber heutzutage läuft das vermutlich unter salopp.

In aller Kürze erzählte Schmidt, wie die Stadtplanerin Fiona Bär und der Kaminfeger Dario Hauenstein im Februar dieses Jahres Sofia Keller aufgesucht hatten, um einen Streit zu schlichten. Wie Sofia Keller sich auf die Seite des Kaminfegers geschlagen habe, um anschließend Schweigegeld zu kassieren und an seinen illegalen Einkünften mitzuverdienen. Wie der Kaminfeger sich irgendwann geweigert habe zu zahlen und Sofia Keller Renzo Marty aussandte, um seinen Familiengarten zu verwüsten.

»Das war die letzte Mahnung an Dario Hauenstein, sein Schutzgeld zu entrichten«, erklärte Schmidt. »Doch der Kaminfeger gab nicht klein bei und erfrechte sich stattdessen, Max Vogt zu erpressen. Sofia Keller konnte also nicht länger sicher sein, dass er sich an ihren Pakt hielt. Die Gefahr bestand, dass er ihre Vergehen öffentlich machen würde«, schloss er. »Und deshalb musste er sterben.«

Sofia Keller hatte veranlasst, den Kaminfeger zu ermorden, Renzo Marty war ihrem Befehl gefolgt.

Der soeben des Mordes beschuldigte Gartenbauer machte keinen Versuch, sich zur Wehr zu setzen oder sich herauszureden. Seine Schultern sackten nach unten, sein Schädel fiel nach vorne, als hätten sämtliche seiner beachtlichen Muskeln unter der Last der Beweise den Dienst quittiert. Er hatte aufgegeben.

Bereute er, was er Dario Hauenstein und seiner Familie angetan hatte? Vermutlich nicht, dachte Lutz, zuallererst bemitleideten die Täter immer sich selbst, dann kam die Wut – auf die anderen und auf die eigene Person. Die Reue stellte sich, wenn überhaupt, erst später ein.

Im Gegensatz zu ihrem Handlanger stand Sofia Keller, die eiskalte Drahtzieherin hinter dem Ganzen, so unbewegt da wie eine Statue. Nur ihre Stirn glänzte.

»Kaminfeger Dario Hauenstein fand den Tod, weil Sofia Keller ihr korruptes System in Gefahr sah«, fasste Lutz zusammen. »Und er war nicht der Einzige. Sofia Keller hat einen weiteren Mord auf dem Gewissen – dieses Mal aber hat sie ihn selbst verübt.« Am Rand seines Gesichtsfelds nahm Lutz wahr, wie die Apothekerin aufmerkte.

»Am Donnerstagabend«, übernahm Schmidt, »marschierte Sofia Keller ins Spital Linth und verabreichte dem Patienten Leon Bär Rizin, ein tödliches Pflanzengift, an dem er wenige Stunden später starb. Um nicht aufzufallen, imitierte sie mit einer blonden Perücke und schnürlosen Schuhen Aussehen und Angewohnheit seiner Schwester, Bianca von Arx, mit der sie seit der gemeinsamen Schulzeit gut bekannt ist.«

»Du warst das!« Die Apothekerin sprang von ihrem Stuhl auf, ging mit raschen Schritten auf Sofia Keller zu und verpasste ihr eine Ohrfeige, dass es knallte. »Du Teufelin!«, fauchte sie. »Du bist noch viel schlimmer, als ich befürchtet hatte! Du schreckst vor nichts zurück, ich kann es nicht fassen!«

Und da, das erste Mal, seit sie die Schwelle des Al Porto überschritten hatten, ließ Sofia Keller sich zu einer Reaktion hinreißen. Ihre Beherrschtheit und die perfekte Fassade, die sie bis jetzt aufrechterhalten hatte, fielen von ihr ab wie Putz von Schimmelwänden. »Ach, tu doch nicht so, als ob dir etwas an deinem Bruder gelegen hätte«, entgegnete sie höhnisch. »Als ich dir geholfen habe, ihm die Apotheke abzunehmen, da warst du nicht so zimperlich!«

Bianca von Arx hob ihre Arme, um erneut auf Sofia Keller loszugehen, doch diesmal waren Ted und Carlo zur Stelle und hielten sie zurück. Barbara, Malin und Sebastian waren aufgesprungen, um Sofia Keller wegzuziehen, während Gartenbauer Renzo Marty, seiner Bewacher ledig, seine gefesselten Hände wie einen Schlagstock in alle Richtungen schwang, um zu Sofia Keller vorzudringen und sie ein letztes Mal zu schützen. Es dauerte eine Weile, bis alle sich beruhigt hatten und Lutz fortfahren konnte.

»Leon Bär war einer der Drogenabhängigen, die das verheerende MPTP eingenommen hatten und unter den Folgen litten«, sagte Lutz. »Doch er war nicht nur Konsument, sondern, wie Renzo Marty, Teil des Rauschgiftrings. Und damit wusste er auch, wer an dessen Spitze stand.« Lutz zeigte Richtung Raummitte. »Sie ahnen es. Es ist Sofia Keller. Sie ist es, welche die Droge mit dem Namen MPPP synthetisierte, ein Verteilernetz aufbaute und Dealer anwarb.«

Alle Augen wandten sich der Wirtin zu. Max Vogt saß mit leicht geöffnetem Mund da und sah aus, als hätte er Mühe, das Gehörte zu verarbeiten. Theo Szalai und die polnische Botschafterin wirkten bestürzt, während Janine traurig lächelte. Elias Zuppiger hingegen wirkte wie vom Donner gerührt und murmelte mit entsetzt aufgerissenen Augen: »Hätte ich das gewusst, dann hätte ich mich doch niemals auf diesen Handel mit ihr ...« Er ließ den Satz unvollendet.

Vermutlich sieht er seine politische Karriere gerade den Bach hinunterschwimmen, dachte Lutz ohne Mitleid. Wenn bekannt wird, dass er es war, der die Polen in Sofia Kellers Auftrag vergraulte und welch unlautere Methoden er dafür anwandte, dann wählt ihn keiner mehr.

Schmidt räusperte sich. »Drogenhandel«, sagte er dann so laut und bedeutungsvoll, als kündigte er im Zirkus die Löwennummer an. »Drogenhandel ist des Rätsels Lösung dafür, wie eine einfache Wirtin an so viel Geld kommt, dass sie einen großen Teil des Kaufpreises für ein Hotel wie den Schwanen selbst aufbringen kann.« Er marschierte an den Tischen vorbei zum hinteren Teil des Al Porto und deutete auffordernd auf die Treppe, die rechts am Tresen vorbei nach unten in den Keller führte. »Wenn Sie mir bitte folgen würden.«

Barbara und Sebastian fassten Sofia Keller rechts und links an den Armen und gingen als Erste die Stufen hinunter, die anderen folgten, wenn auch – wie Max Vogt, Elias Zuppiger und Bianca von Arx – nicht ganz freiwillig.

Lutz stellte fest, dass Sofia Kellers weiße Bluse noch immer so tadellos falten- und fleckenfrei aussah, als stammte sie frisch vom Bügel. Die kurze Auseinandersetzung vorhin mit ihrer alten Freundin war das Einzige gewesen, was ihre Beherrschtheit kurzzeitig ins Wanken gebracht hatte.

Obwohl Lutz sich hatte ausmalen können, was sie unter dem Altstadtrestaurant erwartete, überraschte ihn der Anblick des Kellers dann doch. Von einem kurzen Gang, über dem sich steinerne Bögen wölbten, gingen zwei Türen ab. Die linke führte zum Weinkeller, der auf allen Seiten von deckenhohen Gestellen flankiert wurde. Sie waren nur teilweise mit Weinflaschen belegt. Das Regal an der Stirnseite war beinahe leer, und als Schmidt probehalber daran rüttelte, stellte sich heraus, dass es sich um eine Tür handelte, die auf Druck hin geräuschlos aufschwang. Im etwa drei auf vier Meter großen Raum dahinter befand sich eine graue Sicherheitswerkbank mit einem Abzug, der vermutlich über die Küchenlüftungen nach draußen führte. Rechts und links der Werkbank brummten zwei moderne Kühlschränke, und auf langen Regalen im hinteren Teil des Kellers lagerten Kunststoffbehälter, Gläser mit Chemikalien, Glasapparaturen, Bechergläser, Kolben, Messzylinder, eine Waage, Bunsenbrenner und Pipetten.

»Darf ich vorstellen: Sofia Kellers komplett ausgestattetes und für die Synthese von Rauschmitteln eingerichtetes Labor«, präsentierte Schmidt mit der ausladenden Geste und dem Pathos eines Zirkusdirektors. Einzig der Tusch des Blasorchesters fehlte. »Hier fabrizierte sie ihren Reichtum – in Form von gelblichem Pulver. Und wenn wir mit unseren Vermutungen richtigliegen, dann werden wir im zweiten Kellerraum auch ihre Komplizin vorfinden, die seit Sonntagabend wie vom Erdboden verschluckt scheint.«

Lutz, Malin und die Imhof waren bereits vorausgegangen und näherten sich jetzt dem Ende des Ganges. Malin zog einen Dietrich aus ihrer Cargohose und öffnete die rechts abgehende Tür. Im spärlichen Licht einer Glühlampe, die von der Decke baumelte, konnten die drei Polizisten Stapel von Kartonkisten ausmachen, in denen Sofia Keller das Rauschgift zwischenlagerte. Davor stand ein Feldbett, von dem sich jetzt eine Frau erhob und unterdrückt aufschluchzte.

»Gott sei Dank, dass es vorbei ist«, flüsterte Tanja Rüegg. »Es tut mir so leid. Alles ist fürchterlich schiefgelaufen.«

»Fürchterlich ist das richtige Wort«, kommentierte die Imhof kalt und sah zu, wie Malin die Drogenköchin vor sich aus dem Raum schob. Das Haar der jungen Frau hatte jeden Glanz verloren und hing in stumpfen, kraftlosen Strähnen von ihrem Kopf. Ihr Gesicht wirkte eingefallen und grau, als säße sie seit Tagen im Dunkeln fest.

»Laut ihren Steuerunterlagen ist Tanja Rüegg als Kellnerin im Al Porto angestellt«, erklärte Schmidt, als Malin die Komplizin von Sofia Keller ins Labor schob. »In Tat und Wahrheit aber stellte sie, wenn das Restaurant für die Nacht geschlossen war, im Auftrag von Sofia Keller Rauschgift her.«

Lutz wusste, was jetzt kam. Von diesem Moment hatte Schmidt geträumt, seit er auf dem Pausenplatz mit der Wasserpistole herumgewedelt und Jagd auf eingebildete Ganoven gemacht hatte: die glorreiche Verhaftung eines wahren Bösewichts. Oder in diesem Fall: einer Gangsterin der übelsten Sorte.

»Das Spiel ist aus, Sofia Keller«, posaunte Schmidt und ließ die Handschellen um die Handgelenke der Wirtin schnappen. »Ich nehme Sie fest wegen Mordes, mehrfacher Beihilfe zu Mord, Erpressung sowie Produktion von und Handel mit Rauschgift.«

37

Später

Es war eine lange Prozession, die an diesem Nachmittag der Seepromenade entlang zu den wartenden Polizeifahrzeugen trottete. Wie Christine Imhof angeordnet hatte, fand gleich im Anschluss an Schmidts filmreife Vorstellung eine Konfrontationseinvernahme statt. Sämtliche am Fall Beteiligten mussten sich mit ihren Anwälten auf der Polizeistation Rapperswil einfinden.

In den folgenden, mehrstündigen Vernehmungen bestätigten sie Lutz' und Schmidts Erkenntnisse ohne Abstriche.

Die einzige Ausnahme bildete Sofia Keller. Die giftigen Worte in Richtung ihrer langjährigen Freundin Bianca von Arx sollten das Letzte bleiben, was die korrupte Vermittlerin in den kommenden Monaten äußerte. Sie schwieg bei den Einvernahmen, in der Haft, ihrer Pflichtverteidigerin gegenüber und beim Gerichtsprozess, der unter großer öffentlicher Beteiligung stattfand. Doch ihr Schweigen war von untergeordneter Bedeutung, denn bei der Durchsuchung des Al Porto fiel Lutz, Schmidt und den Kollegen etwas wahrhaft Spektakuläres in die Hände: ein rotes Heft im A4-Format, liniert, wie es Primarschulkinder für ihre Schreibübungen benötigen, aber von beträchtlichem Umfang und dicht beschrieben. In diesem roten Heft war einfach alles notiert, was Sofia Keller in ihrer Jugend und den vergangenen Jahren getrieben hatte.

Hier stieß Lutz auf den Grund, weshalb Tanja Rüegg sich darauf eingelassen hatte, mit Sofia Keller gemeinsame Sache zu machen und für sie im Keller des Al Porto Rauschmittel zu synthetisieren. Unter der Jahreszahl 2017 stand folgender Text:

Schlichtungsgespräch mit Z und R. Deal abgeschlossen. Z schuldet mir etwas.

Elias Zuppiger, Stadtrat, unbescholtenes Aushängeschild seiner Partei, treusorgender Ehemann und Familienvater, hatte eine Affäre mit Tanja Rüegg gehabt. Das Resultat dieser längeren außerehelichen Beziehung war Cédric, heute fünf Jahre alt. Wie Sofia Keller in ihrem Eintrag im roten Heft notiert hatte, weigerte sich Elias Zuppiger, Tanja Rüegg Alimente zu zahlen. Regelmäßige Überweisungen, fürchtete er, würden seinen Seitensprung auffliegen lassen und die nach außen hin perfekte Familienidylle wahlwirksam zerstören. Bei der inoffiziellen Schlichtungsverhandlung hatte die Vermittlerin Sofia Keller deshalb folgende Vereinbarung vorgeschlagen: Sie selbst würde Tanja Rüegg eine außerordentlich gut bezahlte Beschäftigung bieten, sodass die Kellnerin sich eine schöne Wohnung würde leisten können und nie auf Alimente angewiesen wäre. Im Gegenzug stellte Elias Zuppiger keine Fragen über die Art dieses lukrativen Jobs, setzte sich bei den ihm bekannten Kreisrichtern für Sofia Kellers Wiederwahl als Vermittlerin ein, informierte sie, worüber man in der Stadt und im Stadtrat sprach, und arbeitete darauf hin, dass die Polen den Schwanen verkauften.

Mit diesem Abkommen sicherte sich Sofia Keller nicht nur einen Spion und Beschützer, sondern auch eine loyale Verbündete in ihrem Drogengeschäft – raffiniert, musste Lutz zugeben. Und als Sofia Keller Tanja Rüegg befahl, sich rückwirkend auf einen bestimmten Tag als Max Vogts Date auszugeben, hatte sie auch das getan.

Und noch etwas gab das rote Heft preis: Auch die Apothekerin Bianca von Arx war einen Deal mit Sofia Keller eingegangen.

Das rote Heft, 2017

K, Notar in Rapperswil, zahlt den geschuldeten Gefallen zurück: Die Apotheke am Hauptplatz, Erbe von Daniela und Heinz Bär, wird V zugesprochen. Als Gegenleistung bestellt V Chemikalien für mich. B erklärt sich einverstanden, auf Erbteil zu verzichten. Er erhält zwanzigtausend Franken als Abfindung, Job als Anwerber und kostenfrei Stoff.

Lutz' Gefühl hatte ihn nicht getrogen: Hinter der höflichen Fassade der Apothekerin Bianca von Arx verbarg sich eine Frau, die keine Skrupel gehabt hatte, ihren Bruder um sein Erbe zu betrügen.

Wie sich vor Gericht herausstellte, war Bianca von Arx überdies eine talentierte Schauspielerin. Unter Tränen beteuerte sie, keine Ahnung gehabt zu haben, dass ihr Bruder sein Erbe in Form von Drogen ausbezahlt erhielt.

»Ich wusste doch nicht, dass sie mit den bestellten Chemikalien Rauschgift herstellt!«, würgte die Apothekerin bei der Befragung unter heftigen Schluchzern hervor.

Eine gelungene Vorstellung, fand Lutz. Er glaubte ihr keine Sekunde lang, und wie sich im Urteil zeigte, traf das auch für das Gericht zu.

38

Später

Die Ausgangslage ist gut, stellte Lutz erfreut fest. Mit einem König, einer Königin, zwei Läufern und zwei Bauern war seine Truppe, die Schwarzen, in der Überzahl. Janine dagegen hatte nur noch König, Königin, einen Springer und einen Turm.

Er stützte seine Arme auf dem Tisch ab. »Dieses Mal gewinne ich.«

»Nein, mein Lieber«, widersprach Janine, während sie seinen König zwischen Dame und Springer einkeilte. »Es sieht schlecht aus für dich. Denn es bin ich, gegen die du spielst.«

Lutz kniff angestrengt die Augen zusammen und fragte sich, was er übersah.

Verdammt, waren diese Stühle unbequem. Kein Wunder, fiel es ihm schwer, sich zu konzentrieren, wenn es unter seinem Hintern fortwährend knarzte. Die Horgen-Glarus-Stühle im Al Porto waren komfortabler gewesen als die neuen Korbsessel im Schwanen. Dafür stimmte hier alles andere. Die Terrasse war bei dem warmen Herbstwetter bis auf den letzten Platz besetzt, das rostbraun-gelbe Blätterdach der Platanen an der Seepromenade hob sich satt vom tiefblauen Wasser des Zürichsees ab, und vor Lutz stand ein Weizenbier, durch das golden die Sonne funkelte.

Da konnte ihm die Physiotherapeutin noch so streng in die Augen blicken und auf die Wampe klopfen; ein Weizenbier musste drin sein. Er pfiff jetzt nämlich auf gute Ratschläge,

Verzicht, Selbstdisziplin, selbstzerstörerisches Wiegen und den ganzen verdammten Gesundheitskram. Er tat, was ihm gefiel. Heute hatte es ihm gefallen, Salat zu essen und statt des üblichen Zwetschgenküchleins zum Dessert vier Runden ums Schloss zu drehen. So auch gestern und vorgestern und überhaupt die letzte Woche, und siehe da; die Hose saß wieder – und das ohne jede Diät. Überdies war Weizenbier ein Sportlergetränk, isotonisch, vitaminreich und hoffentlich so leistungsfördernd, dass er Janine im Schachsport endlich einmal schlug.

Mit einer ihrer graziösen Handbewegungen lenkte diese Lutz' Aufmerksamkeit zurück auf das Brett. »Wenn du nicht aufpasst, dann habe ich dich in drei Zügen geschlagen.«

»Nie im Leben!«, entgegnete Lutz empört, obwohl ihm in diesem Moment aufging, dass seinen verbliebenen Figuren finstere Zeiten bevorstanden.

Er schob seinen König vorerst aus der Gefahrenzone, dann beugte er sich vor und warf Janine einen prüfenden Blick zu. Es gab etwas, das er sie schon lange hatte fragen wollen. »Als wir uns im August das erste Mal zum Schach verabredeten, hast du das Al Porto als Treffpunkt gewählt. Das war kein Zufall, nicht wahr?«

Janine schmunzelte kurz, dann wurde sie ernst. »Ich beobachtete Sofia schon länger. Bereits in der Primarschule zeigte sie ein fast unheimliches Geschick darin, ihre Schulkollegen zu manipulieren und sie Dinge tun zu lassen, die für sie von Vorteil waren. Sie zog die Fäden, ohne dass die anderen Kinder es bemerkten. Renzo Marty wich nicht von ihrer Seite, und in der Sekundarschule erweiterte sich der Kreis ihrer Anhänger um Bianca von Arx und Salomon Dubois. Das habe ich von Beatrix Lüscher erfahren, ihrer Sekundarlehrerin. Die vier blieben übrigens auch während ihrer Ausbildungen in Kontakt. Als Sofia das Al Porto übernahm und zwei Jahre später ihr Amt als Vermittlerin antrat, stellte ich etwas Interessantes fest. Das Verhalten der Menschen rund um Sofia Keller herum begann sich zu verändern. Sie begegneten ihr mit einer eigenartigen Mischung aus Respekt und Furcht. Eine mir unerklärliche Fülle von Macht kumulierte sich bei ihr – sie wusste alles, und jeder schien irgendwie von ihr abhängig zu sein. Ich hatte den Eindruck, dass dies gefährlich war, konnte aber nicht einordnen, in welcher Form. Als Schmidt mir von dir und deinem Vorhaben, Schach zu lernen, erzählte, fand ich, dass es nicht schaden könnte, wenn du als Polizist, der sich seit Jahren mit den menschlichen Abgründen beschäftigt, mal einen Blick auf sie werfen würdest.«

»Und du lagst richtig; sie war gefährlich«, gab Lutz zurück, während er einem Spatz dabei zusah, wie er zielstrebig in Richtung ihres Tischs hüpfte. Das rote Schulheft hatte Licht in Sofia Kellers kriminellen Werdegang gebracht und erklärt, was sie angetrieben und zu dem Menschen gemacht hatte, der sie geworden war. Die fehlenden Teile des Puzzles hatten Schmidt und Lutz in Gesprächen mit Sofias ehemaliger Lehrerin Beatrix Lüscher sowie Bekannten und früheren Berufskollegen ihres verstorbenen Vaters zusammengetragen.

Der Vater von Sofia Keller hieß Antonio Gambino. Er wuchs in Buccheri, einer Zweitausend-Seelen-Gemeinde im Süden Siziliens, auf. Die Armut und das niedrige Lohnniveau im strukturschwachen Süden boten dem Achtzehnjährigen keine Zukunftsaussichten, und so wanderte er Anfang der Sechzigerjahre zusammen mit Fernando, einem Freund aus dem gleichen Dorf, in die Schweiz aus. Die beiden gehörten zur zweiten Einwanderungswelle von Italienern, die nach dem Zweiten Weltkrieg eingesetzt hatte und der Schweiz die benötigten Arbeitskräfte brachte.

Antonio Gambino arbeitete schon einige Jahre auf dem Bau, da traf er Anne Keller, eine bodenständige fröhliche Frau, mit der er sich augenblicklich gut verstand. Sie war der Grund, weshalb er blieb, als die Wirtschaftskrise von 1973 ein Jahr später auch die Schweiz erfasste und dreihunderttausend Gastarbeiter – unter ihnen sein Freund Fernando – die Schweiz wieder verließen.

Antonio und Anne heirateten und waren überglücklich, als nach einer langen kinderlosen Zeit endlich ihr erstes Kind zur Welt kam – ein Mädchen, das sie Sofia nannten. Noch bevor Sofia laufen lernte, aber starb ihre Mutter an Krebs und ließ sie und ihren Vater alleine zurück. Für Antonio begann eine schwere Zeit. Die Verachtung, die ihm als »Tschingg« jahrelang entgegenschlug, hatte ihn, der von Natur aus zurückhaltend und bescheiden war, unsicher und gehemmt werden lassen. Und da er beständig fürchtete, seine Arbeit zu verlieren, duckte er sich umso mehr, verlor jeden Stolz und wurde dafür noch herablassender und schlechter behandelt.

Sofia, die früh hatte reif werden müssen, litt darunter, wie ihr Vater in sich zusammensank und sich mehr und mehr zurückzog. Er tat ihr leid, denn er gab sein Bestes für sie, und sie liebte ihn, gleichzeitig jedoch versetzte sein Verhalten sie in eine angespannte Ungeduld. Mit zwölf Jahren nahm sie, die resignierte Verletztheit ihres Vaters ignorierend, den Nachnamen ihrer Mutter an und beschaffte sich auf diese Weise eine Identität, die nicht mit dem Migrationshintergrund ihres Vaters belastet war und ihr ermöglichte, sich unauffällig in ihre Umgebung zu integrieren.

Hinter der Ecke jedoch lauerte bereits der nächste Schicksalsschlag. Beim Bau einer Brücke im Linthgebiet hob Antonio einen schweren Eisenträger an und erlitt einen Bandscheibenvorfall. In den folgenden Wochen plagten ihn unsägliche Schmerzen in der Lendengegend, die stechend in Gesäß und Beine abstrahlten, und die Ärzte entschieden sich zu operieren. Doch die Operation half kaum; im operierten Bereich bildeten sich Narben, die auf die Nervenwurzeln drückten, sodass Antonio unter Schmerzen in der Wirbelsäule und Taubheit in den Beinen litt und zeitweise kaum gehen konnte. Er war zum Invaliden geworden und brauchte starke Schmerzmittel, die mit zunehmender Gewöhnung immer weniger Wirkung zeigten. Die Ärzte zuckten mit den Schultern – sie hatten die medizinischen Möglichkeiten ausgereizt; wenn der Mann jetzt noch Schmerzen hatte, dann lag das an seiner Psyche.

»Das war der Zeitpunkt, an dem Sofia begann, in ihrer Wohnung Cannabis zu züchten«, erklärte Lutz. »Sie hoffte, das THC würde ihrem Vater die Schmerzen nehmen, und das klappte eine Weile ganz gut. Bald aber brauchte er potentere Stoffe, und sie ging dazu über, verschiedene Drogen zu testen, um ihm wenigstens zeitweise Linderung zu verschaffen.«

»Ein beträchtliches Risiko, wenn man die unvorhersehbaren Interaktionen zwischen Schmerzmitteln und Drogen bedenkt«, sagte Janine, ungläubig den Kopf schüttelnd.

»Gute Absichten können gefährlich sein«, stimmte Lutz zu. »Soweit wir bis jetzt wissen, verfiel Sofia irgendwann auf das Super-Demerol MPPP, weil die Ingredienzien nicht als Vorläuferstoffe für Betäubungsmittel überwacht werden und es vergleichsweise einfach ist, die Droge zu synthetisieren. MPPP wirkt überdies ähnlich euphorisierend wie Heroin, hat aber – dieser Meinung war zumindest Sofia – nicht das gleiche Suchtpotenzial.«

Als Sofia achtzehn Jahre alt war, starb ihr Vater, neben Renzo Marty eine ihrer wenigen Bezugspersonen. Wie sich sein Tod auf Sofia auswirkte, darüber hatten Lutz und Schmidt nur wenig herausgefunden. Fest stand, dass Sofia nach der obligatorischen Schulzeit eine Ausbildung zur Hotelfachfrau absolviert, Kurse in Mediation und Konfliktmanagement besucht und danach etwa fünf Jahre in Gastrobetrieben im Ausland gearbeitet hatte. Dann pachtete sie das Al Porto und machte sich die früher verleugneten Wurzeln zunutze, um das Lokal als authentisch italienisch zu vermarkten. Einige Jahre später nahm sie die Produktion von MPPP wieder auf, synthetisierte jedoch nur geringe Mengen und ließ sie so diskret vertreiben, dass es ihr gelang, jahrelang unter dem Radar der Drogenfahndung zu bleiben.

Janine nippte an ihrem Portwein und starrte gedankenverloren auf die noch unvollendete Schachpartie. »Was einen Menschen wie Sofia wohl antreibt? Nur um Geld ging es ihr wohl nicht.«

»Nein, darum ging es ihr nicht – oder nicht nur«, pflichtete Lutz ihr bei.

Der Spatz trippelte unschlüssig vor ihrem Tisch hin und her. Dann fasste er sich ein Herz, flog auf die Lehne eines der freien Stühle und legte neckisch den Kopf schief. Lutz brach eine Krume Brot ab und platzierte sie mitten auf dem Schachbrett.

Das Kantonspolizei-Team in Rapperswil, die Spezialisten aus Sankt Gallen, Schmidt und er selbst hatten in den vergangenen Tagen das rote Heft studiert und etliche neue Erkenntnisse gewonnen.

Die ersten Jahre ihres Lebens war Sofia ohne jedes soziale Netz aufgewachsen. Als Einwandererkind war ihr sozialer Status gering, und ihre Schulkollegen sahen auf sie herab, weil ihr Vater Invalide war und auf Staatskosten lebte – das alles entnahmen die Polizisten dem roten Heft. Sofia hatte keine Ahnung, was der Begriff Freundschaft bedeutete. Doch sie wusste sich zu wehren und schuf mit Lügen und Intrigen ein Netz von Abhängigkeiten. Das brachte ihr nicht nur Ansehen ein, sondern auch Anhänger wie Renzo Marty, Bianca von Arx und den korrupten Polizisten Salomon Dubois, die sich von ihrer Gerissenheit, ihrer Skrupellosigkeit und ihrer starken Persönlichkeit angezogen fühlten.

»Bianca von Arx trug Sofia Keller Informationen zu und entwendete Medikamente aus der Apotheke ihrer Eltern, die sie beide für Bestechungen einsetzten«, erzählte Lutz. »Später bestellte sie die Zutaten für Sofias Drogen. Renzo Marty fungierte als ihr Handlanger und Vollstrecker. Bei den Befragungen hat sich herausgestellt, dass er seit Jahren in sie verliebt ist und alles tat, was sie von ihm verlangte.«

»Und welche Rolle spielte Salomon Dubois?«

»Er war wichtig für Sofias illegale Einkünfte als Vermittlerin. Jedes Mal, wenn er auf dem Posten einen entsprechenden Anruf entgegennahm oder in der Stadt von einer Gelegenheit hörte, schob er Sofia Keller Fälle zum Schlichten zu – ohne sich im Geringsten darum zu scheren, ob diese in ihren Kompetenzbereich fielen oder nicht.«

Sofia Keller behandelte Streitigkeiten um Mieten und Pachten, um Arbeitsverhältnisse sowie Klagen zum Gleichstellungsgesetz, für die eigentlich andere Schlichtungsstellen zuständig gewesen wären. Wann immer sie glaubte, ungeschoren damit davonzukommen, nutzte sie ihr Wissen und setzte die hilflosen Streitparteien unter Druck. Sie schreckte selbst vor jenen Fällen nicht zurück, die die Streitsumme von hunderttausend Franken überschritten oder strafrechtlich hätten verfolgt werden müssen, wie der Amtsmissbrauch des gewählten Kaminfegermeisters Dario Hauenstein. Über Jahre hinweg schaltete und waltete sie ganz nach Gutdünken. Alles, was sie tun musste, war, dem Kreisgericht in Form von Sitzungsprotokollen Rechenschaft abzulegen.

»Mit achtundzwanzig Jahren hatte Sofia Keller erreicht, was sie sich immer gewünscht hatte«, sagte Lutz. »Sie hatte Macht, sie hatte Ansehen, sie war jemand in Rapperswil. Die halbe Stadt, darunter mehrere Stadträte, waren Teil ihres mafiösen Netzwerks, empfingen Gefallen oder schuldeten sie.«

Lutz strich sich nachdenklich über den Bart und beobachtete, wie der Spatz nach der Brotkrume auf dem Schachbrett schielte. »Geld stand für Sofia Keller nicht im Zentrum. Sie sah es lediglich als ein Mittel an, ihre Überlegenheit und ihren Status zu zementieren.«

»Und den Schwanen zu kaufen«, ergänzte Janine.

Lutz nickte. »Damit rächte sie sich an ihrer Feindin Charlotte Helbling für die erlittenen Demütigungen. Gleichzeitig verschaffte sie sich die Möglichkeit, das Drogenlabor unterhalb des Al Porto um die Kellergewölbe des Schwanen zu erweitern.«

In diesem Moment hüpfte der Spatz auf den Tisch, stibitzte den Brotkrümel, den Lutz ihm hingelegt hatte, und flog eilig davon.

Janine lachte fröhlich auf. »Ziemlich durchtrieben«, sagte sie. »Du hattest gehofft, dass der Spatz meinen König zu Fall bringt und dir deinen ersten Sieg beschert.«

Ertappt grinste Lutz. »Du warst es, die mir raffinierte Finten wie diese beigebracht hat, erinnerst du dich? Wie wär's übrigens mit einem Remis?«

»Auf keinen Fall«, sagte Janine und setzte seinen schwarzen König mit Königin, Springer und Turm schachmatt – in drei Zügen, wie angekündigt. Zufrieden lächelnd lehnte sie sich im Korbsessel zurück und blickte auf den See. »Wie geht es eigentlich dem lieben Ruben? Ich habe ihn schon lange nicht mehr gesehen.«

»Ach, der«, knurrte Lutz verdrossen. »Kaum noch da. Scharwenzelt ständig um Aiva herum. Hat keine Zeit mehr, mal etwas außerhalb der Arbeitszeiten zu leisten.«

»Du meinst, er lässt sich nicht länger von dir herumkommandieren?«

Lutz brummte. »Immerhin kommt er mit zu Emily Hauenstein. Du weißt, die Frau des getöteten Kaminfegers. Sie hat ihr Baby inzwischen bekommen – einen Jungen namens Joshua, der sie ziemlich auf Trab zu halten scheint. Wir wollten kurz bei ihr vorbeischauen. Um zu gratulieren und noch ein paar Formalitäten zu klär…«

Ein lautes, durchdringendes Hupen unterbrach ihn, und er fuhr erschrocken zusammen. Janine blickte ihn entgeistert an.

»Was zum Henker …«, fluchte Lutz, griff in seine Jackentasche und förderte sein Mobiltelefon zutage, das in diesem Moment dazu überging, im Sekundentakt nervtötend zu tröten. Verdutzt starrte er auf das Display. Schmidt. Das also hatte der Junge einprogrammiert, als er sich kürzlich an seinem Handy zu schaffen gemacht hatte: Wann immer er anrief oder eine Nachricht sandte, erklang jetzt diese irre Fahrradhupe.

»Was will er denn, der Junge?«, seufzte Lutz und las:

Lieber Lutz
Ich habe heute leider keine Zeit, mit dir zusammen Emily Hauenstein zu besuchen, denn ich fahre Aiva ins Spital. Sie bekommt endlich ihre Übergangsprothese!
Gruß
Ruben

Tammisiech, dieser Schmidt. Lutz tippte etwas in sein Handy ein und drückte auf Senden.

»Das war aber eine kurze Antwort«, bemerkte Janine.

»Kommunikation ohne Worte«, sagte Lutz zufrieden und schob das Mobiltelefon über den Tisch, damit sie seine Nachricht sehen konnte: ein wüst fluchendes Wildschwein sowie eine goldene Katze, die mit der Pfote winkte. Janine runzelte irritiert die Stirn.

»Hat mir Schmidt beigebracht«, erklärte Lutz. »Die heutige Jugend kommuniziert in Bildern. Sehr effizient – und sehr missverständlich. Ich liebe es, mir vorzustellen, wie die Räder in Schmidts Kopf heiß laufen, während er überlegt, was zum Teufel ich mit dieser Nachricht sagen will.«

»Schau an.« Um Janines Mundwinkel zuckte es. »Kann es sein, dass du den lieben Ruben vermisst?«

»Die Nervensäge? Nie im Leben!«

ENDE

DANK

Was tust du, wenn jemand aus deinem Freundeskreis oder deiner Verwandtschaft auf dich zukommt und sagt, du sollst den ersten Roman gegenlesen? Genau. Du verdrehst innerlich die Augen und hoffst, dass dein diplomatisches Geschick nicht allzu sehr auf die Probe gestellt wird. In diesem Sinn danke ich meinen Erstleserinnen Isabelle Castagna und Martina Brägger, dass sie damals mein erstes – und nun auch das zweite – Manuskript entgegengenommen haben, ohne mit der Wimper zu zucken. Danke für eure Ermutigung und die konstruktive Kritik!

Ein riesiges, herzliches Dankeschön geht an meine wunderbare Lektorin Sarah Koch von HarperCollins, die meine Bücher kompetent und mit viel Sinn fürs Detail redigiert. Die Zusammenarbeit mit ihr macht einfach Spaß!

Es freut mich sehr, dass Felix Wenger, langjähriger Ermittler bei der Kriminalpolizei des Kantons Zürich, Abteilung Leib und Leben, sich bereit erklärt hat, mich bei diesem Buch mit seinem Wissen und seiner Erfahrung zu unterstützen. Ich danke ihm für seine Erklärungen, die wertvollen Ratschläge und die gutmütige Nachsicht, wenn Lutz und Schmidt wieder einmal allzu kreativ ermitteln.

Michael Mund, Facharzt für Rechtsmedizin, hat für mich nach Betonleichen geforscht, mir etliche rechtsmedizinische Phänomene erläutert und sein Wissen über Anfahrspuren geteilt, herzlichen Dank dafür!

Bei der Entstehung dieses Buchs haben mich zahlreiche Menschen mit Informationen versorgt und meine Fragen beantwortet, wofür ich ihnen sehr dankbar bin. Dazu gehören unter anderem: Christof Thurnherr, Schlichter beim Vermittlungsamt See, Marcel Hollenstein, Leiter der Polizeistation Rapperswil-Jona, Regula Ackermann, stellvertretende Leiterin Kantonsarchäologie Sankt Gallen, Daniel Eisenhart, Leiter des Instituts für Rechtsmedizin am Kantonsspital Aarau, und Hanspeter Krüsi von der Medienstelle der Kapo Sankt Gallen. Fachliche Fehler gehen allein auf meine Kappe. Meinen Söhnen danke ich für ihr Interesse an meinen Büchern, ihre klugen Kommentare und die Hilfe bei der Titelfindung. Der letzte und wichtigste Dank gebührt meinem Mann David Urech – für einfach alles.

ANMERKUNG

Als ich dieses Buch schrieb, habe ich mich immer wieder gefragt, wie viel der Wahrheit entsprechen soll, wie viel ich erfinden darf. Irgendwann habe ich mich entschieden, meine Freiheit auszukosten. So sind alle Personen in diesem Buch frei erfunden, Ähnlichkeiten mit realen Menschen zufällig und nicht beabsichtigt. Auch architektonisch habe ich mich ausgetobt, das Restaurant Al Porto zwischen den Schwanen und den Steinbock gequetscht, es mit großzügigen Kellerräumen ausgestattet, eine Apotheke sowie einen Coiffeursalon errichtet, den Schrebergarten um eine Zeile erweitert und dem Polizeiposten Rapperswil eine separate Küche verpasst. Meinem Hauptprotagonisten, dem Kriminalpolizisten Andy Lutz, habe ich bei den Ermittlungen viel Spielraum zugestanden, was er natürlich prompt ausgenützt hat (retrospektiv betrachtet war das auch gut so, denn wie allseits bekannt ist, wäre Staatsanwalt Magnus Obrecht nicht in der Lage gewesen, die Ermittlungen ordentlich zu koordinieren). Die Geschichte der ehemaligen Besitzer des Hotels Schwanen ist ebenso erfunden wie ihr Name, doch das Hotel an bester Lage existiert, und es stand tatsächlich jahrelang leer. Während dieses Buch entstand, hat die Pilecki-Stiftung des polnischen Staates das Hotel übernommen, mit der Idee, die Gastronomie wieder aufleben zu lassen. Dieser hervorragende Plan hat im Buch bereits Gestalt angenommen.

Zu den Dingen, die der Wahrheit entsprechen, gehört auch die Geschichte der Frozen Addicts, die Diskussion um den

Stadttunnel, die faszinierenden Ausgrabungen und – bis neu-
lich – das amüsante Schild im Familiengarten Holzwies-Ost.
Inzwischen hat die Stadt das Schild entfernt, was wohl bedeutet,
dass die Pächter ihren Kompost nicht länger über den Zaun
werfen.

Zusammenfassend kann man also sagen, dass diese Geschichte – abgesehen von den Dingen, die ich erfunden habe –
ziemlich wahr ist.